Un jour glacé en enfer

Du même auteur :

La Terre des mensonges (Balland, 2009)
La Ferme des Neshov (Balland, 2010)
L'Héritage impossible (Balland, 2010)

Anne B. Ragde

Un jour glacé en enfer

roman traduit du norvégien
par Hélène Hervieu

Balland

Titre original
En kald dag i helvete

Ouvrage traduit avec le concours de NORLA

130, rue de Rivoli
75001 Paris

ISBN : 978-2-35315-089-2

Elle a débarqué dans un endroit si boueux que ses chaussures de ville ne lui sont plus d'aucune utilité et qu'elle a dû enfiler une paire de gros sabots, un endroit où elle ne peut plus porter ses vêtements noirs d'avant. C'est pourquoi il lui a acheté une combinaison de travail rouge à manches longues, un modèle bon marché. Elle n'est jamais venue dans un endroit comme celui-ci, n'a jamais connu un homme comme lui, n'aurait jamais cru qu'elle serait capable de coucher avec quelqu'un aux mains si crasseuses et au jean si crotté, un homme taciturne qui n'ouvre la bouche que pour parler de ses chiens.

Elle déplace le dernier sac de croquettes et le range à côté des autres. Voilà. Maintenant, le passage est dégagé.

– C'est pas à toi de traîner ces gros sacs, lui dit-il dans son dos.

Elle ferme les yeux.

Prends-moi par-derrière, là, tout de suite, enlève ce que j'ai sur le dos et enfonce-la-moi jusqu'à ce que je voie jaillir des étincelles vertes au fond de mes yeux. Si tu savais comme je mouille…

– Mais j'y arrive très bien, proteste-t-elle en se redressant.

Il croise son regard.

– Ce genre de corvée, c'est moi qui m'en charge. Qu'est-ce que t'as ? Tu chiales ?

– Non, pourquoi ça ?

– T'as les yeux qui brillent.

Son regard s'attarde sur le dos de l'homme qui se dirige vers les enclos et elle entend les aboiements des trente-deux chiens de traîneau se propager à la vitesse d'un feu de brousse. Dès que l'un d'eux aperçoit le maître, il se met à aboyer et entraîne tous les autres. Elle n'en revient pas que certains chiens soient capables de faire la différence entre différents types d'aboiements. Parfois, alors que la meute se repose à l'ombre, il suffit qu'un chien, s'imaginant avoir repéré quelque chose à l'orée du bois, donne de la voix pour qu'aussitôt cinq ou six chiens – les plus jeunes et les plus craintifs – se lèvent et fassent un boucan d'enfer, la tête tournée en direction de la forêt, le poil dressé, prêts à affronter un danger invisible et s'excitant entre eux, dans un mouvement allant crescendo, avant d'admettre qu'ils se sont trompés et, penauds, de s'allonger à nouveau en formant un gros tas de fourrures. Pendant tout ce cirque, les chiens plus âgés se sont contentés de cligner des yeux d'un air agacé, car au premier aboiement, ils avaient compris qu'il s'agissait d'une fausse alerte, bref, un moyen un peu hystérique de passer le temps. Eux aimeraient seulement faire leur sieste en paix.

Mais quand le maître vient, il n'y a soudain plus aucune différence entre eux. Ils se mettent tous à crier :

– *Oh, regarde-moi, viens près de moi !*

Ils sautent en aboyant de toutes leurs forces et leurs aboiements se terminent par un long hurlement. Puis ils se rendent compte qu'il vient uniquement pour chercher quelque chose, un marteau oublié par terre ou des chiots autorisés à passer un moment à l'intérieur de la maison.

– *Vos gueules !* l'entend-elle crier. *On va nulle part !*

Ils devraient le savoir, à force, qu'ils ne vont nulle part maintenant. Ça se voit à ses vêtements, non ? Quand il arrive comme ça dans sa tenue de travail, en traînant les pieds, c'est quand même évident qu'ils ne vont pas partir en balade ! Mais, pensent-ils, on peut toujours tenter le coup, alors ils donnent de la voix, histoire de lui faire comprendre que ça fait longtemps qu'ils ne sont pas sortis en forêt.

En revanche, s'il arrive en grande tenue, ça provoque chez eux une telle explosion de joie qu'ils bondissent dans tous les sens, s'écrasent et se piétinent presque. Il est alors obligé de les calmer avec des seaux d'eau froide et de les enfermer un par un dans leurs cages avant de pouvoir les atteler au traîneau.

Aujourd'hui, il ne vient pas chercher quelque chose. Il va seulement fermer la réserve d'eau chaude. Elle le voit tendre la main vers le boîtier de contrôle. Plus tôt dans la matinée, il a nettoyé les cages et n'a plus besoin d'eau. Quand il soulève le bras, le jean se tend sur ses fesses. Elle ferme les yeux. Il se retourne alors et vient vers elle, avant de se raviser. Il ouvre la porte grillagée verte derrière laquelle est parquée la chienne en chaleur.

Le silence se fait parmi les chiens. Tous ont les yeux rivés sur cette porte. Certains mâles s'assoient et gémissent tout bas, dans l'attente d'un signe.

Elle aussi attend. Le voilà qui revient en refermant soigneusement derrière lui.

Les mâles sautent en se dressant sur leurs pattes arrière et hurlent. Ils font trembler le grillage et montrent les dents.

Il enfonce ses mains dans les poches et observe ses chiens. Intéressant de voir la hauteur du grillage qu'ils atteignent debout sur leurs pattes arrière ou lequel d'entre eux est le plus agressif, le plus volontaire, celui dont l'assurance caractérise le chien de tête. Ses yeux s'arrêtent sur Togo. Un chien puissant à la fourrure flamboyante avec des dessins noirs et blancs, des pattes en forme de petites soucoupes et des yeux noirs qui lancent comme des éclairs. Il plonge son regard dans celui de Togo. Éperdu de reconnaissance, l'animal cesse de faire le beau et se remet sur ses quatre pattes, sa queue hérissée fouettant le sol. Il n'aboie plus.

Elle le voit lui dire quelques mots, entend Togo répondre avec un hurlement de triomphe et les autres mâles pousser des gémissements de désespoir, avant de se frotter les uns contre les autres, oreilles basses.

Il se dirige vers elle. Togo est le seul à rester immobile dans l'enclos. À l'idée de ce qui va arriver, la fourrure de sa queue s'est hérissée et gonflée : elle décrit une boucle qui se balance d'un côté à l'autre.

– Maintenant, il le sait, dit-il.

– Que…

– Que ce sera lui. Lady est prête. Il la prendra ce soir.

Elle épluche des pommes de terre. À côté de l'évier, des steaks hachés attendent de passer à la poêle. Elle n'enlève plus sa tenue de travail, peu lui importe que ce vêtement soit devenu crasseux. Elle ne regarde pas les traînées laissées sur le sol par ses sabots où des poils de chiens se mêlent à l'eau boueuse. Mais elle a peigné ses cheveux et mis du mascara. Pas besoin de blush, ses joues sont déjà assez rouges comme ça. Lorsqu'il est ainsi derrière elle, est-ce qu'il étudie son dos ? Ou son cul à travers le tissu ? Elle se déhanche un peu et toussote, comme si de rien n'était. Elle a compris qu'avec ce genre d'homme, inutile de se montrer câline ou de se coller à lui. C'est lui le chef. Une locomotive capable de passer de zéro à cent à l'heure en une poignée de secondes, quelqu'un qui peut s'abattre sur elle comme la foudre dans un ciel sans nuages, tandis qu'assise sur un sac de croquettes elle tient une tasse de café fumant, le regard tourné vers la fenêtre, ou qu'elle écrit quelque chose – la liste des courses, par exemple. Un jour, alors qu'elle était au téléphone, il l'a prise par surprise, le combiné est tombé par terre et elle a senti les larmes jaillir sous la brutalité de l'étreinte.

Il lui faut se montrer patiente, ne rien exiger, attendre qu'il ait envie d'elle. Est-ce qu'il observe son dos maintenant ? Elle est sur des charbons ardents, doit ouvrir grand la bouche pour inspirer en abaissant bien le diaphragme, puis passer ses poignets sous l'eau froide pour se calmer.

– Pourquoi tu fais ça ?

Elle ne répond pas.

– Pourquoi tu passes tes mains sous l'eau ?

– J'ai si chaud…

– Et maintenant t'as moins chaud ?

– Euh, pas vraiment, avoue-t-elle dans un murmure.

– Approche-toi.

À ces mots, c'est tout juste si son bras a la force de fermer le robinet. Elle laisse tomber l'économe dans l'évier, elle chancelle, il presse déjà son corps contre le sien, descend la fermeture éclair et plaque sa main là, en bas. Elle ferme les yeux et s'abandonne.

– Ça te dit de regarder Lady et Togo ? lui murmure-t-il dans le cou, le souffle rauque. T'as envie ?

Elle souffle par le nez sans lui répondre.

– Viens, on s'en fout du repas.

Elle acquiesce.

Il doit la soutenir pour passer la porte.

Elle a les orteils, le bout du nez et les doigts glacés, toute la chaleur a reflué au centre – comme le morceau de beurre au milieu de la purée, le meilleur qu'on garde pour la fin –, elle claque des dents, appuie son dos contre le mur, avec la sensation de soutenir la maison tout entière. Ils ont conduit Lady à un endroit à l'écart de l'enclos pour empêcher les autres mâles d'assister aux ébats et devenir fous de jalousie. Il doit donner de grands coups de pied aux plus déchaînés quand il vient chercher Togo. Une fois sorti, le chien jette un regard autour de lui, ne voit pas sa dulcinée, renifle l'air et comprend qu'elle l'attend juste un peu plus loin. Sa queue se dresse telle une montagne au-dessus de lui, dans un mouvement de balancier ample et triomphant. Derrière le grillage, les autres chiens observent cette queue, cet orgueil assumé qui leur est jeté à la figure. Tous les mâles sans exception émettent de longs grondements et griffent le grillage, ce ne sont ni des aboiements ni des hurlements, plutôt des braillements comme en poussent les êtres humains. Elle se bouche les oreilles, c'est trop injuste.

Togo ne daigne pas leur répondre. Sans même se retourner, il se contente de balayer le moindre doute avec sa queue flamboyante et savoure d'être l'objet de l'envie de tous. C'est lui, l'élu.

Les yeux fermés, Lady se lèche l'arrière-train, laissant sa langue remonter lentement le long de ses cuisses jusqu'à sa croupe. Le glapissement des chiens a cessé, pour faire place à un silence attentif, à peine interrompu par les cris plaintifs des chiots en cage, trop jeunes pour comprendre que ce qui se prépare à cet instant va donner la vie.

Togo se précipite vers elle, Lady lève la tête mais l'accueille avec un regard acéré en le priant d'attendre, de se tenir un peu à l'écart, de ne pas la monter avant la fin du prélude. Les pattes raides, il fait un bond d'un mètre en arrière et geint comme un gosse. Elle a les oreilles basses, les yeux brillants, l'ouverture circulaire sous la fourrure prend des allures de nouvelle lune. Elle se lève enfin et remue la queue.

D'un bond il est près d'elle et entreprend de lui lécher savamment l'intérieur des oreilles. Elle se laisse faire, il en profite pour poser une patte sur son dos mais elle se dégage aussitôt. De son sexe rose et tuméfié, parcouru de petites contractions, s'écoule un liquide couleur de sang pâle, tandis que Togo enfonce toujours plus avant sa langue à l'intérieur des oreilles. L'arrière-train du chien donne des coups dans le vide et ses pattes trépignent avec raideur sur le sol. Il cesse de lui lécher les oreilles, vient se placer contre son flanc, elle tourne son sexe vers lui et se fait lécher ici aussi. C'en est trop, il se met à claquer des dents, des râles lui montent du fond de la gorge et, d'un coup, il la prend. Elle le reçoit immobile, se tasse un peu sous le poids des pattes avant qui enlacent ses flancs, et de son membre qui entre en elle. Elle ferme les yeux, change son appui sur les pattes avant. Après quelques violentes poussées, il soulève une patte arrière et la pose sur le dos de Lady, ils restent ainsi, collés l'un à l'autre. Leurs halètements cessent à présent, leurs gueules fermées esquissent un léger sourire et leurs yeux sont voilés.

– Bon, fait-il d'une voix rauque, ils en ont pour un moment.

– Ça va durer… euh… longtemps ? demande-t-elle en s'éclaircissant la voix.

– Il faut les laisser seuls maintenant. Viens, approche-toi.

Elle fixe le ciel nuageux et respire l'odeur animale, quand il la déballe comme un paquet en faisant glisser sa combinaison jusqu'aux chevilles. Il lui dégage un pied et la pénètre, réveillant en elle la bête qui fonce vers un seul but. Nuque renversée, elle sent monter les larmes, il la tient d'une main si ferme par la taille que ses jambes se soulèvent de terre et qu'elle s'agrippe à lui, même si la combinaison, ballottée à sa cheville droite comme un animal fraîchement abattu, entrave ses mouvements. Il lui lèche le cou et les oreilles, et il pousse un gémissement sourd avant qu'elle-même n'atteigne le point où tout bascule et s'embrase.

Il la maintient solidement pour finir le travail.

Puis il l'aide à se rhabiller, se penche pour remettre le pied resté libre dans la jambe du pantalon, lui fait enfiler les sabots et la remballe comme un vulgaire paquet. Les yeux clos, elle perçoit le bruit de la fermeture éclair et sent de nouveau que ça la serre au niveau de la poitrine.

– Ils doivent en avoir terminé maintenant.

Lady et Togo gigotent sur leurs pattes arrière, soudain le sexe du chien glisse hors d'elle – un long membre rose qu'il s'empresse de lécher avant qu'il rapetisse et que la fourrure coulisse et le recouvre à nouveau.

– Ça, c'est un bon chien… Venez ici, tous les deux.

Lady passe en chancelant la porte grillagée verte. Elle entend couler de l'eau et le bruit d'une écuelle en métal qu'on dépose par terre. Dans l'ouverture de la porte, Togo attend. L'homme sort, observe le chien et murmure :

– Je ferais peut-être mieux de ne pas le faire rentrer tout de suite. S'ils… Et puis merde ! Togo est assez grand pour se défendre tout seul.

– Contre quoi ?

Elle est heureuse de trouver quelque chose à dire. Les mots lui permettent d'ouvrir la bouche, lui donnent un peu d'air.

– Contre les autres… Mais non, ça va aller. Togo, viens ici !

Des aboiements intenses et excités accueillent son retour. Il doit se frayer un chemin dans la meute en mordant à gauche et à droite. Deux mâles se cherchent querelle, sans grande conviction.

– Je vais leur donner à manger. Ça les calmera.

Les pommes de terre ont pris une couleur sombre. Elle les coupe en tranches et les fait cuire en même temps que la viande hachée, elle n'a pas le courage de faire autre chose.

Ils regardent par la fenêtre, mâchent en silence.

– Je crois que je vais aller me coucher, finit-elle par dire.

– Moi aussi. Mais je vais d'abord faire rentrer les chiots à l'intérieur.

Ils laissent parfois les chiots dormir dans leur lit, afin de les habituer à associer l'odeur humaine à un moment de repos et de sécurité. C'est pourquoi elle se réveille entourée de cinq chiots. Il fait sombre, on est en pleine nuit, un cri terrible l'a tirée de son sommeil. Tout est silencieux maintenant.

Mais de nouveau un cri déchire la nuit. Elle allume la lampe au mur, tourne la tête. Il dort.

– Réveille-toi, fait-elle en le secouant.

Les chiots clignent des yeux, un peu désorientés.

– Il s'est passé quelque chose. J'ai entendu des cris.

– Merde !

Il s'extirpe du lit, enfile son pantalon, se précipite hors de la chambre, les sabots aux pieds. Elle reste au lit, accoudée, à tendre l'oreille, avant de se lever à son tour et d'enfiler sa combinaison jusqu'à la taille. Les chiots bâillent, alors elle remonte la couette sur eux.

– Dodo et pas de pipi au lit, hein !

Il a le front appuyé contre le grillage. Elle-même ne distingue rien, elle entend seulement le halètement des chiens et un faible gémissement.

– Qu'y a-t-il ? Qu'est-ce qui s'est passé ?

Une voix aussi ténébreuse que la nuit lui répond :

– Ils lui ont fait la peau.

– Je ne vois rien… Je…

D'un geste, il allume la lumière extérieure. Elle met sa main en visière et aperçoit un groupe de chiens dans un coin de l'enclos, un amas d'yeux brillants comme autant d'étoiles qui, lâchement, regardent par terre, nuque baissée, oreilles plates. Certains montrent les dents et lancent des regards obliques vers l'extrémité de l'enclos. Là où Togo gît. Sur le flanc, immobile, du sang autour de la tête et de la poitrine.

– Est-ce que c'est parce que…

– Oui.

– Oh, mon Dieu !

Il entre dans l'enclos et s'approche d'eux. Elle le suit. Ils rampent vers lui et il les force à rentrer, un à un, dans leurs cages, elle entend le cliquetis sec des verrous qui se referment automatiquement. Ensuite il s'accroupit à côté de Togo et le caresse doucement.

– C'est de ma faute, bredouille-t-il d'une voix épaisse. Je n'aurais jamais dû…

À bout de forces, Togo relève la tête pour lui lécher lentement le poignet avant de la laisser retomber.

– Heureusement qu'il n'est pas mort ! s'écrie-t-elle, soulagée.

Elle ne voit que plaies ouvertes, blessures, bave et écume blanche. Le museau, déchiqueté sur un côté, a mis à nu une partie de la dentition.

– Non, mais ça aurait été mieux pour lui. Cela lui aurait évité la honte… la honte de ne pas avoir eu le dessus.

Elle examine ses pattes. N'y décèle aucune blessure.

– Mais pourquoi il reste couché comme ça ? Est-ce qu'il s'est cassé…

– Mais bordel de merde ! Tu ne comprends donc rien ? C'était lui, le chef de meute !

Sa voix se brise. Il tousse et continue d'une voix monocorde :

– Et maintenant il s'est mis à plat ventre… devant eux.

Elle jette un coup d'œil sur la splendide queue qui, tantôt, se balançait avec tant de panache aux yeux de tous. À présent, elle est fine, en lambeaux, et la fourrure est réduite à de petites touffes.

– Ils lui ont fait la peau, martèle-t-il dans un souffle.

Elle sent une boule de chagrin lui nouer la gorge tandis qu'elle se penche pour caresser le pelage de l'animal.

Mais Togo reste impassible, les yeux ouverts, à fixer l'obscurité de la nuit. Un regard nu.

Elle se redresse, fait deux pas en arrière, le gravier crisse sous ses sabots.

– Je m'en charge, lâche-t-il.

– T'as besoin d'aide ? Tu veux que j'aille chercher du désinfectant ou…

– Non. Ça va aller. Rentre auprès des chiots.

Une fois sur les marches, elle se retourne pour les regarder. L'homme n'a pas bougé. Togo non plus.

Les chiots dorment. Elle se glisse sous l'édredon et se blottit contre eux. Attend.

Elle n'attend pas longtemps. Le coup lui déchire les tympans et vient se loger à l'arrière de son crâne. Elle presse le corps d'un chiot contre elle. Après la déflagration, elle entend les autres chiens hurler, hurler à la mort. Elle ouvre les yeux, mais les referme sur-le-champ quand il rentre se coucher.

Il traîne une odeur derrière lui, une odeur de poudre et de sang.

Avec une infinie douceur, elle vient se blottir contre son dos. Dur comme de la glace. Elle s'écarte.

La pluie a transformé la cour en une véritable mare de boue. À intervalles réguliers, il sème des graines de gazon comme s'il donnait à manger aux poules, des graines qui auront à peine le temps de pousser avant la prochaine averse, la prochaine marque de botte, la prochaine trace du sulky qui, à coups de secousses énergiques, tracera péniblement sa route.

À l'entrée de la cour, il y a des plaques vertes là où les graines qui ont eu la chance d'atterrir dans un coin protégé ont pu germer. Elle se souvient de la dernière fois qu'il a semé et aussi de celle d'avant. Dire qu'elle est ici depuis tout ce temps… Elle ne saurait dire le nombre de jours et encore moins la date exacte. Seul repère : il a semé l'herbe deux fois et la terre s'est transformée en gadoue dès qu'il s'est remis à pleuvoir.

– Pour les graines, il faut de la terre et non de l'argile, avait-elle fait remarquer la première fois, et d'ailleurs c'est au printemps qu'on…

– Peut-être, mais moi je fais comme ça, avait-il répliqué en passant ses mains sous l'eau pour faire partir les minuscules graines restées collées entre ses doigts.

Il s'est endormi aussitôt cette nuit-là. À l'intérieur de ce corps endurci, il a réussi à trouver le sommeil alors que son index se rappelle avoir appuyé sur la détente et que les oreilles bourdonnent encore du bruit de la déflagration. Au petit matin, il est sorti. Avec les chiots.

Assise à table, elle boit son café au fort goût d'huile de foie de morue, regarde la lumière matinale tremblotante et l'eau qui s'écoule dans la cour. Les chiens ont eu à manger. Elle aperçoit ici et là dans l'enclos les écuelles en inox léchées jusqu'à en être étincelantes. Le calme règne, les chiens se sont mis en boule pour se protéger de la pluie, on dirait de petites peluches blanches dont il est impossible de distinguer l'avant de l'arrière. Elle ferme les yeux et inspire, ce qui lui fait aussitôt remonter dans la gorge un arrière-goût d'huile de foie de morue. Ça au moins, elle continue à en prendre. Il n'a pas réussi à lui faire renoncer à cette habitude-là. Ni à celle de se maquiller. Une chose est sûre : elle prendra de l'huile et mettra du mascara. Chaque jour. Se regardera dans la glace et se reconnaîtra. Sentira ce goût d'huile de foie de morue dans le café et saura qu'une nouvelle journée commence. Pas n'importe quelle journée. Une journée nouvelle qu'elle prendra à bras-le-corps.

Elle déniche un morceau de pain dans le tiroir. Se coupe une tranche qu'elle laisse posée là, retourne vers la fenêtre. Elle a beau savoir où il est, elle attend quand même. Presse son visage contre le carreau pour voir le plus loin possible vers la gauche. Il rentrera bientôt, une pelle sale à la main, car il n'a pas eu le temps de le faire cette nuit. Elle reprend sa tranche de pain et l'examine. De la mie de pain brune et poreuse, entourée d'une croûte bien dure. Elle étale du pâté de foie, mord dans sa tartine. Elle pourrait profiter de l'occasion pour être normale à présent, redevenir elle-même, ne pas être dans l'attente, puisqu'il est dehors. Elle pourrait téléphoner à quelqu'un. Se laver. En faisant pipi ce matin, elle a senti l'odeur de sperme d'hier. Bien sûr qu'elle pourrait se laver. Elle a des slips propres et même un gant de toilette. Mais elle sait aussi pourquoi elle ne le fait pas : elle a pris goût à cette odeur, une odeur qui persiste plus de temps qu'il n'en faut pour la produire.

Il n'a pas retiré ses bottes, ça s'entend au bruit poisseux sur le linoléum de l'entrée. Elle n'a plus l'arrière-goût d'huile de foie de morue dans la bouche, mais le café est froid. Elle contemple les touffes d'herbe vert pâle et songe aux efforts que doivent fournir toutes ces petites graines pour faire des racines dans un sol si argileux. Pas le moindre ver de terre pour vous faciliter la tâche. Une masse compacte marron qui pourrait donner de la vie, mais encore faudrait-il que les racines parviennent à se frayer un chemin.

– Tiens, t'es levée ?

Un museau de chiot se frotte contre ses pieds. Elle prend l'animal dans ses bras. Un ourson aux yeux bleus et à la langue qui tourne dans tous les sens, une épaisse fourrure blanche avec des gouttes de pluie qui sont autant de perles brillantes. Elle y enfouit son visage, sent les gouttes glacées lui piquer la peau, surprend l'expression désarmante du chiot et ne peut s'empêcher de sourire.

– Il y a encore du café.

Le chiot s'empresse de lui lécher la bouche.

– Pourquoi tu n'as pas allumé le poêle ?

– Il ne faisait pas si froid que ça.

Elle baisse les yeux pour voir où sont les autres chiots, mais il n'y a que celui-là.

– Et les autres, tu ne les fais pas rentrer eux aussi ?

– Je me suis dit que celui-là te changerait les idées.

Elle le regarde droit dans les yeux.

– Est-ce que j'ai l'air d'en avoir besoin ?

Il a le visage en sueur, ses yeux vont de la bouilloire au poêle, puis au chiot, avant de fixer le sol.

– Mes bottes. Attends, je vais les enlever.

Elle lui tend le chiot :

– Non, tiens, ramène-le d'abord auprès des autres.

Elle cligne des yeux quand il traverse la cour de la ferme, une image floue à cause de ses cils raidis par le mascara. Dans la clarté du matin, il n'est plus qu'un point sombre, un point sombre en mouvement. Il porte quelque chose d'un blanc éclatant qui proteste en comprenant où on le ramène. Elle voudrait être en colère, mais ça ne vient pas.

Elle aime être assise à ses côtés. En route vers… peu importe. En route. Voir ses bras sur le volant. Presque à l'horizontale. Elle connaît tout ça par cœur, elle peut jeter un œil à l'intérieur d'une voiture inconnue, apercevoir un volant à la va-vite et savoir que les bras qui le saisiront seront forcément malingres et courts, et formeront un angle aigu, comme deux bûches fendues qu'on aurait cassées au milieu.

Tandis que ceux-là… Des bras d'homme qui se tendent loin devant eux, les manches de chemise retroussées, avec des épaules puissantes qui font que tout le haut du corps participe. Elle considère la route, les trous, les flaques ; se souvient de l'époque où elle faisait du stop et montait dans la cabine des routiers, la musique rock qui résonnait les soirs où la pluie faisait briller la chaussée, et des bras comme ceux-ci, des bras inconnus dont elle a rêvé par la suite, lorsqu'elle s'est retrouvée sur le bord de la route, le pouce levé, frigorifiée, avec encore dans les narines l'odeur du sapin désodorisant que certains accrochent à leur rétroviseur.

Elle observe en douce ses avant-bras, s'imagine qu'il donne un coup de frein, lâche le volant, tourne ses mains vers elle pour la soulever, l'installer à califourchon sur lui, descendre la fermeture éclair et presser son visage contre ses seins. Elle sentirait le volant contre sa colonne vertébrale, ses cheveux toucheraient peut-être le toit et elle se dirait : si des gens ou des voitures passent, ils nous verront, verront ses mains crasseuses et ses ongles noirs à cause des crottes de chiens et de la graisse des fourrures…

– T'as de l'argent ?

– De l'argent ?

– Oui. Des pièces, des billets. Ce qui sert à acheter de la nourriture, de la bière, des croquettes, quoi !

– Pourquoi t'es en colère ?

Il donne soudain un violent coup de volant. Le lourd 4 × 4 dérape, faisant s'entrechoquer caisses, outils et bouteilles vides. Une corde enroulée glisse le long de la paroi et vient heurter la cloison derrière les sièges avec un bruit sourd, en libérant une odeur de chanvre mouillée. La voiture fait une embardée à cause d'un nid de poule au milieu de la chaussée. Sa tête cogne le toit. À présent, ce n'est plus seulement dans son imagination.

– Mais je ne suis pas en colère, bordel, qu'est-ce qui te prend ?

– Si, tu es colère. Parce que…

– La ferme. Je t'ai demandé si tu avais de l'argent.

– Je t'aide déjà. Avec les chiens. Avec le reste aussi… Mais avant moi, tu en avais une autre, non ? Et tu la payais, elle.

– Dis donc, tu ne manques pas de culot. T'es fauchée ou quoi ?

– J'utilise une autre banque. Pas celle qui est ici.

– T'as qu'à faire un transfert.

– Tu préfères que je m'en aille ?

Toutes les odeurs dans la voiture lui montent soudain à la tête : celles des chiens, de la boue, des croquettes et des lanières de cuir à moitié pourries. Elle sent qu'il l'empoigne, ses avant-bras durs comme du roc, ses mains capables de la soulever d'un bloc et de la retourner comme une crêpe pour la mettre sur le ventre ou sur le dos, la hisser contre lui dans la position d'une chienne, la saisir sous les genoux et les faire plier comme fétus de paille, les écarter, la tenir par la nuque et serrer. Mais pourquoi lui fait-il autant d'effet ?

– Tu pleures ?

Il gare la voiture, lâche le volant et pose ses mains sur les genoux. Le moteur tourne à vide. Derrière le bruit du moteur, elle entend la pluie tambouriner sur le toit. Le siège est chaud sous ses fesses.

– Tu pleures.

– Non.

– Pourquoi tu ne m'as pas posé de questions sur Togo ? Écoute, soit tu chiales un bon coup, soit tu t'en fous comme moi et tu passes à autre chose.

– Ce n'est pas vrai, tu t'en fous pas de Togo.

– Si, maintenant qu'il est…

– Il aurait pu continuer, même si…

– Non. Et toi, tu restes avec moi.

Il enclenche la vitesse et relâche si brutalement la pédale d'embrayage qu'elle manque d'avoir le coup du lapin.

– Bon, t'as de l'argent ou pas ?

– Pourquoi, t'en as pas, toi ?

– Pas avant d'avoir vendu les chiots. Mon annonce paraît aujourd'hui dans *Les Nouvelles des chiens polaires.*

– J'en ai un peu. Je peux faire un transfert.
– Dans ce cas, on y passe d'abord.

Elle n'a pas envie d'être là, devant ce guichet éclairé. Avec ses sabots et sa combinaison rouge sur ce parquet. Elle fait des taches, elle salit. Elle doit aussi sentir mauvais. Mais la femme qui lui fait face se comporte le plus normalement du monde. Elle remplit donc le formulaire en indiquant son adresse avant de le lui remettre. Des mains s'en saisissent. Des lunettes se penchent et lisent l'adresse.
– Ah ! fait la dame.
– Comment ça ?
– C'est là que vous… habitez.
– Oui.
– Vous voulez deux mille couronnes ?
– Oui.
– Il faut que j'appelle pour vérifier si le compte est approvisionné.

Personne ne la regarde ni ne fait attention à elle, non, personne ne semble remarquer que ce n'est pas vraiment elle. Ils s'imaginent peut-être que c'est elle qui a choisi cette combinaison. Savent-ils qu'elle vient de descendre d'un 4 × 4 tout crotté ? Ont-ils entendu le coup de feu ? Ce ne doit pas être le premier. Est-ce que le son porte aussi loin ?
– Ça fera cinquante couronnes de frais. Si vous les avez, ça m'arrangerait, comme ça je vous donnerai deux billets de mille.
– Non, je n'ai que de la monnaie.
La dame lève la tête, prend soudain un air compréhensif, baisse ses lunettes et chuchote d'une voix basse et nasale :

– Vous savez, vous n'êtes pas obligée… Voulez-vous que je dise qu'il n'y a pas assez sur le compte ? Ou que ça prendra quelques jours ?

Elle se déhanche, et du coup son pied glisse un peu dans le sabot trop grand. Elle pose les coudes sur le joli comptoir et sent monter une bouffée d'angoisse.

– Qu'est-ce que vous cherchez à me dire au juste ?

La dame est sur le point d'expliquer ce qu'elle entend par là, elle se penche en avant, bouche ouverte, mais c'est trop tard.

– Qu'est-ce que vous cherchez à me dire ? Vous croyez que je ne sais pas ce que je… Donnez-moi mon argent.

Les lunettes remontent illico sur le nez. La dame compte les billets de cent et pose le billet de cinquante sur le dessus. Une liasse bien gonflée.

– Merci, dit-elle d'un ton sec en la prenant.

Elle contracte ses muscles pour éviter de glisser sur le parquet. Elle se rappelle tout à coup qu'il y a marqué un mot au dos de sa combinaison et elle est contrariée à l'idée que la femme aux lunettes puisse le lire alors qu'elle-même ne s'en souvient même pas.

Il attend dehors dans la voiture.

– C'est bon ?

– Oui.

– T'as la liste des courses ?

– Non. Je préfère rester dans la voiture, vas-y, toi.

Elle les voit entrer et sortir du magasin : des gens ordinaires qui, c'est sûr, sentiraient bon si, à la suite d'un accident, ils devaient se retrouver tout nus sur un brancard d'hôpital stérile. Il est maintenant à l'intérieur. Il marche parmi eux et touche les produits alimentaires aux emballages criards avec ses mains. Ici, maintenant. Il les dépose dans un Caddie, il est un homme comme tous les autres. Un homme avec un portefeuille, un permis de conduire, un numéro de Sécurité sociale, c'est à n'y plus rien comprendre.

– Viens, dépêche-toi, murmure-t-elle.

Tout à coup, elle se rappelle ce qu'il y a d'écrit sur la combinaison. Ce que la dame a lu quand elle s'est éloignée avec sa démarche gauche : *lifestyle.*

Il a un reste de salade de crevettes sur la joue, côté gauche. Elle le lui dit. Il s'en débarrasse avec la pointe de la langue tout en tranchant le pain en l'air, du pain blanc dont la croûte fait des miettes et qui est si frais que la mie colle aux dents quand on mord dedans. Il mâche la bouche ouverte. Elle voit sa langue faire tourner la nourriture jusqu'à ce qu'elle soit devenue de la bouillie. Il feuillette des publicités trouvées dans la boîte aux lettres, lit à haute voix la description vantant un composteur et rit des termes débiles employés. La cuisine les enveloppe comme une couette. Les chiens se sont calmés, assommés par le bruit incessant de la pluie et certains maintenant qu'ils ne partiront pas en promenade. Ils ont fait tout à l'heure un vacarme de tous les diables quand il a entassé les sacs de croquettes dans la réserve et laissé sortir Lady seule dans un des petits enclos à l'arrière.

La nuit est oubliée, les aboiements ne sont plus entachés du moindre souvenir, de la moindre honte. La pluie a chassé les odeurs et lavé le sang. Ils peuvent de nouveau se bagarrer là où Togo gisait, secouer leurs fourrures et trépigner avec leurs larges pattes, se pousser épaule contre épaule pour grimper le plus haut possible contre le grillage et le voir, lui dont tout dépend, qui dirige tout et fait tomber des cadeaux du ciel comme bon lui semble : nourriture, caresses, balades, mots gentils. Elle les a observés pour déceler des signes de honte ou de culpabilité, mais non, ce sont des chiens, des animaux, il faut qu'elle se mette bien ça dans le crâne. Ce qu'elle a interprété cette nuit comme de la honte, n'est sans doute que la peur d'avoir fait quelque chose de mal, quelque chose qui a attiré sur eux les foudres de leur maître. Ils ont été enfermés, on leur a crié dessus, voilà, la punition est tombée, maintenant on peut tourner la page. Rideau sur ce qui s'est passé, rideau sur le souvenir même. La punition reçue assure paix et oubli. De nouveau, tout est possible.

– T'en veux encore ?

– Non, j'ai plus faim.

Il tient toujours le couteau à pain dans la main droite lorsqu'il tend la gauche par-dessus la table pour saisir ses joues et lui faire une bouche en cœur. Ça le fait sourire – il a de la nourriture entre les dents –, il la regarde droit dans les yeux.

– Alors comme ça, tu ne voulais pas sortir l'argent, hein ?

Elle parvient à soutenir son regard. Quand il la fixe ainsi, c'est rare que ça dégénère. Elle tente un sourire, mais elle est bloquée par la force des doigts. Il resserre encore son étreinte et elle sent la peau de ses joues lui rentrer dans les mâchoires. D'un mouvement brusque, elle parvient à se dégager. Ça l'amuse.

– T'as pas l'intention de t'occuper ?

– Comment ça ? s'étonne-t-elle en se passant la langue à l'intérieur de la bouche.

– De faire des trucs de bonne femme. Vous adorez ça, vous autres, passer votre temps à ranger...

– Hein ?

– Oui, déplacer les meubles, les objets. Trouver que c'est mieux comme ça. Changer des trucs. Tenir compte des couleurs. Surveiller la saleté, la lessive, la nourriture, la...

– Ce n'est pas mon genre.

– Non, je sais. D'ailleurs t'as rien dit pour la couleur de la combinaison.

– Pourquoi, y avait d'autres couleurs que le rouge ?

– Qu'est-ce que tu crois ? dit-il en riant. Ça existe en bleu ou en marron. Même en jaune vif. Les femmes les préfèrent bleues en général.

– Tes femmes à toi ?

– Mais toi, t'as aimé le rouge.

– Je n'ai pas vraiment fait attention.

– Si, t'as aimé le rouge. Et tout de suite. T'as pas posé de questions. J'ai apprécié.

– Je te dis que je n'ai pas vraiment fait attention.

Il se penche au-dessus de la table et l'informe tout bas :

– Quand le rouge sera usé, t'en auras une bleue.

Elle se lève pour ranger la boîte de pâté dans le frigo.

– Je peux très bien m'en acheter une moi-même, dit-elle calmement.

Elle range la nourriture mais laisse traîner une oreille au cas où... Elle éprouve un profond sentiment de triomphe en voyant qu'elle ne s'est pas trompée et qu'elle commence à le connaître, lorsque tout à coup il l'enserre par-derrière, la retenant prisonnière entre ses bras musclés. Il lui souffle dans la nuque et la lèche jusqu'à la racine des cheveux. Flottant entre lui et la poignée de la porte du frigo, elle sent gonfler les lèvres de son sexe. Le souffle de l'homme embaume le pain et le lait. Si elle avait réussi à baisser les yeux, elle aurait vu ses mains crasseuses contre le tissu rouge.

– Ferme la porte du frigo, chuchote-t-il. Ce serait bête de gâcher la nourriture.

Elle lâche la poignée et renverse la tête en arrière, ouvre grand la bouche car elle manque d'air. Il tripote la fermeture éclair. Elle l'aide un peu quand il referme ses doigts sur les siens et tire d'un coup sec jusqu'en bas.

– *Je peux venir ?*

– *Non.*

– *Pourquoi ?*

– *Au cas où quelqu'un appellerait pour l'annonce. Il faut que j'arrive à vendre ces foutus chiots.*

Ils sont obligés de forcer la voix pour couvrir celle des chiens, déchaînés : ils ont compris qu'ils vont enfin partir en balade. Il est penché au-dessus des harnais, des colliers et des laisses, quatre lignes de deux chiens avec un chien de tête. Son pull islandais sale est tout effiloché au niveau du poignet gauche où pendent, tels des vers de terre, des fils de laine écrue.

– *Eh, du calme ! Du calme, bordel !* Mais restez tranquilles…

Les chiens sont maintenant attelés, les aboiements ont fait place à des glapissements d'impatience.

– Qu'est-ce que je dois dire si quelqu'un appelle ?

– J'ai écrit leur pedigree sur un papier posé sur la table… Les courses qu'ils ont faites, enfin ce genre de choses… *Mais du calme, bordel ! Sinon tout va s'emmêler !* T'inquiète pas, tu t'en sortiras très bien.

Elle regarde le chien de tête. À la place de Togo, il a attelé Varg, un jeune chien fougueux qui ne tient pas en place. Mais ça, c'est parce que c'est le départ. Ensuite, comme il est obéissant et intelligent – il connaît la différence entre le sprint et la randonnée, entre sa gauche et sa droite –, il saura imprimer le bon rythme à ceux qui le suivent.

– Bon, j'y vais. J'en ai pour deux heures maxi.

Il n'y a rien à répondre à cela. De toute façon il n'aurait pas entendu.

– *Allez ! Go !*

Varg se jette en avant en poussant un cri rauque et met le cap vers la forêt. Il s'engage non pas sur le chemin plein de trous et de flaques qu'on prend pour aller au magasin, mais sur celui qui passe par la montagne et qui a été soigneusement damé et couvert de graviers.

Les roues du sulky s'éloignent dans un grondement. L'attelage n'est plus qu'une colonne tremblée de langues pendantes, de queues dressées, de pattes larges qui martèlent le sol, enfonçant leurs griffes dans la terre pour s'élancer de plus belle.

Elle continue à tendre l'oreille même lorsqu'ils ont disparu, les aboiements faiblissent, signe que l'ardeur des premiers mètres a laissé place à l'application pour le travail bien fait. En avant ! Plus loin ! Plus vite ! Maintenant qu'ils sont enfin lancés, pas question de perdre un souffle précieux en de vains aboiements. Un attelage avec Varg en tête et l'homme à l'arrière, dont la présence ne leur est perceptible que par ces mots : « *Allez ! Go !* »

Elle adore la panique et la folie juste avant le départ, ce chaos apparent de laisses et de courroies qui concentre soudain toute cette énergie dans un même but.

Elle inspire et jette un regard vers l'enclos principal, vers ceux qui sont restés. Ils ont hurlé de désespoir en mêlant leurs voix à celles des heureux élus, mais une fois l'attelage hors de vue, ils se sont résignés, ont posé la tête sur leurs pattes, le regard vide, en attendant le retour des autres.

Elle ouvre la porte grillagée verte et pénètre dans l'enclos à l'arrière, où Lady est seule.

– Salut, toi, chuchote-t-elle en s'accroupissant.

Lady s'approche en remuant la queue, avec les oreilles basses et un large sourire. Elle n'a jamais vu une autre race de chiens sourire, hormis celle-ci. Car Lady sourit et ses yeux aussi, elle est contente d'avoir de la visite. Quelqu'un qui est venu pour la caresser, lui parler, et non pour lui donner à manger, graisser ses pattes, couper ses ongles ou enlever les mites ou autres parasites de ses oreilles. C'est une visite, un point c'est tout, sans autre but que de faire des caresses et tapoter sa fourrure, sans qu'on n'ait rien eu à faire pour mériter ces faveurs.

Lady s'appuie de tout son poids contre elle, au point qu'elle manque de la renverser.

– Alors comme ça, t'as des bébés dans le ventre…

Elle lui passe la main sous l'abdomen. Là aussi, malgré la fourrure dure et fournie, elle sent au bout de ses doigts la chaleur du ventre et du bassin. Lady sait-elle que Togo est mort ? Est-ce qu'une chienne comprend qu'elle a été inséminée ? À l'intérieur de ce ventre se trouvent de minuscules groupes de cellules qui vont donner de nouveaux chiots.

Des chiots qui naîtront, seront allaités et deviendront à leur tour de bons chiens de traîneau, avec leur vie propre. Peut-être y aura-t-il un futur chien de tête parmi eux, un animal qu'on pourra entraîner jeune et qui tirera bien l'attelage. Un qui n'acceptera pas de se retrouver loin derrière, qui saura imprimer son tempo, qui comprendra tous les ordres criés dans sa nuque, un qui ne verra devant lui que des étendues de neige vierge, qui n'aura pas pour seul horizon, à chaque foulée, les arrière-trains et les pattes de ses congénères.

– Peut-être que tu as un chien de tête dans ton ventre… un petit Togo, ici, bien au chaud ?

Lady lui donne un coup de langue sur la joue. La jeune femme ferme les yeux, elle sent quelque chose se déchirer en elle, ses cils se mouillent, elle enfouit son visage dans la fourrure et respire l'odeur rassurante et âcre de la peau grasse de la chienne. Elle peut se reposer un peu, pleurer et échapper à la solitude. Mais Lady s'écarte maintenant et l'observe, sur ses gardes.

Elle reste accroupie, le visage dans les mains. Ses sanglots sont si violents qu'elle tombe sur les fesses et se retrouve les jambes en l'air. Le souffle coupé, elle entend à peine la sonnerie du téléphone au loin. Cela ne la concerne pas. Au bout d'un moment, elle se frotte les yeux. Lady n'a pas bougé et la fixe, les oreilles dressées, inquiète, comme si elle se tenait face à une parfaite inconnue.

– Lady… t'as eu peur ? C'est rien… les humains ça pleure parfois… on ne hurle pas comme vous… Allez, viens.

La crise est passée. Elle ne veut plus laisser couler d'autres larmes. Elle tend les bras vers la chienne et Lady s'approche, la queue entre les jambes.

– N'aie pas peur… c'est rien…

Une fois près d'elle, Lady se couche sur le dos. En remuant, sa queue balaie des petits cailloux.

– T'es une drôle de chienne, sourit-elle, oh, ma toute belle… Tu vas bientôt rejoindre les autres, maintenant que tu n'es plus en chaleur… Il ne faudrait pas qu'ils te croient disponible… Ils n'en ont rien à faire, eux, que quelqu'un soit passé avant… Et peut-être que ça ferait tout rater… Oh, ma toute belle, rien qu'à moi…

Elle lui caresse la fourrure sur le ventre, la chienne ferme à moitié les yeux de plaisir et émet au fond de sa gorge des ronronnements de chat. Elle lui passe les doigts sur les oreilles, dont le duvet se termine en pointe comme chez le lynx.

– Ce que tu peux être belle…

Dans les semaines à venir, elle va voir le ventre s'arrondir et, plus tard, les chiots naîtront… elle aura sous les yeux le résultat de l'après-midi où Togo a monté Lady, le sexe pulsant de vie et les pattes avant enserrant ses flancs.

Elle guette les bruits de la forêt, se lève, aussitôt imitée par Lady qui dresse l'oreille. Non, rien. Les autres doivent s'être enfoncés loin dans la montagne, emportés par la poussée irrésistible du chien de tête.

Soudain elle perçoit une odeur reconnaissable entre toutes – celle qui annonce la pluie. Le ciel a l'air d'être comme d'habitude, mais des nuages menaçants laissent présager le déchaînement des éléments. Elle a toujours épaté son entourage par ce don : pressentir la pluie.

Peut-être l'odeur de l'ozone, qui sait ? Mais cette pluie-là ne sent pas bon, elle pue. Elle laisse Lady dans l'enclos, vérifie que les sacs de croquettes qu'ils n'ont pu mettre dans le garde-manger sont malgré tout à l'abri. Même chose pour les sacs de ciment.

Elle prend une profonde inspiration et sent encore cette odeur forte envahir ses narines en lui laissant un goût métallique dans la bouche.

Un gros orage se prépare.

Trois heures ont passé et il n'est toujours pas rentré. Il s'est mis à pleuvoir. Un coup d'œil au thermomètre : il fait + 4 °C. Quelques degrés de moins et il aurait neigé. C'est tout ce dont il rêve et qu'il a planifié : la pluie gèlerait, l'hiver s'installerait définitivement et permettrait de sillonner à loisir les hauts plateaux alentour. Des inconnus appelleraient dès fin novembre pour réserver une randonnée en février ou mars, pour un week-end, une semaine ou quinze jours. Ils viendraient de loin pour vivre une expérience inoubliable au milieu des espaces sauvages et paieraient le prix fort pour admirer une telle blancheur.

Sans compter que ce serait la saison des courses et des compétitions. Les courses d'endurance où les attelages se mènent une lutte sans merci, où on laisse passer devant un jeune musher sans expérience qui pousse trop ses chiens au départ et leur abîme les pattes, parce qu'on sait qu'il sera obligé d'abandonner à mi-course.

Tout au début, quand il ne savait pas qu'elle serait à lui et qu'il voulait l'impressionner, il lui avait raconté comment il faisait croire à ses concurrents que ses chiens étaient épuisés, les obligeant à courir plus lentement.

Voyant cela, les autres relâchaient la pression et prenaient quelques heures de repos supplémentaires, mais c'est justement là qu'il en profitait pour creuser l'écart. Ils n'arrivaient alors presque jamais à le rattraper.

– Tout est affaire de psychologie, disait-il. Une technique comme une autre pour épuiser les autres.

– C'est pas de la triche ?

– Ça va pas, non ? Ça fait partie du jeu. Dans une course, la stratégie est aussi importante que la forme des chiens ou l'état de leurs coussinets.

La lumière dehors a pris la teinte gris acier des soirs d'automne. Des trombes d'eau se déversent des nuages noirs accumulés au sommet des collines. De grosses gouttes de pluie s'abattent et s'accrochent à tout ce qu'elles rencontrent, de véritables rivières se forment dans la cour et ravinent la terre. Il n'y a pas eu d'autres coups de téléphone. Elle passe en revue les pièces, touche aux objets, aux plantes en pot desséchées, regarde les tableaux au mur représentant des chiens sous le harnais ou des hauts plateaux sous le ciel bleu. Elle allume le poêle et va chercher le balai avec la pelle. Balaie ici et là, il y a de la poussière et de la saleté partout. Entre dans la salle de bains, fouille un peu dans les armoires. Trouve un mascara qu'elle ne connaît pas, tout sec, waterproof. C'est sûr que par ici, avec lui, mieux vaut avoir un mascara qui ne coule pas – elle n'est visiblement pas la première à s'en être rendu compte. Soudain prise de zèle, elle examine le contenu des armoires, et ses soupçons se confirment : un paquet de tampons, une brosse violette pleine de cheveux blonds, une autre couleur rose avec des cheveux noirs, un gloss, une trousse de toilette. Elle l'ouvre mais il n'y a rien dedans. Le plastique à l'intérieur est sale, avec des taches couleur rouille : marques de rouge à lèvres, de poudre ou de blush ? En tout cas il y a des résidus marron clair. Fard à paupières ? Derrière les gants de toilette, elle tombe sur un string, taille 38. Propre.

Est-ce que ces femmes ont porté des combinaisons de travail ? Toutes les deux ou toutes les cinq ? Combien sont-elles à être venues ici ? Se sont-elles aussi cramponnées à la poignée du frigo en haletant ? Est-ce qu'il leur a aussi fait l'amour sur les sacs de croquettes en parlant ensuite de la pluie et du beau temps et en leur interdisant tout geste tendre, comme, par exemple, lui caresser la joue ?

Elle continue son inspection dans le salon – enfin ce qu'il appelle le salon car il n'y a ni canapé ni télé, ce qu'on associe d'habitude à ce genre de pièce. Elle fouille dans les tiroirs du bureau à la recherche d'albums photos ou de lettres. Mais tout ce qu'elle trouve, ce ne sont que des catalogues, listes de départ de courses, pedigrees, certificats vétérinaires, factures, brochures du Canada et de l'Alaska, stylos-billes et bouts de crayons mâchouillés. Rien que des choses en relation avec les chiens. Pas la moindre photo de nana en bleu de travail.

Elle n'a encore jamais fait ça. Faut dire qu'elle n'est jamais restée non plus aussi longtemps ici toute seule, non, jamais autant d'heures d'affilée. Qu'est-ce qu'elle est censée faire ? Le ménage ? La cuisine ? C'est ce qu'elles faisaient, les autres ? Elles jouaient à être la bonne épouse, la parfaite femme d'intérieur ?

Ça fait presque quatre heures maintenant. Elle repose sa tasse de café et va vers le bureau, histoire de vérifier que rien ne trahit sa fouille méticuleuse. Elle trouve, sans trop savoir comment, un seau dans la salle de bains, le remplit d'eau chaude, y verse des paillettes de savon noir, fait mousser – on dirait des nuages d'été qui gonflent dans le ciel –, hume la bonne odeur de propre et jette une serpillière dans l'eau savonneuse.

Le sol bleu clair est moucheté de taches noires. En passant la serpillière, elle laisse des bandes plus claires, comme les ruisseaux qui se sont formés dans la cour. Elle chantonne, réfléchit à ce qu'il y a dans le frigo. Et si elle lui préparait quelque chose de bon pour son retour ? Son retour auprès d'elle… Ils pourraient passer un bon moment ensemble.

Mais une fois qu'elle a vidé l'eau du seau et posé la serpillière sur le paillasson, elle regarde autour d'elle et se rend compte qu'elle a joué la parfaite maîtresse de maison.

Sa respiration se fait saccadée. Pourquoi tarde-t-il tant à rentrer ? À donner vie à ces pièces ? Pourquoi la laisse-t-il seule ? Elle n'en peut plus de l'attendre.

Elle bourre le poêle au maximum et sort. Une fois sur le seuil, malgré le bruit de la pluie, elle perçoit un faible gémissement. Un son lointain et désespéré qui vient du côté des chiots.

Et les voilà sur ses genoux, c'est une avalanche de peluches blanches, de queues qui frétillent de soulagement, de langues qui veulent monter sur elle et la lécher au visage.

– Mais comment ça se fait ? Mes petits trolls… mes bouts de chou… vous n'étiez donc pas à l'abri dans votre cage ?

Elle a dû oublier de les enfermer après leur avoir donné à manger. Ils sont allés dans la réserve. Elle va vérifier qu'ils n'ont pas fait de bêtises. Leurs petites dents n'ont quand même pas réussi à déchirer l'épais papier des sacs de croquettes même si l'odeur en est alléchante ?

Soudain elle l'aperçoit.

C'est celui qui a un V gris entre les yeux. Il veut se traîner vers elle et remue la queue, lui aussi, mais sa patte droite est toute tordue. En une fraction de seconde, elle le soulève et le prend doucement dans ses bras. Il a les yeux brillants de fièvre et lorsqu'elle touche son pied, il pousse ce gémissement poignant qu'elle a entendu tout à l'heure sur le seuil de la porte.

Elle l'examine à travers un rideau de larmes qui se déchire en sanglots et doit s'asseoir sur un des sacs pour mettre le chiot sur le dos.

La patte arrière est cassée au genou, au niveau de l'articulation, seuls la fourrure et quelques tendons maintiennent encore le tout. Le chiot a les yeux qui se révulsent. Dès qu'elle effleure la fracture, un son plaintif sort de sa gorge, il veut montrer les dents, mais sa langue reste collée entre les mâchoires et il perd connaissance.

Elle n'a pas fermé la cage, cette prison rassurante qui les protège contre ce genre d'accidents. Elle sait ce qui s'est passé : il est resté coincé derrière le radiateur électrique, ce truc crasseux fixé au mur. Ils ont dû faire les fous, elle les a souvent vus jouer, de manière assez violente même, et se retrouver comme projetés en l'air, comme des chats, avant de retomber un mètre plus loin. Sa patte s'est alors coincée et il n'a pu se dégager qu'en gigotant en tous sens, ce qui l'a cassée. Mais elle n'a rien entendu à cause de l'orage. Pendant ce temps-là, elle fouillait les armoires, respirait l'odeur de slips appartenant à des inconnues, ouvrait tous les tiroirs, se mêlait de ce qui ne la regardait pas. Et le chiot, lui, était fait comme un rat, attendant de l'aide, enfermé dans son âme de chien qui n'a aucune idée du temps qui passe ou de la réalité.

Tandis que l'animal blessé est couché sur un des sacs, elle fait rentrer les autres chiots dans la cage et leur pose une gamelle de nourriture. Elle s'occupera d'eux plus tard. Elle a plus urgent à faire pour l'instant. Avant de sortir avec le chiot dans les bras, elle jette un coup d'œil au radiateur électrique, une boîte carrée d'apparence anodine fixée au mur – un piège mortel. Elle imagine très bien la scène, la patte coincée derrière. En retraversant la cour avec la boule de poils blottie contre son cou, elle doit s'appliquer pour garder l'équilibre avec ses sabots, tant il y a de boue. Les gouttes d'eau sur son crâne la piquent comme des coups d'épingles.

Elle entend sonner le téléphone, mais elle ne peut pas courir et arrive trop tard.

C'est lui. Soudain, il est là dans la cour, sous la pluie. Elle colle son visage à la vitre et le voit faire entrer les chiens dans leur enclos. Deux boitent beaucoup. Elle entend la nourriture tomber dans des écuelles avec un bruit mélodieux, puis l'eau pour laisser tremper. Elle sait que si on leur donne de la nourriture telle quelle, ils peuvent avoir des retournements d'estomac, phénomène mortel chez les chiens. Sa respiration est calme et régulière, comme celle du chiot sur ses genoux. Le voilà qui traverse la cour, franchit la dizaine de mètres qui séparent les enclos de la ferme, il ne reste que l'escalier et il la rejoindra dans la cuisine. Elle regarde le sol propre. Sentira-t-il l'odeur du savon noir ? Comprendra-t-il qu'il s'est absenté trop longtemps ?

– Une balade de merde ! Tout était pourri : le temps, le terrain… J'ai dû en dételer deux et les prendre avec moi dans le traîneau. On a essayé de faire un tour sur le haut plateau, au début ça allait encore. Puis il s'est mis à tomber des cordes et ça a tout foutu en l'air, et… mais qu'est-ce que t'as ? T'es toute pâle !

– Je… tu avais dit deux heures.

Il n'a pas encore vu le chiot posé sur ses genoux, hors de sa vue, dissimulé sous la table.

– C'est ce que j'avais dit, je sais... tout ça pour une balade de merde ! Il fait combien dehors ?

– + 4.

– Mon Dieu, allez, un petit effort, grimace-t-il, fais encore descendre le thermomètre pour que je puisse commencer à bosser sérieusement. Au fait, quelqu'un a appelé ?

– Non.

– Quoi ? Personne ?! Absolument personne ?

– Non.

– Bordel de merde ! Il faut que je les vende... *Money money...*

Il se dirige vers le réfrigérateur. S'il se retournait maintenant, il le verrait... Et il se retourne effectivement, le pain à la main, et aperçoit le chiot.

– Il dort ?

– Non, il... il...

Les sanglots lui étranglent la voix. Parce qu'elle sait que jamais il ne voudra... Non, personne n'avait appelé.

– Il faut partir tout de suite... il faut aller chez le vétérinaire !

– C'est quoi ces conneries ?

Elle se met à pleurer, des larmes résignées comme on en verse avant de s'endormir. Dans un geste d'impuissance, elle lui tend le chiot :

– Sa patte arrière... C'est de ma faute. Il faut... il faut...

Il examine aussitôt la petite boule de poils. La pose à côté de l'évier, la palpe. Trouve la fracture. Tire sur la patte. Le chiot ne bronche pas.

– C'est complètement fracturé, constate-t-il à voix basse.

– Il faut qu'on aille chez le vétérinaire…

– Mais arrête avec ça, bordel ! Si tu voulais aller chez le vétérinaire, t'avais qu'à le faire avant…

– Mais je voulais t'attendre… Je croyais que t'allais rentrer d'une minute à l'autre… Je ne sais même pas où il est, le vétérinaire… Comment veux-tu que…

Il se tourne vers elle, une main posée sur le chiot :

– Tu ne sais pas faire démarrer une voiture ? Ça fait moins de cent kilomètres aller-retour !

– Si… si.

Elle se penche sur la table. Cette expression hautaine, cette bouche dont les lèvres bougent, elle ne les supporte plus. En tombant, ses larmes réveillent les odeurs de pain, de saucisse et de café à la surface du bois. Elle ouvre les yeux et fixe la table, elle croit voir comme une lumière sombre dans le creux de ses paumes, où son visage s'était enfoui.

En entendant la porte s'ouvrir, elle relève la tête.

Il est sorti en emmenant le chiot. Elle veut se lever mais se laisse retomber sur la chaise. Je vais attendre jusqu'à ce que j'entende le bruit de la voiture, se dit-elle, et j'irai voir les autres chiots. Puis je graisserai les coussinets des chiens qui ont couru. Et dans trois quarts d'heure, je leur donnerai à manger. Je rajouterai un peu de levure de bière et de graisse animale. Les petits auront droit à un œuf cru chacun avec un peu de crème fraîche. Et si je leur donnais aussi un peu d'huile de foie de morue ? Oui, bonne idée. À toute la meute, petits et grands. Ça m'occupera au moins une heure. Ensuite je balaierai et ferai un peu de rangement dans la remise. Passerai sous l'eau les longes qu'il a utilisées pour la balade. Nettoierai les roues du sulky, graisserai les essieux, mettrai en pratique tout ce qu'il m'a appris. Elle n'attend plus que le bruit de la voiture qui démarre pour se mettre à l'ouvrage…

Mais il revient sans qu'elle ait entendu quoi que ce soit, ni moteur de voiture ni coup de feu. Elle est incapable de dire combien de temps s'est écoulé.

– Maintenant je veux manger.

– *Qu'est-ce que t'en as fait ?!*

– *Mais ressaisis-toi, merde !*

Elle reste là, raide comme un piquet. De ses mains fermes, il la tient à bout de bras, tandis qu'elle sanglote et répète d'une voix étranglée :

– Qu'est-ce que t'en as fait… est-ce que tu…

Il la relâche. Elle se laisse glisser le long du mur et reste accroupie. Le sol est de nouveau sale. Déjà. C'est au moins ça.

– Écoute, tu vas pas en faire une maladie ! J'ai besoin de manger. Tu ferais mieux d'oublier le chiot. Ce n'était pas de ta faute. Il s'est retrouvé coincé derrière le radiateur, c'est ça ? Je t'ai dit que c'était déjà arrivé.

– Mais cette fois, c'est vraiment de ma faute… Tu dis toi-même que…

– C'est le genre de choses qui arrive, un point c'est tout.

– Comment tu l'as tué ?

– Je ne l'ai pas tué. Je lui ai ôté la vie. Pour ce que ça change… vu que personne n'a appelé…

– Comment…

– J'ai une grosse pierre qui me sert à ça, quand ils sont si petits. Voilà, puisque tu tiens tellement à le savoir.

Elle se remet debout et sort d'une démarche mal assurée. Elle ferme la porte de la cuisine derrière elle, a besoin de prendre l'air. Il n'essaie pas de la rattraper. Dehors la nuit est tombée. Le ciel sans étoiles écrase tout comme une chape de plomb et la forêt s'étend, noire et vibrante, sous les trombes d'eau. Elle se remplit les poumons et fait attention où elle pose le pied pour éviter de glisser sous la pluie battante. Derrière le grillage, des yeux affamés et intrigués suivent ses moindres gestes.

– Non. Pas encore. Bientôt…

C'est Lady qu'elle veut voir.

Cette fois, elle prend garde de ne pas pleurer quand elle s'assoit par terre pour tenir la chienne entre ses jambes. Elle l'enlace de toutes ses forces et s'enivre des parfums de sa fourrure, savoure sa langue toute chaude sur sa joue, s'enfonce dans cette manifestation du vivant, à l'intérieur comme à l'extérieur.

Cette nuit-là, il lui fait l'amour dans le lit. Ça n'était encore jamais arrivé.

Il se met sur elle et la pénètre, les bras en appui de chaque côté de son visage. Elle a les joues gonflées et brillantes de s'être retenue de pleurer. Nous pourrons dormir ensemble après, pense-t-elle, ce que nous n'avons encore jamais fait. Il enfonce sa tête dans l'oreiller au point de faire crisser les vieilles plumes et il éjacule en gémissant. On va enfin dormir ensemble, se répète-t-elle en boucle. Elle n'en revient pas d'avoir autant envie de lui, alors même qu'elle ne s'est pas sentie excitée. Elle se blottit contre lui, le drap devient visqueux entre ses cuisses. Elle glisse sa tête dans le creux du bras de cet homme.

Cela est de courte durée : il ne tarde pas à se retourner et à respirer, agacé, par le nez.

Pour finir, les yeux fermés, à moitié endormi, il marmonne :

– Impossible de dormir dans cette position… je crève de chaud.

La pluie a cessé. Par la fenêtre entrebâillée, le bruissement du vent lui parvient. Elle glisse une main entre ses jambes et respire l'odeur de ses doigts jusqu'à ce qu'elle l'entende ronfler paisiblement.

Cette nuit, entre eux, il y a un vide.

Pas le moindre chiot endormi.

Le lendemain matin, il veut aller seul en ville et lui annonce, le dos tourné, en allumant la radio :

– Je vais au magasin.

– Tu vas faire les courses ? Je crois qu'on n'a presque plus de café.

– Il y en a encore plein dans le placard. Tout en haut.

– Ah bon. Qu'est-ce que tu dois acheter ?

– Des chaînes. Et je dois aussi aller à la poste. Pour envoyer une inscription.

– Une inscription ?

– Oui, pour une course. Dans quinze jours.

Il s'approche d'elle, la prend soudain par les épaules et enfouit son visage dans sa nuque. Elle sent son souffle dans son cou, renverse la tête en arrière, tournant ses joues vers cette barbe de quelques jours et l'odeur de café de sa bouche. Sa combinaison est suspendue à une patère dans la chambre à coucher, elle ne porte qu'un slip et un tee-shirt. Elle regrette qu'il n'ait pas à la déshabiller d'abord.

Il a parlé d'une course. Dans quinze jours.

– Tu crois que la neige sera tombée d'ici là ? Dans deux semaines ? bredouille-t-elle.

– Chut…

Il a posé les mains sur ses seins, des mains de travailleur à la peau si rugueuse qu'elles semblent froides. Il les serre et les malaxe, sa respiration s'accélère, il se met à lui lécher la nuque, à sucer un lobe d'oreille. Elle sent ses genoux se dérober sous elle. Ça commence par une légère vibration, avant qu'ils lui donnent l'impression de se déboîter et de partir dans tous les sens. Un gémissement se fraie un chemin en elle, mais elle le réfrène, elle veut encore parler de cette neige, ne veut pas…

Elle amorce un mouvement pour lui faire face mais il la plie en deux sur la table et, avec un pied, approche un tabouret, tout en lui ôtant son slip. Docile, elle soulève le bon pied, sans se retourner. Il saisit alors une jambe au niveau du genou et le place sur le tabouret. Elle fixe le mur devant elle, contemple les moulins hollandais bleus du papier peint. Elle appuie son visage contre ses bras. Elle a les yeux qui brûlent, ses lèvres se gonflent en quelques secondes lorsqu'il la pénètre, toute mouillée. La radio passe une chanson allemande à la mode, sa jambe sur le sol refuse de la porter davantage et tout son corps s'affaisse. Il change alors sa prise et lui tient non plus la taille mais les hanches, pour pouvoir imprimer à son bassin de petits mouvements circulaires et la limer comme il faut. Elle sent l'odeur de sa propre sueur et les ailes des moulins hollandais se mettent à tourner de plus en plus vite, quand elle sent venir l'orgasme : elle s'abandonne, les contractions qui lui nouaient le ventre s'espacent au son de la musique qui continue de résonner dans la pièce, et c'est maintenant au tour de l'homme de jouir, elle le sait au rythme de ses coups de boutoir. Mais elle ne s'attendait pas à ce qu'il la tire en arrière par les cheveux, il les a saisis d'une seule main, alors que l'autre continue de tenir tout le poids de ses hanches. Ça lui fait mal à la peau du crâne, son larynx est tellement entraîné vers l'arrière qu'elle peut à peine respirer… quand enfin tout se calme, un silence rempli des dernières vibrations dans des corps immobiles, des échos aux faibles battements, la perception de quelque chose qui goutte et coule le long de sa cuisse.

La table étant couverte de miettes dures, elle s'est égratigné les avant-bras dans cette position. Les moulins ne tournent plus, elle s'aperçoit qu'il y a des cloques et des plis qui n'auraient pas dû exister. Qui a collé ce papier ? Pas lui. Elle se représente des mains de femme enduire ces lais de colle et en chasser le surplus avec une brosse après les avoir posés.

Elle ne tourne toujours pas la tête qui reste appuyée sur ses avant-bras. Avec ses mains toujours aussi froides, il lui remet son slip et le remonte jusqu'en haut avant de déclarer :

– Tu peux passer sous la douche.

Il faut que je prenne mon huile de foie de morue, pense-t-elle, je ne dois pas oublier d'en prendre. C'est une nouvelle journée qui commence, oui, une journée toute neuve.

– Tu as besoin de quelque chose au magasin ?

– Oui, de serviettes hygiéniques, répond-elle dans l'espoir de le blesser.

Il n'aime pas quand elle a ses règles. « Ce n'est pas de ma faute », a-t-il dit un jour qu'il débandait quand elle s'est mise à saigner en plein rapport sexuel. « Ce n'est pas de ma faute non plus, a-t-elle répliqué, c'est comme être en chaleur, on n'y peut rien. » Mais ce terme, curieusement, n'a pas eu l'air de lui plaire.

– Tu ne me feras pas acheter ça. Ni pour toi ni pour personne.

– Alors tu veux que j'utilise des bouts de linge ? lance-t-elle sur un ton moqueur en le regardant. Des bouts de linge que je laverai et suspendrai au-dessus du poêle pour qu'ils sèchent ? Tu sais, le sang laisse des traces marron qu'on n'arrive jamais à faire disparaître.

Elle s'assoit sur la table, au milieu des miettes, et savoure le trouble qu'elle a provoqué chez lui. Il est près de la fenêtre, à fouiller dans ses paperasses.

– C'est ça que tu veux ?

– D'accord, je t'en achèterai.

– C'est quoi cette inscription ?

– Une course dans quinze jours.

– Mais la neige ?

– Il y aura de la neige… d'ici là. De toute façon, la course n'a pas lieu ici.

– Ah ?

– C'est à soixante-dix kilomètres plus au nord.

– Et moi, là-dedans ?

– C'est tout l'effet que ça te fait ? Bon, j'y vais. Tu t'occuperas des chiens ?

Elle déteste cette douche, fixée au mur, tel un énorme lampadaire. Elle préférerait une douchette au bout d'un flexible de sorte qu'elle puisse diriger le jet où elle veut, s'asperger de bas en haut, sur les côtés. Avant toute chose, elle doit, de loin, coincée près de la cuvette des W.-C., trouver la bonne température en se protégeant avec le rideau de douche. En attendant, elle a la chair de poule, à cause du sol glacé sous ses pieds et du plastique rigide du rideau qui se plaque contre ses seins et son ventre. Elle redoute déjà le moment où elle devra sortir de ce jet d'eau chaude…

Mais l'eau n'est jamais assez chaude. Elle finit par ouvrir le robinet rouge à fond et le bleu à peine. Elle se glisse sous le jet tiède, essaie de recueillir de l'eau devant son entre-jambe, pour la diriger vers son sexe et laver odeurs et sucs. Résultat : elle a les cheveux trempés, ce qu'elle n'avait pas prévu. Car ses cheveux, elle les lave au-dessus de l'évier de la cuisine, c'est une opération à part. Elle peste tout bas, renverse la tête en arrière et rassemble ses mains du mieux qu'elle peut pour faire gicler l'eau entre ses jambes, elle se savonne, remarque des poils de pubis collés au savon. L'eau est déjà en train de refroidir, il faut qu'elle se dépêche.

Une fois dans des vêtements propres, quel bonheur de sentir la chaleur revenir dans son corps… Tant pis, elle remet sa combinaison par-dessus. La même saleté. Un emballage crasseux autour d'un corps lavé, avec des sous-vêtements et un tee-shirt propres. Elle ne peut s'empêcher de sourire, alors qu'elle se verse du café en écoutant un animateur faire du remplissage entre deux disques ; elle peut enfin se préparer une tartine avec de la confiture d'oranges et prendre une cuillerée d'huile de foie de morue. Elle l'avale vite et mord aussitôt dans la tartine pour faire passer le goût. Puis prend une gorgée de café. Il est bon. C'est lui qui l'a préparé. Il sera absent plus d'une heure. Bon, il est temps de se mettre au travail.

Il avait été surpris qu'elle n'ait pas peur des chiens. « S'ils hurlent et sautent dans tous les sens, c'est parce qu'ils veulent quelque chose, lui avait-elle expliqué. De la nourriture, des câlins, un tour en forêt. Je sais bien qu'ils ne vont pas me mordre ! » Ça l'avait impressionné et elle en avait profité pour lui demander si les autres filles avaient eu peur, puisqu'il semblait si étonné qu'elle...

« Non, mais les autres avaient l'habitude des chiens », avait-il répondu. Et ils n'en avaient plus jamais reparlé.

Elle est la première à aller les voir aujourd'hui. Ils ont faim et veulent qu'on s'occupe d'eux. C'est à qui sautera le plus haut sur le grillage pour attirer son attention. Dans la réserve, elle mesure la même quantité de nourriture dans chaque écuelle avant d'y verser de l'eau, ainsi qu'un peu de levure de bière et de la graisse. Ensuite, elle laisse entrer les chiots dans la pièce et les surveille du coin de l'œil quand elle les voit jouer près du radiateur mural. Ils gambadent autour de ses jambes, bâillent en découvrant des langues toutes roses, aussi fines qu'un petit doigt. Un des chiots essaie de se dresser sur ses pattes arrière pour atteindre la table où se trouve la nourriture.

Elle casse des œufs et mélange le tout en ajoutant un filet d'huile de maïs et de foie de morue, ainsi qu'un peu de farine de riz et de la crème fraîche à vingt pour cent.

– De la nourriture énergétique pour mes petits trolls, dit-elle, et ils bavent tous et remuent la queue d'impatience.

Leurs yeux affamés brillent quand elle dépose leur écuelle par terre. Les petites têtes se pressent tout autour comme un pissenlit au duvet blanc. Elle les écoute laper toutes ces bonnes choses, puis lécher à fond le bol comme si le métal allait leur donner encore un peu d'huile de maïs, pour peu qu'ils insistent. Trois têtes s'attardent encore sur le rebord quand elle le reprend. Ils la suivent et attendent, debout sur leurs pattes arrière, langues pendantes. Ça la fait rire.

– Du calme, vous en aurez encore !

Puis ils ont droit à une gamelle pleine de croquettes. Ils échangent des regards attentifs dès que l'un d'eux plonge la tête pour s'en mettre plein la gueule, et chacun avale le plus vite possible. D'où leur vient cette gloutonnerie ? Ne comprennent-ils pas qu'il y en a assez pour tout le monde ? Elle s'accroupit et les caresse, mais ce n'est pas le moment, tant qu'il y a encore de la nourriture. Ils se contentent de remuer un peu la queue, c'est tout. Alors elle continue à préparer les rations pour les autres, les adultes, ceux qui sont partis en balade et aussi ceux qui sont restés. Pour ces derniers, il n'y a rien de mieux que la nourriture pour se consoler et calmer la frustration.

Les grands chiens l'accueillent avec le même enthousiasme que les chiots, mais leur poids fait toute la différence. Elle passe sa main dans les fourrures et gratte derrière les oreilles de trois ou quatre chiens à la fois. Tous veulent grimper sur elle, lui lécher le visage et la mordiller pour rire. Elle sourit et leur parle, se campe bien sur ses jambes pour garder l'équilibre car c'est à qui l'approchera le plus près. Elle finit par faire sortir de l'enclos les trois mâles les plus costauds et les attache à bonne distance les uns des autres. Puis elle sépare ceux qui se battent quand la nourriture arrive, en les enfermant par petits groupes. C'est plus compliqué qu'il n'y paraît. Elle a passé les premières semaines ici à apprendre qui peut aller avec qui. Après une sortie, il arrive qu'il y ait des changements. Par exemple, si un jeune chien a eu pour la première fois le droit de mener l'attelage, cela peut lui monter à la tête, il exige alors d'être servi à part et, conscient de son nouveau statut, peut attaquer les autres.

Cette faim... Comment la nourriture peut-elle prendre autant de place dans leur vie ? Elle a entendu parler de chiens qui faisaient les difficiles pour manger. Des chiens qui vivaient seuls dans des familles. Ce doit être la rivalité qui provoque chez eux cet appétit vorace. Transformer la nourriture en énergie et en puissance musculaire pour survivre le plus longtemps possible. Être fort, ce n'est pas suffisant. Il faut être le plus fort. Alors on n'a plus à se battre, il suffit de donner quelques coups de crocs à droite et à gauche pour conforter sa position.

Désormais Varg doit être mis à l'écart, enchaîné au piquet de Togo, sur le terrain derrière les enclos. Elle trouve qu'il est devenu plus corpulent, plus imposant, sa queue a plus de panache, son regard est plus acéré. L'orgueil précède la chute, songe-t-elle en le repoussant quand il lui renifle l'entrejambe. Elle pose la gamelle par terre. Des gouttes de salive dégoulinent aussitôt sur le bord.

Varg jette un regard vers Soyus à la fourrure blanche et grise qui, le temps d'être servi à son tour, l'observe quelques secondes avec un air de défi.

Une fois qu'ils ont tous eu leur ration, elle reste là à les écouter, les yeux fermés. Ce monde étrange de chiens et de bouffe, cette peur permanente d'être mis à l'écart. Le bruit des mâchoires à l'œuvre dans la précipitation, l'odeur d'urine matinale et d'excréments. Et elle, seule au milieu de tout ça, sachant comment venir à bout de trente-et-un huskies sans l'aide de personne. Des chiens de traîneau, des chiens de meute. Les figurants d'un sport à couper le souffle, aussi exotique que brutal, qui la fascine. Elle a envie de maîtriser cette vitalité toute en nerfs, de saisir ce qui se passe réellement, de le sentir dans son propre corps. Et cette meute existe bel et bien, ici, en pleine forêt sauvage, des chiens capables de donner le meilleur d'eux-mêmes quand on le leur demande. C'est elle qui, en cet instant, est responsable d'eux, tandis qu'il est libre d'aller à la poste et au magasin pour acheter des chaînes. Il sait qu'il peut la laisser seule s'occuper d'eux.

Il a dit qu'il partirait à soixante-dix kilomètres plus au nord pour retrouver la neige et participer à une course. Seul. Oui, c'est sûr, sans elle.

Elle entend soudain Lady pleurer. Une plainte à peine audible. Sans doute parce que la nourriture tarde à arriver aujourd'hui. Comment a-t-elle pu oublier Lady ?!

Elle fourre les chiots dans leurs cages et laisse Lady s'approcher d'elle. La chienne l'accueille comme les autres – sinon avec plus de grâce, en tout cas avec plus de douceur. Lady a droit au même traitement de faveur que les chiots. Tandis que sa queue balaie le sol, elle attend avec une certaine impatience que l'œuf cru se mélange aux croquettes avec la graisse et la levure de bière.

Pendant que Lady mange, elle fait le tour des cages et des enclos, ramasse les crottes avec une pelle et les balance dans la fosse, à la lisière de la forêt. Aucun des chiens n'a la diarrhée. Il serait heureux de l'apprendre. Quant aux deux qui boitaient hier, leurs pattes sont encore un peu raides, mais ça va aller.

– Il faut qu'on installe des piquets, dit-il. Il nous en faut au moins dix de plus.

Il a dit « nous », s'étonne-t-elle, penchée au-dessus de la casserole, et elle lui sourit. Il a acheté une conserve de poisson en sauce et du pain frais. C'est un déjeuner tardif pour des travailleurs.

– Alors t'as arrêté de chialer ? fait-il tout à coup.

Elle baisse les yeux tout en suspendant son geste : sa fourchette piquée d'un morceau de poisson reste en l'air, sa main gauche serre son petit bout de pain.

– Je t'ai pas dit ça pour que tu t'y mettes maintenant ! s'exclame-t-il.

– J'ai pas envie d'en parler.

– Ce sont des choses qui arrivent, tu sais. Surtout avec autant de chiens.

– Ça fait beaucoup en peu de temps. D'abord Togo. Puis… le chiot.

– C'est une question de respect.

– De respect ? répète-t-elle, les yeux écarquillés.

– Oui, de respect. Je n'aime pas voir souffrir les animaux.

– Et les vétérinaires, ça sert à quoi alors ?

– Eh, du calme. Sa patte n'aurait jamais pu être comme avant. Il devait devenir chien de traîneau, bon sang, tu peux quand même comprendre ça !

– C'est toi qui as abordé le sujet.

– J'étais content que tu sois plus en train de chialer, c'est tout.

– Qu'est-ce que tu en sais ?

– Habile, la petite… Écoute, j'en ai rien à faire de savoir si tu chiales ou pas. Mais réserve plutôt tes larmes pour quelque chose qui en vaille la peine. Tu trouves que je suis dur ?

– Oui.

– Parfait. C'est ce que je suis.

– Mais pourquoi as-tu besoin de tous ces piquets supplémentaires, là, tout de suite ?

– Parce que Togo n'est plus là pour maintenir l'ordre. Lui ne tolérait aucune bagarre dans la meute… surtout pour une simple gamelle. Varg n'arrive pas à faire la police comme lui. Je suis donc obligé de les tenir à distance les uns des autres.

Les piquets sont scellés dans du béton. Un solide mousqueton au niveau du sol permet de fixer une chaîne dont la longueur est calculée précisément pour laisser assez d'espace entre chaque piquet et empêcher les chiens de se quereller.

Ce n'est pas une mince affaire.

– Il faut que tout soit en place avant que la terre ne gèle. C'est peut-être déjà trop tard. Mais qui aurait pu se douter que…

– Que Togo…

– Ferme-la. Le chapitre est clos. Amène la brouette de l'autre côté.

Ils creusent des trous profonds. Rencontrent des couches de terre et d'argile, et des pierres qui rayent le métal de la pelle en crissant. Elle frissonne, avance la brouette en équilibre et, une pelle à la main, déblaie la terre. Elle observe le tissu de son bleu de travail se tendre sous l'effort, et soudain elle a tellement envie de lui qu'une douleur l'élance dans le bas-ventre. Cela fait à peine quelques heures, mais elle sent à nouveau ses ovaires se contracter si fort qu'elle doit reprendre son souffle et refouler ses larmes. La pelle devient trop lourde, ses doigts n'ont plus assez de force pour serrer le manche.

– Dis…

– Oui ? fait-il en levant les yeux.

Ses cheveux se collent à son front où perlent des gouttes de sueur.

Comment lui faire comprendre ? Elle ne l'a jamais dit, ne le lui a jamais demandé…

– Non, rien.

Mais le désir est toujours là, lancinant.

Le travail physique. À le voir courbé, les bottes couvertes de boue, l'odeur de la terre grasse… S'allonger avec lui, qu'importent la boue et l'humidité, elle aurait pu coucher avec lui au milieu des déjections canines, ici, maintenant.

– Dis…

Cette fois, il se redresse et s'appuie sur sa pelle.

– Quoi ? Qu'est-ce qu'il y a ?

– Je…

Elle inspire, attend qu'il pose son regard sur elle et voie à quel point elle mouille…

– Je... je...

– Oui, je vois ça. Mais il faut qu'on finisse de mettre ces piquets avant ce soir. En plus, t'as tes règles.

– Non, c'était juste pour te faire marcher.

Il a un mauvais sourire. Fait deux pas vers elle et la mord dans le cou, ça fait mal, ça brûle. Elle cherche fébrilement à saisir des mains, une nuque.

– T'en as pas eu assez ce matin, c'est ça ? dit-il d'une voix pâteuse, alors qu'elle a du mal à respirer. Tu veux que je fasse quoi ? demande-t-il, alors qu'il la lâche et reprend sa pelle.

– Je veux que tu...

– Dis-le. Tu ne l'as encore jamais dit.

Elle dirige ses yeux là où s'arrête la fermeture éclair du bleu de travail, à l'endroit où quelque chose gonfle. Gonfle de plus en plus.

– Toi aussi, t'en as envie, chuchote-t-elle.

– Pas si tu ne le dis pas.

– Ça passera peut-être... si je bêche un peu la terre.

– Je veux te l'entendre dire, espèce de chienne !

Elle plonge son regard dans le sien, devine la forêt autour d'eux, les arbres, les oiseaux sous le ciel de cette fin d'automne. Soudain il n'y a plus qu'eux et les chiens.

– Fais-moi l'amour, murmure-t-elle. Prends-moi... baise-moi... oh mon Dieu...

– Où ?

– N'importe où... Je veux dire...

– Ici ?

– Oui... oh oui...

Elle n'a plus la force de rester debout, chancelle. Les pelles tombent par terre. Ils font deux pas vers l'herbe propre, de l'herbe mouillée et glacée. Il la débarrasse de sa combinaison. Il lui arrache les manches avec tant de violence que la montre à son poignet se détache, puis il retire une botte et une jambe hors de la combinaison. Lui se contente de baisser son vêtement jusqu'aux genoux, tandis que leurs bouches se collent l'une à l'autre et que leurs langues se mélangent. Leurs mentons sont couverts de salive quand il la renverse sur l'herbe et qu'elle sent l'humidité traverser son tee-shirt et mouiller ses cheveux dans la nuque. Il la pénètre en allant jusqu'au fond et la pompe à un rythme explosif. Elle est prête à jouir, fiche ses talons dans le sol glacé, renverse la tête, note que les arbres ont la tête en bas, une crête de pointes noires hérissées contre les nuages ; elle pousse un cri. Un cri de bête si perçant qu'il laisse un écho tandis qu'il continue de la ramoner, les genoux et les mains couvertes de terre. Elle gémit, sans force. Il n'en a pas terminé et elle sait qu'il lui reste une dernière contraction de plaisir et qu'elle le suivra jusqu'au prochain orgasme. Elle est tirée par les cheveux, secouée, mise en pièces, sa chair brûle à force de frictions, les coups de boutoir lui remontent jusqu'au larynx, elle saisit les épaules et s'y arrime jusqu'à ce qu'ils soient à l'unisson, avec une telle violence que plus rien n'existe. Des gouttes de sueur lui tombent dans la bouche. Elle se redresse sur les coudes, leurs langues se rencontrent à nouveau, leurs corps sont des béances où se lovent des serpents affamés.

Comme obéissant à un signal invisible, tout est suspendu – respiration, sang, cœur – avant qu'ensemble ils s'élancent pour une dernière chevauchée folle. Tel un bébé chimpanzé, elle se cramponne à lui et tous deux jouissent en même temps. Il éjacule et elle accueille avec avidité chaque nouvelle douche de sperme chaud, aspire la moindre goutte jusqu'au bout, avant qu'il ne se laisse lourdement retomber sur elle, à bout de souffle.

Elle voit le ciel à travers les cheveux de cet homme, entend l'écho de son propre cri. Les chiens se tiennent cois. Pas un aboiement, pas un glapissement. Elle se redresse sur un coude malgré tout ce poids sur elle et jette un coup d'œil du côté des enclos.

On dirait des statues de sel. Tous alignés. Leurs yeux, écarquillés, brillent, comme s'ils n'en revenaient pas. Ils les dévorent des yeux. Elle et lui. L'oreille aux aguets. Immobiles. Osant à peine respirer. Varg se tient la gueule entrouverte, la langue au fond de la gorge.

– Ils nous observent tous… Varg aussi, murmure-t-elle.

Il revient à lui, soulève la tête, les regarde à son tour.

– Salut, toi ! lance-t-il.

Varg remue la queue, tout content, son corps se détend, il se met à pousser de faibles halètements.

– Elle est à moi, t'as compris, bas les pattes !

Et Varg de se trémousser de plus belle.

L'homme approche son visage de celui de la femme.

– Ça te plairait qu'il te lèche ? chuchote-t-il.

– Arrête, répond-elle, soulagée que, tout à l'heure, il ne le lui ait pas demandé, ou pire, imposé.

Quelqu'un doit venir. En tout cas il faut se dépêcher d'en finir avec les trois premiers piquets.

Elle remplit brouette sur brouette, va à la lisière de la forêt pour les vider, parfois ses doigts touchent ses cheveux dans la nuque pour enlever des morceaux de terre ou des brins d'herbe qui, entre-temps, ont séché. Au bout d'une bonne heure, ils ont enfin creusé trois trous profonds.

– Le ciment, je peux m'en charger tout seul. Tu peux leur graisser les pattes en attendant ?

– À qui ?

– À tous. Excepté Lady, bien sûr.

– Mon Dieu. Seule ? Ça fait quatre fois trente-et-un ! Autrement dit…

– Cent vingt-quatre. Il suffit de s'y mettre. Commence par ceux qui sont sortis hier. Et rappelle-toi ceux que tu as faits.

Au fond, ce travail ne lui déplaît pas, même si son dos lui fait mal au bout d'un moment. Mais il y a le plaisir d'approcher chaque animal au plus près et de lui parler doucement. Qui plus est, les chiens apprennent à la respecter puisque c'est elle qui décide. La plupart d'entre eux se seraient bien défilés, ils n'ont pas vraiment envie qu'elle les touche ainsi. Ils craignent pour leurs pattes, préférant s'en occuper eux-mêmes, se laver, se mordre les ongles, garder la fourrure propre et lustrée.

Le tube en question est énorme : un cylindre en plastique d'un kilo difficile à manipuler, rempli de graisse à traire solidifiée. Elle doit le presser entre le coude et le thorax pour parvenir à en extraire un peu, et chaque fois elle se dit : Il faut que je le stocke à l'intérieur pour qu'il reste au chaud et soit plus facile à utiliser la prochaine fois.

Elle doit enduire le moindre recoin entre les coussinets plantaires. Ne pas bâcler le travail en passant une couche de graisse partout à la va-vite, mais bien masser pour faire pénétrer. Car dès qu'elle a terminé et relâche la patte, c'est le début d'un léchage intense. Elle a beau donner un coup sur le museau en disant : « Non, faut pas lécher ! », les coups de langue reprennent dès qu'elle a le dos tourné.

À cheval sur chacun, comme pour traire une chèvre, elle soulève les pattes une à une, en les pliant vers l'arrière pour bien les avoir en main. Dans la poche de sa combinaison, elle a un coupe-ongles et un petit ciseau pour couper la fourrure qui repousse entre les coussinets ainsi que les griffes qui sont devenues trop longues. Puisqu'elle est ainsi penchée au-dessus d'eux, ils en profitent pour avoir des caresses, lui lécher un peu le visage et enfouir leur museau dans sa chevelure. Elle adresse à chacun des mots affectueux sans queue ni tête mais qu'ils aiment entendre – sur le temps qu'il fait, leur belle fourrure, la vie en général. Elle fait aussi des commentaires sur *lui*, et ils ont l'air d'approuver la plupart de ses propos, en remuant la queue et en lui jetant des regards enamourés.

En s'occupant de Gaya, elle lui pince les mamelles. Elles ont bien diminué, après qu'elle a allaité patiemment les chiots pendant sept semaines. Son abdomen est redevenu ferme et dur.

– Ils ne te manquent pas ? chuchote-t-elle.

Gaya manifeste sa joie, cligne des yeux, lui lèche le front.

Ça l'a surprise que, passé un certain temps, la mère ne veuille plus rester avec eux, ni les avoir suspendus à ses mamelles, ni même dormir avec eux. Ils avaient dû les enlever à leur mère et les mettre dans une cage séparée. Gaya a eu le droit de rejoindre le groupe des adultes, redevenir une chienne comme les autres, penser d'abord à elle. Cela va faire trois semaines, mais étant donné qu'elle était bien entraînée, elle retrouverait vite sa condition physique, avait-il expliqué.

– Plus de lait, constate-t-elle en collant son visage contre le museau de la chienne. Et bientôt ce sera au tour de Lady…

Après sept chiens, elle est épuisée et doit s'adosser à un mur de l'abri. Varg, lui aussi à l'intérieur de l'enclos, l'observe de loin.

– Varg, viens ici !

Mais il ne veut pas.

– C'est juste pour des caresses… Pour les pattes, on peut attendre…

Il ne fait toujours pas mine de vouloir s'approcher. Elle pose le gros tube par terre.

– Allez, viens !

Il finit par s'avancer un peu, plaque les oreilles en arrière, hume l'air.

– Qu'est-ce que tu as, gros bêta ?

Il ne remue pas la queue. Elle se relève et va vers lui. Le changement est radical.

Il s'affaisse un peu, le regard par terre, sa queue fouette à peine le sol. Elle s'assoit à côté et lui caresse la tête. Il ne veut toujours pas lever les yeux vers elle. Ne fait pas un bruit, ni grondement ni ronronnement tout au fond de la gorge pour manifester son bien-être, comme à son habitude.

– Mais qu'est-ce que t'as ?

Elle le laisse tranquille, reprend le tube de graisse et va s'occuper d'un autre chien. Elle sent le regard de Varg qui, de nouveau dressé, le corps souple, suit le moindre de ses gestes. Mais il suffit qu'elle lui jette un coup d'œil pour que sur-le-champ il rabatte ses oreilles et baisse les yeux.

Au bout de dix chiens, elle en a vraiment assez. Ses mains couvertes de graisse rance sont toutes poisseuses, avec d'épaisses boules de poils collées. Les dix se sont couchés, et se lèchent les pattes comme des fous. Elle a beau leur donner un petit coup de botte sur le museau, ils s'interrompent à peine et reprennent dès qu'elle regarde ailleurs.

La brouette s'est transformée en bétonneuse. Il touille avec un bout de bâton et jure comme un charretier à cause de l'humidité grandissante de l'air. Ensuite, il verse le mélange dans le trou creusé et le tasse avant d'y enfoncer le poteau maintenu en équilibre à l'aide de ficelles fixées au sol par des piquets de tente.

– Varg a un comportement bizarre.

– Bizarre ?
– On dirait qu'il a peur de moi.
– C'est ça, les chiens !
– Comment ça ?
– Il a peur de s'attacher à toi. Et il n'en a pas le droit.
– Pas le droit ?
– Oui, c'est du moins ce qu'il croit. Après nous avoir vus ensemble, tout à l'heure, tu es, en quelque sorte, devenue la mère louve. La femme du chef, si tu préfères.
– Tu plaisantes ?
– Non, mais laisse tomber pour ses pattes, je m'en chargerai. Ça lui évitera de se fatiguer à ramper devant toi.
– Mais il ne rampe pas devant toi, et pourtant c'est toi le chef ?
– Ce n'est pas pareil. On part en balade ensemble. Devant moi, il doit se montrer fort, c'est son boulot.
– C'est une histoire de fous...
– Si tu veux.
– Tu as terminé ? À quelle heure arrive...
– Vers cinq heures. Peut-être qu'il en achètera deux ou trois. Je lui ferai un prix. Et s'il les prend tous les cinq...
– Tu l'as rencontré au magasin ?
– À la poste.
– C'est qui ?
– Toivo ? Un ours qui vit dans la montagne. Il veut se constituer un nouvel attelage.
– Qu'est-ce qui est arrivé au précédent ?
– Ils ont eu la visite du glouton dans l'enclos. Il lui en a déchiqueté quatre. Les autres sont devenus comme fous, après ça. Ils ne voulaient plus porter le harnais à moins

d'avoir la vue dégagée sur cent kilomètres. Il a été obligé de s'en débarrasser.

– De les abattre, tu veux dire.

– Oui, c'est la même chose. Bon, on en a terminé. Tu veux bien nettoyer la brouette ?

– Non, je suis claquée. J'ai fait dix chiens.

– Il reste qui ?

– De ceux qui étaient en sortie hier, il reste encore Silla et Kasper. Moi, je rentre.

– Eh, tu ne vas pas te remettre à chialer ? lance-t-il.

Elle tourne les talons, se dirige vers la maison, évite au dernier moment de marcher dans un des trous qu'il vient de boucher. Sans un mot.

C'est une vision d'horreur. À en pleurer. Mais si grotesque que ça la fait rire.

Car sur la galerie de la voiture est attaché un renne entier avec force cordes et lanières. Les flancs de la bête sont secoués au rythme des cahots du chemin et sa tête pend devant le pare-brise, les bois attachés au rétroviseur. De sa bouche s'écoule un liquide que les essuie-glaces de la voiture ont étalé en éventail blanchâtre. Le toit et les vitres latérales sont striés de sang noir. La voiture s'arrête en crissant devant le perron, une énorme barbe bondit hors du véhicule et se fend d'un large sourire :

– Salut !

– Salut, répond-elle. C'est toi qui viens voir les chiots ?

– Je ne viens pas les voir, je les prends ! rectifie Toivo. Il est où, le patron ?

– Il arrive.

Toivo crache sa chique, l'écrase du pied et crie :

– J'en paie trois et je donne le renne en échange du quatrième, ça te va ?

Se trimbaler avec un renne sur le toit semble être la chose la plus naturelle du monde pour ces hommes-là, mais pas pour elle. C'est pourquoi elle préfère rentrer. D'ailleurs, elle n'a aucune envie de leur parler. Ah, si seulement il pouvait s'en retourner d'où il vient, celui-là.

De la fenêtre de cuisine, elle les voit s'escrimer pour descendre l'animal du toit. Sa gueule dégouline encore quand la bête tombe par terre, comme si elle venait de se prendre une balle.

Elle préfère ne pas regarder. Ne pas voir ces yeux, le vide, le noir au fond. Mais il l'appelle en faisant de grands gestes des bras.

Elle entrouvre la fenêtre.

– Fais de la place dans le congélateur !

Elle referme la fenêtre sans répondre.

Jusqu'ici elle s'était contentée d'entrouvrir le couvercle pour chercher la nourriture qu'elle-même y avait déposée. Elle ouvre à présent en grand. L'éclairage ne marche pas, mais le congélateur est à moitié plein. En rangeant bien, il y aura assez de place. Mais de là à mettre un renne entier ?

Elle l'entend s'affairer dans la cuisine, fouiller dans les tiroirs. Puis reconnaît le bruit d'un couteau qu'on aiguise et de l'eau qui coule. Il sifflote. Il va dépecer un animal et il sifflote. Ces hommes-là, c'est du genre à cracher leur chique et à jamais se laver. À rouler avec un renne sur le toit et à abattre leurs chiens tétanisés de peur, ou à leur fracasser la tête avec une pierre. Il faut croire que ces hommes-là, ça les met en joie quand ils vont enfoncer le couteau dans la chair.

Elle examine certains sachets tout en les rangeant : de la confiture d'airelles sauvages avec une écriture inconnue sur le plastique, trois pains faits maison, à en juger par leur forme – elle les donnera aux chiens, à son insu. C'est décidé. Elle laissera les pains dégeler dans un coin sombre. Quant à la confiture d'airelles, ça tombe plutôt bien, avec toute cette viande de renne.

Elle réussit à caser presque tout dans les paniers en haut, libérant ainsi entièrement le fond. Ensuite, elle retourne voir à la fenêtre.

Toivo est allé prendre une hache. Ils ont étendu une bâche sous la carcasse.

Elle allume vite la radio et pousse le son à fond, mais cela ne suffit pas à couvrir le bruit du premier coup de hache. Elle jette un rapide coup d'œil à l'extérieur et suit le moindre mouvement des hommes. Une fois les cervicales tranchées, le corps de l'animal prend une autre forme, il ressemble à un gros sac terminé par une courte queue, ce n'est plus quelque chose de vivant, la tête a l'air fausse, un objet qui n'aurait jamais été en vie.

Elle se détend un peu. La bouche entrouverte paraît l'œuvre d'un sculpteur, les narines vernies. La tête repose sur le côté, la nuque fracassée – cette nuque qui déjà n'existe plus. Les cors du renne font des trous dans la terre.

Ils renversent le gros sac de fourrure brune sur le dos et le bloquent avec leurs genoux avant d'ouvrir le ventre. L'estomac et les intestins libérés se répandent sur le sol, fumants et humides. A-t-il tué l'animal aujourd'hui ? On dirait que oui. Peut-être même plusieurs ? Peut-être qu'il a tout un tas d'animaux morts entreposés là-haut dans la montagne, et qu'il s'est contenté de prendre une grosse carcasse pour l'amener ici ? Lui aussi a dû siffloter et ses chiens ont dû l'observer pendant qu'il attachait l'animal sur le toit.

Quel effet ça leur a fait ? Savent-ils qu'ils doivent faire attention au glouton s'ils ne veulent pas connaître la même fin ? Que savent les animaux de la mort ? songe-t-elle. Rien. Tout.

Les hommes ont enlevé la peau, cette épaisse fourrure. À présent, ils découpent de gros morceaux de viande rouge. Tranchent dans la chair, le gras, les artères, fourrent tout ça dans des sacs plastique qu'ils referment avec de la ficelle. Coupent, taillent, le dos courbé, du sang jusqu'aux coudes. Eux-mêmes auraient pu porter des vêtements en peau, les pieds enroulés dans de la fourrure. La seule chose qui les différencie des hommes des cavernes, c'est l'acier de leur couteau. Oui, à part les silex, la similitude est frappante. Elle entrebâille la fenêtre pour écouter, va baisser le son de la radio. Effectivement, ils sifflotent. Discutent de choses et d'autres, tout en exécutant des gestes avec une telle aisance, une telle expérience qu'ils pourraient les faire les yeux fermés.

Le congélateur ne sera jamais assez grand.

Ils se redressent et regardent en direction de la cuisine. Elle détourne aussitôt les yeux.

– Allez, magne-toi ! Emporte-moi tout ça !

Elle a peur de glisser dans le sang et les intestins répandus partout. Les chiens poussent un hurlement sourd où percent des accents de bêtes fauves. Tous côte à côte derrière le grillage, ils ne perdent pas une miette du spectacle, respirent l'odeur du sang, montrent les dents.

– Tu veux que j'aille les séparer ? Que je les fasse rentrer dans leurs cages ?

– Non. Ils sont dangereux en ce moment. Toivo et moi, on va s'en charger. Oh merde, c'est vrai, on n'a pas assez de piquets… Bon, t'as compris, tout ce qui est sous plastique va au congélateur.

– Et le reste ?

– On va le cuire. Tout ce qui reste ou presque est à découper et à faire cuire. On va leur donner aussi des morceaux crus : les pieds et la tête. Et aussi ce qui subsistera des pattes. J'en fais mon affaire.

Du sang s'écoule des sacs, mais elle n'a pas le courage de s'en occuper et se contente de tout laisser tomber au fond du congélateur. Elle est obligée de faire neuf allers-retours. De la condensation s'est formée à l'intérieur des sacs, et les morceaux de viande sont tendres au toucher ; c'est comme entourer ses cuisses de ses bras. Quel bonheur de refermer enfin la porte ! Incroyable qu'il y ait eu assez de place. Mais un renne, elle s'en rend compte aujourd'hui, c'est bien autre chose qu'une simple viande rouge à mettre au congélateur.

Elle cherche la serpillière, pose son sabot dessus et nettoie les traces de sang jusqu'à ce que la serpillière ne lave plus mais laisse à son tour une traînée de sang. Rince. Recommence l'opération.

Ses mains sentent fort, une odeur écœurante. Elle les passe longtemps sous l'eau.

Soudain, on entend les chiens se déchaîner, des aboiements d'un autre monde, des hurlements insensés qui se transforment en grognements et en coups de dents. Elle se précipite au-dehors. Trois chiens se battent, tous crocs dehors, tandis que les hommes dansent autour d'eux en essayant de leur attraper les pattes arrière. Mais à quoi bon mettre deux chiens hors jeu quand il y en a trois ? Elle court vers l'enclos, referme la porte derrière elle. Ce sont les chiens les plus âgés qui se cherchent querelle. Les jeunes chiens se tiennent à distance, les yeux brillants, et n'osent intervenir.

Sans tergiverser, elle crie :

– *Je m'occupe du noir !*

Dans sa précipitation, elle ne se souvient même plus du nom du chien.

Chacun agrippe un chien, recule de deux pas en leur tenant les pattes arrière comme si c'étaient des brouettes. Les trois chiens font claquer leurs mâchoires dans l'air et aboient, fous furieux de ne pas réussir à se mordre. Toivo tient Varg. Ce dernier ne semble pas la voir, il ne se met pas à plat ventre devant elle. L'animal a visiblement mieux à faire que « se fatiguer à ramper devant elle », selon l'expression qu'il a employée plus tôt dans la journée.

Deux des plus jeunes chiens veulent profiter de l'aubaine : ce n'est pas tous les jours que les aînés sont mis hors jeu de cette façon, les pattes arrière en l'air. Alors ils foncent, crâneurs, l'air méprisant. Pas sur Varg mais sur les deux autres. Elle les écarte d'un coup de talon, mais ils reviennent à la charge.

– *Est-ce que je le relâche* ? crie-t-elle.

– *Surtout pas, bordel ! Tiens-le bien ! Toivo, lâche Varg !*

Toivo relâche Varg qui, la seconde d'après, se jette sur les jeunes impertinents, oubliant aussi sec les deux autres qu'il combattait tout à l'heure. À un contre deux, il n'a aucun problème, la partie est gagnée d'avance. Dès qu'ils ont compris que le chef de meute est de nouveau sur ses quatre pattes, ils se couchent sur le sol, gardent les yeux fermés et font le dos rond, la fourrure hérissée de peur.

– C'est bien, bon chien. *Varg !* Ça suffit maintenant…

Mais Varg ne compte pas s'arrêter en si bon chemin. Il tient le museau de l'un dans sa gueule et refuse de desserrer les crocs. Jusqu'à ce qu'il entende un son plaintif, un gémissement qui ôte toute dignité au jeune prétentieux.

La scène a duré à peine quelques secondes.

Toivo crache une boule sombre par terre et ricane :

– Eh, tu t'es dégotté une sacrée nana ! C'est pas toi qui m'avais dit qu'elle n'y connaissait rien aux chiens ?

– C'était tout au début, ça, réplique-t-il en riant.

Elle s'en va. N'a pas envie d'entendre ce genre d'idioties. Reprend sa place à la fenêtre.

Les deux autres continuent à séparer les chiens. Rude journée, aujourd'hui. Ils trouvent des chaînes et en attachent aussi certains dans l'enclos, à bonne distance les uns des autres.

Puis ils coupent les pattes du renne en morceaux et jettent à chaque chien sa part. Ce n'est pas le moment de nourrir les chiens à la main, si on tient à garder ses doigts. Elle écoute le bruit des os qu'on tranche, en oublie de monter le son de la radio, tant l'adrénaline après le combat des chiens a rendu toute musique superflue. Elle les observe s'attaquer à la tête. D'abord plusieurs coups de hache pour détacher les cors, puis c'est au tour du crâne. La lame se coince au milieu de l'os frontal. Quelque chose en sort avec une sorte de gargouillement. Un œil. Elle aperçoit aussi des dents, mais ne détourne pas les yeux.

Un café, se dit-elle, ça devrait lui faire plaisir, à cet ours qui a débarqué avec son renne sur le toit. Mais elle ne bouge toujours pas. Enfin, elle ouvre la fenêtre pour voir la meute.

Chaque chien s'est jeté sur son morceau. A arraché la peau et fourré sa langue dans la moelle, le nez écrasé contre l'os. Ils grognent en mangeant, telles des bêtes sauvages, ils n'ont plus rien en commun avec les chiens qu'elle caressait et soignait tantôt.

Il va chercher dans la remise une marmite si énorme qu'elle pourrait prendre un bain dedans. Puis, avec l'aide de Toivo, il dégage difficilement une vieille cuisinière qu'elle identifie comme telle grâce aux molettes qui ornent la façade. Sans cela, on aurait dit un bloc de béton marron recouvert de graisse et de crasse. Il branche la prise dans une rallonge et pose la marmite sur la cuisinière.

– Ramène l'eau, maintenant ! lui crie-t-il.

Elle se penche à la fenêtre et répond :

– Utilise le tuyau d'arrosage !

Les deux hommes se dévisagent avec un petit sourire, mais ils vont chercher le tuyau, le branchent et ouvrent le robinet à fond. Pendant que le jet remplit la marmite, ils en profitent pour se laver sous les bras, avant de plonger les viscères dans l'eau. Ils continuent ensuite à débiter la carcasse du renne.

Elle songe soudain à Lady, seule dans son enclos à l'arrière. A-t-elle eu à manger ?

– Est-ce que Lady a eu sa part ? leur demande-t-elle en s'élançant vers eux.

– Mais oui. Elle est dans une des cages, on a fait quelques changements.

– Vous êtes sûrs ?

– Oui. Elle a même eu droit à un peu de foie.

Elle ne peut s'empêcher d'aller vérifier elle-même et s'accroupit devant la porte de la cage.

– Il paraît que t'as eu des bonnes choses, chuchote-t-elle. Des os et du foie ?

Lady croise son regard.

C'est un regard qu'elle ne connaît pas, sombre et agressif. La chienne montre les crocs et grogne, les gencives luisantes rougies par le sang et la moelle bien grasse.

– Je ne vais rien te voler, voyons…

Mais Lady ne l'entend pas de cette oreille. Elle se redresse à moitié, s'approche de la porte et grogne de manière menaçante.

– C'est bon, je m'en vais…

Elle n'a pas le courage de regarder dans la marmite. Ça grésille et éclabousse de partout sur la cuisinière. Des gouttes coulent le long des parois. Des os dépassent du bord de la marmite. Les hommes reviennent avec la bâche dans laquelle ils ont récupéré le reste du sang et des intestins. Ils la plient en deux pour en verser le contenu.

– Je vais aller faire un peu de café, annonce-t-elle.

– Je t'emprunte ton tuyau, comme ça j'en profite pour nettoyer la voiture, dit Toivo.

La cuisine devient trop petite. Les hommes ne s'adressent pas à elle, ils boivent bruyamment leur café, discutent voitures, courses en montagne, distances et attelages. Toivo peut lui fournir de la paille, pour les cages ici et la remorque. Ils parlent des touristes qui viendront après Noël. De l'argent. Des bénéfices en perspective. Des femmelettes qui débarquent à l'hôtel, cent kilomètres plus au nord, et qui, en l'espace de quelques jours, se métamorphosent en conducteur de traîneaux barbus et exténués – des petites natures que n'effraient pourtant ni la crasse ni l'effort, parce qu'ils savent qu'une bonne bouteille de vin rouge et un lit moelleux les attendent à l'arrivée. Des hommes qui sourient béatement dans des igloos avec un réchaud au milieu. Des chiens roulés en boule et recouverts de neige, dont seul le museau reste visible. Des montagnes, des vallées, de la neige, de la glace et du soleil de mars qui provoque des reflets dans l'objectif.

Ils évoquent tout ça, avec peu de mots. Ils ont surtout un rire guttural et ils discutent pour savoir quelle augmentation de prix ils vont appliquer cet hiver.

Elle apprend que Toivo ne peut pas participer à la course dans quinze jours, car il ne possède pas son propre attelage.

– Tiens, au fait, l'argent ! dit-il en posant sur la table une liasse de billets de mille.

Elle n'est pas triste quand il emmène les chiots vers sa voiture. Ça lui fait moins de travail. Personne ne mentionne le fait qu'il aurait dû y en avoir un de plus. Les chiots ont le droit d'être sur le siège arrière et se redressent sur leurs petites pattes. Ils regardent par la lunette arrière toute sale en émettant des cris plaintifs, désespérés.

– Faut vraiment être stupide pour acheter des chiots maintenant, dit Toivo.

– C'est bien pour ça que je t'ai fait un prix, répond l'autre.

– Tu n'aurais pas quelques adultes que…

– Je peux t'en prêter.

– Non, c'est pas pareil.

Elle lui pose la question quand ils rentrent :

– Pourquoi t'as pas voulu lui en vendre ? Tu en as tellement.

– Je n'en ai pas assez pour ça. Si tu apprends à conduire un attelage, je pourrai disposer de quatre traîneaux pour les touristes. Un pour chacun de nous et un autre qu'on pourrait surveiller en même temps.

Elle débarrasse la table en lui tournant le dos. Ce serait le moment pour faire pression sur lui, pour l'obliger à dire qu'il aimerait qu'elle reste. Ça l'aiderait, c'est sûr, si elle pouvait l'entendre prononcer une telle phrase. Il retrouverait peut-être, à ses yeux, un peu d'humanité.

– Ça doit bouillir, dit-il. J'y vais, je m'en occupe.

La nuit est tombée. L'obscurité s'est glissée hors de la forêt et efface tous les contours. La lune orangée qui s'élève au-dessus de la cime des arbres répand une faible clarté. Seule la lampe extérieure éclaire sa silhouette près de la cuisinière. Il prend un chiffon et l'enroule autour d'un fémur. Puis il touille la préparation avec, et de grosses volutes de fumée montent avant de se dissiper dans la pénombre. Cette vue la fait frissonner : l'homme penché sur l'animal en train de bouillir, la lune, la nuit qui l'enveloppe dans un rayon de lumière, la vapeur qui s'échappe…

J'ai besoin d'une bière, pense-t-elle. Est-ce que c'est ça, la réalité ? La réalité qui a existé, existe et existera toujours ? Une histoire de faim et de mort. De mort et de viande. De viande et de nourriture. De nourriture et d'énergie. D'énergie et de sexe. De sexe, de sperme, de chiots et de lait. De viscères qui cuisent dans une maison en pleine forêt. Ç'aurait pu être un feu en dessous, la marmite aurait pu être un chaudron suspendu à une grosse branche et dont les flammes lécheraient le fond. Ensuite, les hommes seraient restés assis autour du feu, des morceaux de viande brûlante dans les poings, à les déchiqueter et à montrer les dents. Derrière eux, couchés sur le sol en signe de soumission, les chiens auraient attendu dans l'ombre qu'on leur jette des miettes, un os rongé. Ces bêtes auraient aboyé et se seraient disputé sans merci le moindre bout d'os, tandis qu'eux-mêmes n'auraient pas même daigné se retourner, trop occupés à se choisir les meilleurs morceaux, les plus gras. Et une fois rassasiés, ils se seraient laissés tomber en arrière, auraient roté et cherché le contact d'un autre corps. Le ventre rempli, ils auraient satisfait d'autres besoins…

– Eh, viens ici me donner un coup de main !

Elle a un haut-le-cœur en s'approchant de la marmite, mais heureusement il y a de l'écume qui flotte à la surface. De l'écume grasse et grise qui forme des boules en faisant remonter des colonnes de vapeur nauséabonde.

Il remue la mixture une dernière fois et laisse de nouveau le fémur à l'intérieur.

– J'ai besoin de ton aide pour la peau.

Il veut l'accrocher au mur, avec la fourrure tournée contre le mur.

– Tu ne vas pas d'abord… la nettoyer, la gratter… enfin faire quelque chose avec ?

Elle s'applique pour que le ton de sa voix ne trahisse pas trop d'émotions, comme si tout ceci ne la concernait pas vraiment.

– Non, je veux seulement la fixer au mur. Bien tendue.

– Elle ne va pas pourrir ?

– Il va certainement geler cette nuit. Bientôt ce sera l'hiver et le gel la nettoiera. C'est suffisant.

Il va chercher un marteau et des clous qu'il met dans sa bouche. Elle essaie de tendre la peau pendant qu'il la cloue au mur. Elle est poisseuse et glissante à cause de la graisse. Elle serre les poings si fort que ses jointures blanchissent.

La peau suinte. Une odeur de bête. Il y a quelques heures à peine, cette peau faisait partie intégrante d'un animal bien vivant. Une tête s'était tournée pour se lécher le ventre. Un taon s'était peut-être posé sur l'animal qui avait secoué sa nuque pour l'en déloger. Il n'avait accordé aucune importance à cet épiderme qui lui permettait de vivre. Le renne avait inspiré, expiré, et la peau s'était détendue et rétractée au gré de ses respirations.

Un peu de sang lui coule le long du bras, jusqu'au coude, avant de s'écraser au sol.

– Tiens-la mieux, bordel ! grommelle-t-il, la bouche pleine de clous.

– C'est tellement dégoûtant…

– C'est pas le moment de lâcher, merde ! J'ai bientôt fini. C'est quoi ton problème ?

Il baisse les yeux vers elle et attend, le marteau en l'air.

– Mon problème ? Comment ça ?

– Tu ne supportes pas la vue du sang ?

– Non, c'est pas ça. Mais ça met les chiens dans un tel état, ils se bagarrent…

Il continue à clouer la peau.

– C'est sûr que c'est plus facile avec des croquettes. Mais même là, on peut avoir des surprises.

– Ils ont mangé la… viande que vous leur avez donnée ?

Le sang coule à présent aussi le long de son autre bras. Elle déglutit, un goût aigre dans la bouche. La peau se retourne au niveau des clous, laissant apparaître la fourrure.

– On ne leur a pas donné de viande, qu'est-ce que tu racontes ? Ils n'ont eu que des os. Des morceaux de pattes, de la tête, des côtes, du front, des mâchoires…

– Ils ont tout mangé, alors ?

– Impossible. Ces os sont beaucoup trop gros pour eux. Ils ne font que ronger et sucer la moelle. Je les ramasserai demain. Crois-moi, vaut mieux pas t'y risquer.

Il se met à chantonner.

– Sinon, j'aurai une pleine marmite demain aussi… Bon, maintenant ça tient.

Elle se retourne sur le perron pour voir le résultat. Quelque chose de rouge qui luit contre le mur. Elle a comme un coup. Car la peau ressemble à une plaie, une plaie béante, on dirait une vulve aux petites lèvres rougies qui se rejoignent en pointe, à l'endroit où la bête a été décapitée. À côté, il a accroché les cors du renne.

Il jette le marteau dans la remise, va vers la cuisinière, éteint la plaque. Puis il regarde la lune, à présent blanche et beaucoup plus petite car plus haute dans le ciel.

– Ça va geler cette nuit, l'entend-elle annoncer. Enfin !

Elle ne dit rien quand il lui tend trois billets de mille. Elle les garde dans sa main et les froisse un peu.

– C'est pas assez ?

Il remue avec une cuillère en bois, la casserole est de taille normale cette fois. Il y verse du sel, puis de la crème fraîche et du fromage de chèvre qu'il sort du réfrigérateur.

– Quoi, c'est pas assez ?

– Si… deux mille que tu m'as empruntés, et…

– Mille en salaire. T'en veux plus ? Tu as déjà le vivre et le couvert…

Il rit.

– Sans compter d'autres avantages en nature… Tu ne peux quand même pas exiger un vrai salaire !

– Ah, je paie ça aussi. En somme, j'y perds.

– Je te rappelle que c'est toi qui avais envie, là-bas.

– Et toi, tu ne paies pas, t'as tout ça gratis ? Tu ne trouves pas que je devrais avoir quelques billets en plus ?

– Les hommes paient uniquement quand les femmes n'ont pas envie. Quand elles n'aiment pas ça. C'est pas ton cas…

Elle ne veut pas se laisser entraîner sur ce terrain, elle voudrait parler avec lui uniquement des chiens et de la nourriture, mais elle ne sait pas quoi dire.

Il y a une faille dans son argumentation, mais elle n'arrive pas à mettre le doigt dessus. Elle fourre les billets dans sa poche-poitrine, avant de les ressortir.

– Il faut que je lave cette combinaison, elle est pleine de sang.

– Le repas est bientôt prêt. Ne gaspille pas l'eau chaude.

Elle pourrait utiliser la machine à laver, la brancher, en profiter pour laver d'autres affaires, avancer dans son travail, mais elle n'en a pas le courage. Elle va chercher une bassine en plastique, y verse de la lessive en poudre et de l'eau chaude, retire sa combinaison et la plonge dans la mousse. L'eau rougit sur-le-champ. En tee-shirt, collant et sabots, elle observe les traînées de sang se dissoudre. À force de laver et d'essorer, l'eau sale devient marron. C'est à cause de tout ce sang, de la bave des chiens, de la terre, de la graisse pour leurs pattes.

– Qu'est-ce que tu vas mettre sur toi pendant que ça sèche ? chuchote-t-il soudain derrière elle.

– Je croyais que tu faisais à manger ?

– Ça mijote très bien sans moi…

Il l'entraîne dans la chambre à coucher, plongée dans l'obscurité, qui respire encore la nuit et les draps pas vraiment propres. Il la renverse sur la couette, lui enlève son collant, se couche sur elle – il est déjà nu. Nu au niveau de sa queue qui bande, avec les poils durs tout autour comme un bouquet. Elle ne peut s'empêcher de la prendre dans sa main et de la serrer. Ce sexe dont la peau, douce et tendue, lui fait penser à un gant aux reflets nacrés. Un gant qu'il remplit parfaitement, un index qui veut la pénétrer. Elle écarte les cuisses et sait que son sexe est tout humide. Quelques secondes lui auront suffi pour être dans cet état, et déjà il s'enfonce en elle. Quand il commence à la ramoner à un rythme régulier et sourd, elle revoit soudain les deux hommes penchés au-dessus du renne. Les haches, le sang, le corps débité à l'ancienne. Quatre bras d'homme qui s'activent, tranchent la viande et les os, dans des vêtements crasseux et couverts de sang. Elle revoit aussi le feu de camp, le chaudron au-dessus des flammes, comprend que c'est elle qu'ils veulent. Maintenant qu'ils ont bien mangé, d'autres appétits se sont réveillés et ils bandent comme des ânes.

Elle se malaxe les seins, trouve ses tétons, et c'est lui – l'autre homme – qui la touche, ils sont tous les deux sur elle. Sa barbe pique. Elle croit sentir l'odeur douceâtre de la chique. Le feu lui lèche les orteils et remonte le long du corps, jusqu'à son front. Des flammes lui chatouillent le lobe des oreilles, tandis que le rythme en bas s'accélère. Quelqu'un gémit. Lui ? L'autre ? Elle-même ? La pénombre de la chambre les dissimule tous les trois. Elle renverse la tête et a des poils de chiots dans la bouche, remarque qu'il a commencé à sucer ses seins comme un nourrisson affamé, mais ce n'est pas sa tête à lui. Celle-ci a de la barbe, elle sent des mains sur tout son corps – et elle crie, enfonce l'arrière de sa tête dans la couette et vide ses poumons, sans penser à les remplir à nouveau. Plus les mouvements se précipitent, plus elle est poussée vers les barreaux de la tête de lit. Elle enserre de ses jambes le dos de l'homme et soulève le haut du corps, prend appui sur ses coudes, lèche la sueur du visage qui lui fait face, avant que la jouissance la projette contre un mur de flammes. Les spasmes déferlent et la foudroient, un cercle de feu se forme autour de lui, à l'endroit où ses jambes s'agrippent et lui vident les couilles.

La scène n'a duré que quelques minutes.

– Il faut que j'aille remuer dans la casserole, bredouille-t-il dans l'obscurité. J'ai peur que ça attache… j'ai mis de la crème fraîche…

Elle doit changer l'eau de rinçage cinq fois et tordre la combinaison à en avoir mal dans les articulations. Ensuite elle va dans la cuisine et l'installe à sécher entre deux chaises avec du papier journal en dessous. Ça sent bon la nourriture, ce n'est plus l'odeur des animaux et du sang, mais celle de la crème fraîche et des épices. Elle est déjà attablée en collant et tee-shirt, lorsqu'il redescend de l'étage en tenant quelque chose de bleu.

– Ça n'aura pas le temps de sécher d'ici demain, tu n'as qu'à mettre celle-ci en attendant.

C'est une combinaison bleue, le même modèle que le rouge. Elle la prend.

– On n'emporte pas son bleu de travail quand on part d'ici ? Même pas en souvenir ?

– J'aime pas quand tu parles comme ça. Enfile-la.

– Ça attendra demain. J'ai pas froid.

Elle la pose dans la chambre à coucher, un petit tas bleu dont elle n'ose pas encore respirer l'odeur. Plus tard. Elle la sentira plus tard. Puis elle va vers le congélateur pour chercher le sachet avec les airelles sauvages et touche les pains au passage. Ils sont moelleux maintenant. Ce sera pour le petit déjeuner des chiots. Sauf que… les chiots ne sont plus là. Alors ce sera pour Lady. Par petits bouts, avec du pâté de foie dessus. Oui, ce sera pour Lady et les chiots qu'elle a dans le ventre.

– Tu viens ? C'est prêt.

– J'arrive.

Elle se tient devant le comptoir, dans la combinaison bleue, avec deux billets de mille couronnes à la main. La femme de l'autre côté évite son regard, ne baisse pas ses lunettes pour faire des sous-entendus. Elle se contente d'inscrire le numéro de compte et le nom avec ses doigts de robot et insère le formulaire dans une imprimante. Ça crépite à l'intérieur puis une feuille avec de longues colonnes de chiffres en gris en ressort.

– Tout devrait être en ordre, dit la dame.

– Ah bon, tout est en ordre ? Vous êtes sûre cette fois que vous ne devez pas appeler encore je ne sais qui ?

– C'est uniquement en cas de retrait, répond-elle, contrariée.

Elle s'énerve pour mettre les deux billets dans le bon sens sur la liasse. Sa permanente tremblote quand elle parle.

– Merci pour votre aide…

La dame derrière le comptoir lève enfin les yeux quand elle tourne les talons. Ses lunettes bien nettoyées ont un effet de loupe et lui donnent un regard de cabot idiot.

Lifestyle, pense-t-elle en franchissant la porte, regarde bien ce mot écrit sur mon bleu de travail, regarde-le et médite un peu sur ce que ça veut dire. Avoue que tu crèves de jalousie, je suis sûre que t'as qu'un mec minable à la maison qui doit te faire les yeux doux pour coucher avec toi. Au fond, tu devrais te faire payer pour ça. Regarde donc mon « style de vie » ! Tu peux penser ce que tu veux de cette brute chez qui j'habite, comme tu sais, tu n'as qu'à nous imaginer ensemble la prochaine fois que tu te masturberas, une fois que ta carpette d'homme se sera endormi, sans avoir pu te la mettre… Bon, maintenant je vais m'acheter une combinaison de ski bien chaude, sans aucune inscription dans le dos, comme ça tu seras obligée de te faire ton cinéma toute seule.

Elles paraissent immenses, suspendues ainsi, on dirait des dépouilles humaines, sans tête ni mains ni pieds. Bleu acier et gris. En nylon fourré de duvet. Une ceinture pend sur le côté, dans l'attente d'un corps autour duquel se serrer.

– Vous désirez quelque chose ?

Les sourcils broussailleux et des cheveux qui rebiquent dans la nuque, l'homme d'un certain âge a glissé un crayon derrière l'oreille, le faisant ressembler au parfait prototype du vendeur d'une boutique de campagne.

– Je voudrais celle-là. Mais à ma taille. Elles ont toutes l'air énormes.

– Il faut qu'il y ait la place pour mettre des vêtements en dessous. Des pulls. Le mieux, je pense, serait d'en essayer une.

Elle ne peut s'empêcher de rire : les jambes toutes raides, elle a l'air d'un pingouin avec les bras qui remontent tout seuls sur le côté.

L'homme tripote son crayon et dit d'un ton encourageant :

– C'est seulement au début que c'est un peu raide. Parce que c'est tout neuf.

Vraiment ? sourit-elle en ayant l'esprit mal tourné. Tiens, elle a oublié de prendre de l'huile de foie de morue, ce matin. Elle a eu tellement à faire. Elle a roulé vite et avec autant d'audace que lui, maintenant qu'elle était seule aux commandes du puissant véhicule. Se cogner la tête contre le toit de la voiture n'était plus aussi désagréable quand on conduisait soi-même et qu'on tenait fermement le volant. Et si ç'avait été une autre dame derrière le comptoir, si la première avait été en congé par exemple, cette dernière n'aurait jamais su que l'argent sorti l'autre fois n'avait été qu'un emprunt… Tiens, et si l'employée ne l'avait pas reconnue dans ce bleu de travail ? Qui sait si elle n'aurait pas cru qu'il avait encore une autre femme là-haut ? Une qui avait pu choisir elle-même la couleur de sa combinaison…

– Vous trouvez que c'est la bonne taille ?

– Oui. Il ne faut pas prendre plus petit.

Elle ne l'a pas prévenu qu'elle prenait le 4 × 4. Les clés restent toujours sur le contact. Elle l'imagine, soulevant la tête quand elle a démarré. Il a entendu le moteur et a su que c'était elle qui partait.

Le long de la route à l'aller, les flaques étaient encore gelées à la surface, mais le soleil bas de l'automne a fait fondre la glace sur le chemin du retour. Les couleurs flamboyantes des arbres s'en trouvent estompées et leur base paraît surgir d'un banc de nuages. Elle ne s'est encore jamais retrouvée seule par ici, elle n'a jamais vraiment fait attention au paysage, l'œil trop attiré par ses bras à lui, même si elle faisait semblant d'avoir les yeux dans le vague pour qu'il ne se rende compte de rien, ne devine pas qu'elle mourait d'envie d'être soulevée par ses mains vigoureuses et mise à califourchon sur lui…

D'ici, la forêt n'a pas encore englouti la ferme, elle peut voir la montagne dont les sommets rouge orangé descendent en à-pics vertigineux.

Elle espère qu'il a terminé de graisser toutes les pattes, c'est ce qu'il devait faire quand elle est partie. Elle l'avait entendu pousser des jurons car il fallait d'abord qu'il récupère les os rongés de la veille. Il s'était servi d'un long balai pour les ramasser, en criant sur les chiens tandis qu'il le tirait à lui, et en mettant tout ce petit monde en cage ou enchaîné aux piquets. Certains ont passé cette nuit de gel dehors, avec juste un peu de paille sous eux. Il le fallait bien s'ils ne voulaient pas se voir chiper les bons morceaux et pouvoir, à leur aise, se délecter des restes de viande sur l'os et sucer la moelle. Ils ont dormi sur cette vieille paille moisie que Toivo a promis de remplacer par de la fraîche. Elle était contente de le voir partir, mais c'était avant d'imaginer sa barbe contre ses seins…

Elle baisse les yeux et se rappelle soudain qu'elle porte le bleu de travail d'une autre. Elle n'a pas voulu renifler ce vêtement, elle l'a enfilé, remonté la fermeture éclair d'un coup sec et décidé qu'elle s'achèterait une combinaison de ski bien chaude, rien qu'à elle, dès qu'elle aurait déposé une partie de l'argent à la banque. Elle en trouverait une qui lui irait bien, il existait bien des modèles pour femmes.

Il se tient devant la cuisinière. Son jean crasseux paraît brun foncé dans la lumière matinale, mais il lui moule les fesses. Il extrait quelque chose de la casserole. Un fémur. Elle se félicite d'avoir eu la présence d'esprit d'acheter un pack de six bières quand elle était au magasin. C'est une marque qu'elle ne connaît pas. Ce soir, elle va boire. Elle gare la voiture juste devant la peau de renne clouée – moins rouge, presque grise aujourd'hui. Les traînées de sang sur le mur ont noirci. Le voilà qui arrive.

– T'étais où ?

– À la banque.

– J'ai cru que t'étais partie pour de bon. Que t'avais laissé la voiture sur la route et fait du stop. Et puis j'ai vu que t'avais pas pris ton sac de voyage.

Il tient toujours le fémur à la main. Le jus coule, il y a des morceaux de graisse dessus.

– Laissé la voiture sur la route ? Pourquoi, quelqu'un est déjà parti en faisant ça ?

– Ça ne te regarde pas.

C'est pas bête au fond, se dit-elle. Ça permet d'avoir de l'avance et ça évite les adieux.

– Je me suis acheté une combinaison de ski.

– Pourquoi ça ?

– Parce qu'il fait plus froid.

– Mais j'en ai plein, bordel !

– J'avais envie d'avoir la mienne.

Il retourne vers la cuisinière et continue de s'occuper de la marmite. Il dépose dans une bassine en plastique la couche de graisse solidifiée à la surface. Cette même bassine où elle a lavé la combinaison rouge. Elle s'approche de lui.

– J'ai jeté un coup d'œil à tes fringues, lui dit-il sans lever les yeux. Celles dans ton sac. Pourquoi tu ne les mets jamais ? Tu sais, ce que tu portais quand t'es venue…

– Elles sont sales.

– T'as qu'à les laver. Ou bien les porter, même si elles sont sales. De toute façon, elles sont déjà noires, bordel !

– Mais qu'est-ce que tu as ? Pourquoi tu fais la gueule ?

– Je ne fais pas la gueule. Mais partir comme ça au magasin, sur un coup de tête, pour rien, sans me demander si j'ai besoin de quelque chose ! T'aurais pu acheter des sachets en plastique. Pour la graisse.

– C'était pas pour rien.

– Ah ?

– La preuve, c'est que je suis revenue.

Elle aimerait le laisser un peu cogiter là-dessus, elle se sent toute fière de sa dernière phrase, ça contrebalance un peu l'allusion qu'il a faite sur les prétendus avantages en nature… Un argument imparable. Des mots qui prouvent que… quoi, au fond ? Avant même d'entrer dans la cuisine, elle regrette déjà de lui avoir sorti ça. Non pas de lui avoir lancé cette pique, mais de lui avoir montré qu'elle en était capable, bref de lui avoir révélé cet aspect d'elle-même.

Je suis une autre à présent, songe-t-elle, et c'est une nouvelle journée qui commence. J'ai mis du mascara sur mes cils, et maintenant je vais boire mon huile de foie de morue.

– Tu sais où est la balance de cuisine ?

Il l'avait suivie.

– La balance de cuisine ? Non. Je te rappelle que c'est toi qui habites ici.

– Mais bordel ! C'est la guerre ou quoi ?

Il balance la bassine sur le banc, elle ne répond pas. Il commence à ouvrir tous les placards, à chercher, fouiller partout. Elle repense soudain aux brosses à cheveux, au slip qui n'est pas le sien, au paquet de serviettes hygiéniques posé par terre, non ouvert, à côté des toilettes.

– Des sachets en plastique. Je n'ai pas de sachets en plastique, c'est pas possible, bordel de mer…

– Pourquoi t'en as besoin ?

– Pour faire des portions de gras… Pour la course… Cinq cents grammes dans chaque.

– Tiens, elle est là-haut, la balance !

– Où ça ?

– Sur la dernière étagère du haut. Il t'en faut combien, de sachets ?

– Huit. Deux par jour.

– On a certainement ça. Calme-toi.

Elle l'aide à peser, trouve le rouleau où il reste encore six sachets et prend deux sachets à pain déjà utilisés. La graisse se présente sous forme de plaques jaunes qu'il faut casser en morceaux, la surface est lisse au-dessus et inégale en dessous, avec de minuscules bouts de viande collés. Ils préparent les huit sachets et les ferment avec un nœud.

– Il faut les mettre au congélateur ?

– Non, je vais les accrocher dehors, au mur.

– Tu leur as graissé les pattes ?

– Pas à tous. Je ferai les derniers bientôt. J'ai un peu changé mon organisation. Ils sont calmes maintenant, tu n'as pas à avoir peur. Dorénavant c'est l'odeur des croquettes mouillées qu'ils vont respirer et plus celle du sang.

– Tu veux que je t'aide ?

– Reste donc à l'intérieur et profite de ta nouvelle combinaison. Tu peux enlever l'étiquette, par exemple.

– Je n'ai pas pris mon petit déjeuner.

– Eh bien, fais-le, bordel !

À son tour, elle va jeter un coup d'œil à son sac. En silence, elle soulève une tenue après l'autre : une minijupe, un collant noir, un pull vert et noir, une veste marron foncé avec des galons dorés, un pantalon moulant en coton. Seuls ses sous-vêtements et ses tee-shirts sont dans des couleurs claires. Toutes ses petites culottes sont blanches. Elle plonge le nez dans sa minijupe, reconnaît une faible odeur de cigarette. Elle ferme les yeux et croit entendre de la musique. Une musique qui ne lui a pas trotté dans la tête depuis longtemps.

Elle replie ses vêtements. Tant qu'elle est avec lui, elle n'a pas besoin de la musique. Ici, elle a tellement envie de faire l'amour que ça lui suffit. Son baladeur est au fond du sac, enroulé dans une serviette. Elle préfère ne pas le voir, se rappelle soudain la cassette de Prince, celle qu'elle a arrêtée au milieu de la chanson « Cream », quand il l'a fait monter dans sa voiture ce soir-là sur le bord de la route. Au fond, ce n'était pas étonnant qu'elle ait atterri ici. Rien que de voir ses bras au volant… Et si elle écoutait maintenant la chanson jusqu'au bout ?

Non. Elle se dépêche de tout fourrer dans le sac et de tirer la fermeture éclair.

Elle pensait se montrer dans sa nouvelle combinaison quand elle les aperçoit. Il ne l'a pas vue, ils sont derrière, près des nouveaux piquets. La brouette est remplie de la terre d'un autre trou qui attend de recevoir un pieu en plein cœur. Son regard va de la brouette à la pelle, puis jusqu'à lui. Elle le croit accroupi pour renouer ses lacets ou ramasser quelque chose par terre.

Lui et Varg.

Il lui tourne le dos, avec Varg à moitié sur ses genoux. La tête du chien repose contre son épaule, yeux fermés. Les oreilles tombantes, le chien semble savourer ce moment, seul avec son maître.

Il serre le chien contre lui en l'entourant de ses deux bras, la tête enfouie dans la fourrure de la nuque. Elle l'entend lui susurrer des mots tendres avec une voix claire qu'elle ne lui connaît pas. Le voit passer la main sur le dos de Varg, un effleurement d'une infime douceur, c'est tout juste si les poils ne se couchent pas sous ses doigts. Une fois en bas du dos, il glisse sous l'abdomen et remonte, décrivant un cercle de caresses avec l'extrémité de ses doigts dont la peau paraît soudain lisse, sans ampoules.

C'est une femme qu'il tient dans ses bras, qu'il enlace et implore. Une madone qu'il pourrait cajoler infiniment si c'est qu'elle veut, là, tout de suite. Cette nuque renversée comme dans une étreinte…

Elle recule sans bruit, tandis que ses larmes coulent. Elle se retient de sangloter avant de tourner au coin de la maison et de courir en passant devant la cuisinière et la marmite jusqu'à la lisière de la forêt où le goût du sang se mêle au sel de ses larmes.

Elle se laisse tomber à genoux dans la mousse gelée et sanglote, se rend compte qu'elle ne ressent ni le froid ni l'humidité au niveau des genoux, dans ce vêtement – un bon achat, assurément. Ici, elle peut pleurer tout son saoul, elle est assez loin pour qu'il ne l'entende pas. Son diaphragme monte et descend, elle geint jusqu'à n'avoir plus rien dans le ventre mais des larmes et du mucus plein les sinus. Elle se relève, se frotte le visage et se met, sans faire exprès, un peu de mousse dans un œil.

– Merde ! dit-elle à mi-voix. C'est pas vrai !

C'est sur le chemin du retour qu'elle découvre l'endroit. Un gros tas de terre fraîchement retournée avec un petit tas à côté. Et d'autres. Non loin, des talus quelque peu tassés avec de l'herbe et des feuilles mortes par-dessus.

Oui, c'est bien le cimetière des chiens.

Immobile, elle regarde la plus récente, qui est aussi la plus grande. Puis elle se met à rire, submergée par une vague qui lui monte du ventre : au fond, elle devrait être folle de joie qu'il ne voie en elle qu'une chatte à baiser et, accessoirement, une personne qui sait s'occuper des chiens. Sinon elle aussi pourrait finir ici, s'il commençait à avoir pitié d'elle. Il serait capable de l'abattre avec un gros calibre et de l'enterrer tout habillée, peut-être même avec son sac. Et si quelqu'un venait à demander de ses nouvelles, la femme à la banque par exemple, il répondrait qu'il la respectait trop pour supporter de la voir souffrir. Qu'il avait donc préféré l'achever.

Il ne me verra pas pleurer, je ne lui ferai pas ce plaisir. Je ne vais quand même pas être jalouse d'un vulgaire husky ! se promet-elle.

Le changement est radical. Elle s'en rend compte dès qu'elle ouvre les yeux, rien qu'à la lumière dans la pièce et aux odeurs. L'excitation fait trembler tout son corps : elle a envie de s'habiller très vite pour courir à la rencontre de cette nouvelle journée, se rouler dans cette blancheur, sonner chez les enfants du voisinage, les faire sortir avant que la pluie n'arrive et n'emporte tout. Tous les gosses savent que la première neige n'est qu'un leurre, un aperçu des merveilleux moments à venir.

Il n'est pas là, à ses côtés la place est vide. Elle se redresse et sent battre ses tempes. La veille au soir, elle a descendu six bouteilles toute seule, pendant qu'il était occupé à vérifier les harnais, le traîneau, les pièces métalliques de l'attelage. Il a même emballé les croquettes, alors qu'il reste encore dix jours jusqu'à son départ. Dans la cuisine, comme une âme en peine, elle a bu et mangé du ragoût froid de renne, en s'en voulant terriblement de ne pas aller chercher son baladeur, maintenant qu'elle savait qu'il était là. Par prudence, elle a préféré ne pas allumer la radio. Surtout ne pas réfléchir, ne penser à rien, vider une bière et fixer son reflet dans la vitre, ne pas aller le retrouver dehors, ne pas demander d'un ton plaintif quand il aurait terminé. Faire en sorte de ne pas avoir envie de lui quand il rentrerait. Oui, tout faire pour. « Je ne veux pas », lui dirait-elle.

La bière avait distillé dans son corps une fine couche d'indifférence avant que l'engourdissement bienfaisant ne lui monte au cerveau et ne l'enveloppe d'ouate. Dans cet état, elle n'avait plus qu'à aller se coucher, il n'était plus question d'aller voir ce qu'il faisait, de s'intéresser à lui, quand bien même il se serait retrouvé coincé derrière le radiateur électrique, à hurler de panique.

Elle pose la tête entre ses mains et gémit. Je veux prendre une douche, décide-t-elle, je veux prendre une douche et me laver les cheveux avant d'aborder cette journée blanche comme une vraie môme. D'ailleurs, je suis grande, je sais contenir mes émotions : je ne vais ni chialer ni montrer ma joie. Personne ne me manquera de respect. Personne ne me verra souffrir.

Il n'est pas non plus dans la cuisine quand elle arrive pour boire son café, au sortir de la douche, dans sa combinaison rouge toute froissée. Elle n'a rien à faire dehors, il ne lui a rien demandé, préférant s'occuper de tout lui-même. Elle entend un bruit de ferraille et regarde par la fenêtre.

Un des traîneaux trône au milieu de la cour, dans une lumière d'un blanc aveuglant comme elle n'en a encore jamais vu. On dirait un énorme traîneau patinette et il s'active autour, les mains pleines de ce qui ressemble à des lanières de cuir et à de longs bâtons. Plusieurs chiens suivent, excités, le moindre de ses gestes, tandis que les plus âgés ont compris à ses vêtements qu'il s'agit de simples préparatifs.

Elle ne peut s'empêcher de lui parler par la fenêtre pour retrouver une forme de calme :

– Tu as donné à manger aux chiens ? Tu veux que je t'aide à quelque chose ?

– Non.

Sa voix. Elle est différente. Peut-être ferait-elle mieux de sortir malgré tout ? Elle se lave vite les cheveux, prend une cuillerée d'huile de foie de morue et se sert une grande tasse de café. Ensuite elle va dans la chambre à coucher pour chercher la combinaison de ski et le sèche-cheveux. Une nouvelle journée, pense-t-elle, le début d'autre chose. Il ne va pas se mettre à pleuvoir. Ici, quand la neige tombe, elle reste. En profondeur. Du sol aux cimes, de la peau jusqu'à la moelle.

Avec le souffle chaud du sèche-cheveux sur ses oreilles, sans miroir, elle ébouriffe ses mèches qui retombent en jolies vagues à l'odeur citronnée, tout en buvant à petites gorgées son café, le regard fasciné par l'hiver qui s'est invité sous ses fenêtres. Les branches des arbres ploient sous le poids de la neige, le toit de la maison, le sol dans l'enclos, tout est blanc. Même les chiens. Deux se roulent dans la poudreuse, les pattes en l'air. D'autres promènent alentour un regard satisfait en plissant les yeux, sans perdre de vue l'homme et le traîneau. Au-dessus des arbres s'étend un ciel bleu éclatant, un ciel provisoirement vidé de ce qu'il avait dans le ventre et qui laisse le soleil se montrer dans toute sa splendeur.

– T'as la gueule de bois ?
– Pas spécialement.
– T'aurais pu m'en laisser.
– Tu n'étais pas là.
– Je n'étais vraiment pas loin.
– C'est maintenant l'hiver ?
– On ne peut pas encore conduire dessus. On raclerait la terre. Dans quelques jours, peut-être.
– C'est dommage pour les piquets… Ils ont dû geler…
– Ça va.
– Tu pars avec combien de chiens ?
– Quatorze.

Elle n'a pas encore remarqué l'énorme remorque dans une des remises, une remorque coiffée d'une gigantesque maison cubique marron, avec des petites portes sur deux étages sur les côtés. Des ouvertures pour respirer. Pas beaucoup de place pour chacun. Il l'appelle sa « plateforme-hôtel ».
– Tu seras absent combien de temps ?
– Huit jours.
– Si longtemps ?
– Deux jours de route dans chaque sens. La course proprement dite est sur quatre jours.

La neige crisse sous ses sabots quand elle se dirige vers les trois nouveaux piquets et les secoue pour voir s'ils tiennent bien. Ça va, on peut s'en servir. Mais celui qu'il a planté hier ne tient pas. Peut-être le gel l'immobiliserait-il, comme le ciment l'aurait fait en durcissant. Il aurait dû travailler plus vite au lieu de faire des mamours à son gros chien comme un imbécile, tandis que le gel avec ses crocs puissants mordait les couches profondes de la terre.

Elle décroche un coup de pied au piquet qui se retrouve un peu de travers, puis elle donne d'autres coups de pied dans la neige autour, au cas où il aurait regardé, à cet instant, dans sa direction.

La lumière lui fait mal aux yeux, elle les plisse et contemple ce qui l'entoure : tout est blanc, d'un blanc immaculé. La cour boueuse, la fosse là-bas, à la lisière de la forêt, qui fume un peu, mais pas assez pour faire fondre la couche de givre et de neige. Ça travaillait ferme là-dessous, les bactéries pouvaient s'en donner à cœur joie ou attendre le printemps en faisant des bulles, si ça leur chantait. Il n'y a pas eu de nouveaux excréments par-dessus, c'est donc qu'il n'a pas encore fait le tour des enclos. Il a assez à faire avec cet hiver à la blancheur virginale. Une nouvelle réalité où une nature meurt pour laisser la place à une autre. Marais et plaines sont devenus autant de chemins qu'il peut prendre, autant de kilomètres à parcourir au rythme du halètement des chiens.

Elle va chercher la pelle et ramasse toutes les déjections. Ça, c'est un travail pour elle. Les crottes sont déjà bien dures et résonnent contre le métal. Elle prend un seau pour éviter de faire plusieurs allers-retours. Elle a déjà les doigts gelés.

Quand elle revient près du traîneau, il est assis à l'intérieur avec une cigarette roulée à la main, le regard tourné vers la forêt.

– Je ne savais pas que tu fumais.

– L'hiver, si.

– Seulement en hiver ? Pourquoi ?

– Ça va ensemble.

– Mais tu fais comment pour arrêter en été ? T'es vraiment un original !

– En été, j'ai pas envie de fumer. Mais en hiver, j'aime bien.

– Si j'ai bien compris, c'est la première de l'hiver ?

– Non, j'ai commencé hier soir. Après que tu es allée te coucher.

Il la regarde droit dans les yeux. Quelque chose a changé. C'est le moment de tenter une approche, de lui demander si…

– Y a de la place pour d'autres dans ce traîneau ?

– Écoute, j'ai encore plein de choses à faire. Maintenant c'est au tour de la voiture… il faut mettre les pneus neige.

– Je peux t'aider.

En se mettant en équilibre sur la clé en croix, il parvient à dévisser les écrous. Elle fixe son pantalon et s'imagine la couleur que prendrait l'eau de lavage. Le tissu moule les muscles de ses jambes tandis qu'il donne des coups de talon pour faire partir la rouille des filetages. Quand il met la voiture au point mort pour la pousser et faire tourner les roues d'un demi-tour, elle veut l'aider mais, le temps de toucher la vitre arrière, la voiture a avancé et il met le frein à main pour l'arrêter. Elle tombe et son bassin heurte donc le pare-chocs. Il n'a rien vu. Elle se relève.

Tandis qu'il saute sur la clé en croix pour finir de desserrer les boulons, il lui lance, le visage levé :

– Pas mal, ta combinaison.

– Un peu raide, mais c'est toujours comme ça au début. Quand c'est tout neuf.

– Va me chercher le cric. Près de la remorque dans la remise.

– On ne pourrait pas faire une balade ? Avec les chiens… Plus tard dans la journée… J'ai encore jamais…

– On racle le fond, je t'ai dit… Il faut attendre encore quelques jours.

Les pneus ne portent pas de traces. Il examine longuement l'usure du caoutchouc avant de les faire rouler un à un aux quatre coins du véhicule.

– Qu'est-ce que tu veux que je fasse ?

– Graisse les écrous. Il y a tout ce qu'il faut dans une boîte, à côté de là où était le cric.

Pendant qu'elle s'exécute, elle entend chanter les oiseaux. C'est la première fois depuis qu'elle est arrivée ici. Est-ce parce que c'est l'hiver ? Cherchent-ils à attirer l'attention des hommes pour avoir de la nourriture ? Après avoir posé par terre les écrous bien graissés, elle s'assoit sur un sac de croquettes et essaie d'enlever la graisse de ses doigts, tout en étudiant le dos et les bras de celui qui, avec le cric et la clé en croix, s'active pour mettre en place les énormes pneus neige. Il siffle. Elle l'observe un moment avant de demander :

– Et la route ? Est-ce qu'elle ne risque pas d'être enneigée si…

Il se retourne.

– Mais t'es encore là, bordel ? Je croyais…

– Je te regarde. Et j'ai soudain pensé à la route.

Il soupire, excédé.

– Tu m'as fait peur… C'est pas la peine de penser à la route. Je ferai venir un chasse-neige pour le jour du départ et celui du retour.

– Et les autres jours ?

– Il n'y aura pas de route.

– Mais…

– Pourquoi t'as besoin de la route ? Tu n'as qu'à acheter à l'avance ce qu'il te faut. D'ailleurs je vais te montrer comment te servir du scooter.

Elle se met à rire :

– Ne me dis pas que tu as une motoneige alors que tu avais trente-deux chiens de traîneau !

– J'ai pas le courage d'aller faire les courses avec les chiens. Les gens râlent quand ils aboient en attendant dehors. En plus, je prends toujours des pistes quand je fais des entraînements de vitesse avec eux.

– Mais tu crois que je vais arriver… à m'en servir ?

– C'est à la portée de n'importe quel crétin.

– On n'a pas besoin d'avoir un permis ou…

– Non. Juste de l'essence et des freins.

– Elle est où ?

– Sur une palette avec une bâche par-dessus. Dans l'autre remise. On y jettera un coup d'œil tout à l'heure, si tu veux.

Il faut qu'elle aille voir. Elle s'essuie les mains pleines de graisse sur le mur, le temps que ses yeux s'habituent à la pénombre. Huit jours seule. Avec dix-sept chiens et une motoneige. Elle soulève la bâche et découvre un capot noir et brillant avec trois bandes jaunes – on dirait un thorax avec des bretelles de pantalon. Le guidon. Le pare-brise en plexiglas teinté. Une longue selle en cuir, des sacs et un genre de top case monté sur les côtés à l'arrière. Elle laisse retomber la bâche, raide et gelée. Qu'a-t-il d'autre encore caché sous des bâches ? C'est comme si soudain toutes sortes de choses cachées profitaient de la première neige pour surgir de partout comme par enchantement. Même du tabac à rouler.

– Je file à la station-service pour vérifier la pression des pneus. T'as le courage de filtrer le jus de viande avant qu'il soit complètement gelé ? J'ai posé la marmite dans le garde-manger.

Elle contemple les côtes et les vertèbres. Dans le jus flottent toutes sortes de morceaux indéfinissables, détachés les uns des autres. Ce qui reste du renne mort se réduit à un bouillon grisâtre, à de la nourriture pour chiens ; son cadavre est complètement dissous. Il n'y a plus rien qui rappelle un corps en vie, un museau tendre qui chasse sur sa nuque un taon importun. Elle trouve ce qu'elle cherche, rien à dire, il y a tout le matériel qu'il faut concernant l'attelage, les chiens ou leur nourriture.

Seaux, tamis, louches, elle transporte tout ça dans la cour et commence à filtrer la préparation. Elle pourrait reconnaître à présent certaines des choses qui restent au fond du tamis, mais elle préfère regarder la cime des arbres et écouter le chant inattendu des oiseaux qui reprend de plus belle dès qu'elle plonge la louche dans la marmite. Elle ne veut pas prendre le risque de voir un œil flotter à la surface la fixant d'un regard gris, décomposé par la cuisson.

Chaque fois qu'elle a fini de presser le jus avec le dos de la louche, elle passe aussitôt le tamis au-dessus d'un autre récipient.

Cela fait cinq seaux pleins en tout. Tout contre la clôture, deux jeunes chiens encore ensommeillés clignent des yeux. Des touffes de poils sont accrochées au grillage. Ils ont eu à manger et sont indifférents. Quelques femelles, excitées, jouent dans le grand enclos en se donnant des coups de patte taquins et s'envoient de la poudreuse sur le museau, tout excitées à la vue de cette neige qui leur promet monts et merveilles. L'odeur du jus de viande et des viscères cuits ne semble plus leur faire d'effet. Il fallait que ce soit du sang frais pour que ça vaille la peine de se quereller. Elle aperçoit Varg plus loin, lui aussi près du grillage. Elle ramasse un bout de viande grise qui est resté collé au fond de la marmite et s'approche doucement du chien sans entrer dans l'enclos.

Ses yeux sont deux fentes noires au milieu de la fourrure blanche. Un regard oblique et fermé qui lui donne l'air d'un Chinois. Son museau pointe à travers le grillage et, au fond des narines, elle aperçoit la peau rose des muqueuses. Il respire calmement, presque en silence. En s'accroupissant, elle entend craquer l'articulation d'un de ses genoux. Varg ouvre grands les yeux, fixe le vide une fraction de seconde avant de tourner son attention vers elle, et soudain il est debout, sur ses gardes, la tête penchée. Maintenant qu'elle est de l'autre côté, il n'a pas besoin de ramper devant elle.

– Tu veux quelque chose de bon ? chuchote-t-elle en lui tendant le bout de viande à travers le grillage et en plongeant son regard dans le sien.

Il recule. Ça alors ! Elle avait pensé le laisser d'abord renifler puis retirer sa main et ne rien lui donner du tout.

– Viens ici ! Je vais te le donner.

Il recule encore. L'un des deux jeunes chiens tourne la tête avec nonchalance, lorsqu'il sent l'odeur du bout de viande et, d'un bond, se retrouve face à elle.

– Non ! Pas toi !

Elle craint qu'ils ne se bagarrent et que Varg ne flanque une correction au jeune blanc-bec alors qu'elle est seule avec eux. Mais Varg ne fait pas mine de chercher l'affrontement. Il observe avec indifférence le jeune impertinent renifler le grillage et le laisse faire.

– Eh bien, prends-le, finit-elle par dire en donnant le bout de viande à l'impatient qui l'engloutit sans mâcher.

Varg se secoue des oreilles jusqu'au bout de la queue, puis la gratifie d'un regard noir avant d'aller se coucher en boule à l'autre extrémité de l'enclos.

– Espèce de chien merdique, marmonne-t-elle, moi qui t'ai graissé les pattes ! Plusieurs fois même. Lorsque Togo était le chef et toi moins que rien… Alors va pas t'imaginer que t'es quelqu'un parce que le maître t'accorde quelques caresses.

Elle s'apprête à aller voir Lady pour se consoler et trouver un peu de chaleur, quand elle repense soudain aux pains. La voilà seule. Elle sait maintenant qui va y avoir droit : les oiseaux. Lady s'en sort très bien sans. De plus, elle aime bien donner à manger aux oiseaux, les voir picorer les miettes avec avidité. Des pigeons. Jusqu'ici elle a toujours nourri des pigeons comme il y en a en ville, sur les trottoirs et les parapets des ponts. Non pas des oiseaux semblables à ceux-ci, créatures paisibles nichées dans les arbres avec des plumes chamarrées, tels qu'on en voit dans les livres d'images, ceux-là même qui pondent de curieux œufs turquoise tachetés. Il y en a toujours des comme ça dans les vitrines des salles de sciences à l'école. On voit ces œufs et les oiseaux empaillés avec des yeux qu'on peut extraire à l'aide d'un ongle, leurs minuscules têtes à caresser sont aussi dures que des balles de tennis… Oui, les pains seront pour les oiseaux. Tous les trois. Cela leur fera de la nourriture pour plusieurs jours, voire plusieurs semaines. Et si la neige se remet à tomber, elle saura la déblayer pour laisser la nourriture accessible.

Elle trouve un bel endroit à l'arrière de la maison, un endroit où personne ne va jamais et qu'on aperçoit à peine de la fenêtre du salon, à supposer qu'une fois à son bureau, il regarde par hasard dans cette direction.

Elle laisse tomber les trois pains dans la neige et récupère les sacs en plastique. En voilà trois de plus qu'il aurait pu utiliser s'il avait su.

Elle s'amuse à placer les pains sur la neige dans l'ordre où ils auraient pu être au moment de la cuisson. Puis elle les émiette avec soin. La farine intégrale leur donne une mie jaune avec ici et là le reflet vert d'une graine de tournesol. La fille a bien pétri la pâte, il n'y a pas la trace du moindre grumeau. Elle devait avoir de la force dans les bras, cette fille-là, du genre à traîner de gros sacs de croquettes, elle aussi.

Pour le premier pain, elle a fait de si petites miettes qu'elle a mal au bout des doigts, mais une bonne odeur de petit déjeuner se répand dans la neige. Elle sourit intérieurement, continue de creuser pour récupérer la mie. Pour le deuxième, elle le brise d'abord en deux. Elle aurait tout aussi bien pu utiliser la hache ou le marteau pour tout réduire en miettes, avec le sac plastique en dessous.

Cela fait un gros tas. Elle en a les bras qui tremblent. La tension lui est remontée jusqu'aux muscles de la poitrine, et quand elle se relève enfin, elle a un voile rouge devant les yeux. Peut-être que je vais bientôt avoir mes règles ? pense-t-elle, auquel cas je pourrai utiliser les serviettes qui sont là, lui qui trouve que ça coûte si cher à acheter. Mais c'est vrai, j'ai un peu la gueule de bois.

Elle a déniché de vieux plats en céramique et verse les miettes dedans. On dirait de petites montagnes avec de gros morceaux de croûte marron foncé au milieu. Un vrai festin pour tous ces becs affamés qui doivent quémander leur nourriture auprès des autres. Elle perçoit tout à coup le bruit lointain d'un moteur. Elle s'essuie vite les mains et descend la fermeture éclair. Une bouffée de sueur lui monte au visage, celle des muscles qui ont travaillé dans un espace renfermé. Elle décide de se changer et d'enfiler la combinaison rouge. On a trop chaud dans celle-ci quand on se dépense physiquement. Elle se dépêche et se trouve près de la marmite et des seaux à l'instant où il arrive dans la cour et se gare devant les cors du renne suspendus au mur.

– J'en ai profité pour réserver le chasse-neige.

Il tient une autre cigarette entre ses doigts.

– Tu n'as pas mal au cœur de fumer autant d'un coup ?

– Non.

Les sacs en plastique lui reviennent en mémoire. Ils sont restés par terre. Elle profite du moment où il transporte les seaux avec le jus de viande dans le garde-manger pour foncer les récupérer et les fourrer sous l'une des barriques.

Quelques oiseaux dans les arbres ont déjà les yeux qui brillent.

De l'autre côté de la maison, elle l'entend hurler :

– *Vos gueules ! On part pas en balade !*

Elle n'a pas entendu un seul chien aboyer. Faut croire qu'il est passablement énervé aujourd'hui, ils ont dû lui adresser un regard un peu implorant, c'est assez pour le faire sortir de ses gonds et pousser un rugissement qui anéantit tous leurs espoirs. Demain, il y aura cinquante centimètres de neige, se dit-elle, oui demain il y aura certainement cinquante centimètres de neige, et alors je pourrai enfin, moi aussi, faire une balade à traîneau…

Il attend le soir pour aborder la question :

– Pourquoi tu gaspilles de la bonne nourriture, bordel ?

– Qu'est-ce que tu veux dire ?

– Tout ce pain. Il sort d'où ?

– Il était immangeable… Trop sec… Je l'ai trouvé dans le congélateur.

– Le pain, ça se garde plusieurs années au congélateur.

– Je croyais que t'allais jamais derrière la maison.

– J'ai vu tes empreintes dans la neige. Je me suis demandé ce que tu fichais là-bas.

– Qui les a faits ?

– Laisse tomber.

– Écoute…

– Laisse tomber, je t'ai dit. Les oiseaux n'ont qu'à s'empiffrer, comme ça ils tomberont tout seuls des arbres et ça fera de la bouffe pour les chiens.

– Il y avait des graines de tournesol à l'intérieur. Je vois mal un homme…

– T'as fini, oui ? Viens dehors avec moi, on va graisser quelques pattes.

– Non, encore ! Chaque jour ?

– On ne va pas les faire tous, juste ceux de la course. J'ai choisi ceux qui vont participer, et à ceux-là, il faut traiter les pattes chaque jour, jusqu'au départ. Pour les autres, ça peut attendre.

La nuit est blanche et neuve, avec une épaisse couche d'étoiles qui semble se déposer sur le toit des bâtiments. La lune esquisse un demi-sourire et s'amuse pour la première fois à projeter des ombres sur la neige. Elle voit son dos. Il pourrait se retourner, l'attendre, l'enlacer pour parcourir la courte distance jusqu'aux chiens. Ils pourraient marcher ensemble. Au lieu de cela, il se penche soudain sur sa droite et se mouche les deux narines avec les doigts. Elle passe devant lui sans un mot. Elle va dans la remise, trouve un tube de graisse, le coince entre son coude et son buste.

Merde, se dit-elle, pourquoi on oublie toujours de rentrer ces tubes à l'intérieur pour qu'ils soient moins durs !

Une semaine se passe avant qu'il ne mentionne à nouveau Toivo et la paille fraîche. C'est au petit déjeuner et elle non plus n'en a pas reparlé. Il vit dans son propre monde à présent, elle se réduit à des mains qui peuvent l'aider à tenir des choses, à graisser et à porter, à mesurer les rations de croquettes, à éplucher les pommes de terre. Elle n'existe pas plus sous sa tenue de travail rouge que sous sa nouvelle combinaison de ski. Son corps prend fin aux poignets et au col. Au lit, il s'assoit au bord de la couette. Elle ne lui dit pas qu'elle a envie de lui.

Il n'a pas reneigé, il n'y a pas eu de balade en traîneau. De profonds sillons se creusent entre ses sourcils parce qu'il ne peut pas entraîner ses chiens comme il voudrait. La neige est devenue sale, la cour commence à ressembler à ce qu'elle était avant, une couche de saleté qui se dépose sur une autre, avec un peu de neige entre les deux. Mais rien ne fond. Tout reste là, à attendre la suite.

– Toivo viendra demain avec la paille.

– Tu l'as rencontré au magasin ?

– Oui. Il s'est rasé la barbe. C'est incroyable ce que ça le change !

Elle doit aller aux toilettes pour réfléchir. Reste longtemps assise avec le papier plié en trois dans la main et essaie de se représenter Toivo sans barbe. Ce qui l'avait piquée et excitée a disparu. En revenant à la cuisine, elle demande :

– Pourquoi ça ?

– Pourquoi quoi ?

– Pourquoi il s'est rasé la barbe ?

– Tu ne poserais pas la question si tu l'avais vu après une longue balade avec ses chiens. Entre la morve, la terre et la neige, son visage n'est plus qu'une espèce de glaçon sale.

– Peut-être que ça lui tient chaud ?

– Je ne crois pas, non.

Il se ressert de café, lui en redonne à elle aussi, la vapeur monte des tasses. Il verse du sucre et du lait chaud de la casserole. Elle ne proteste pas, elle commence à s'habituer à ce café corsé. Avec l'huile de foie de morue et une tranche de pain, c'est un cocktail énergétique parfait pour débuter la journée. Ça s'est fait avec l'arrivée de la neige, comme le reste.

– Je ne t'ai jamais vu te raser.

– Je le fais peut-être pendant que tu dors.

Elle le remarque elle-même. Elle se comporte différemment depuis qu'il n'a plus envie d'elle. Un jour, elle a même lavé le sol de la cuisine, tandis qu'il est resté attablé à la regarder faire. Il s'était moqué d'elle : est-ce qu'elle n'allait pas bientôt se mettre à cuire du pain ? Mieux valait ne pas relever. Elle avait changé les draps, et les touffes de poils de chiens avaient voleté dans les airs comme des flocons de neige. Elle avait rassemblé draps et taies d'oreiller, aéré la chambre, tiré les rideaux et traqué la poussière poisseuse tapie un peu partout, à l'aide d'un chiffon et d'un balai – il ne possède pas d'aspirateur.

– Il te faudrait un aspirateur, avait-elle dit.

– Maintenant, ça commence à ressembler à quelque chose, avait-il répondu avec un drôle de sourire.

Dehors, il y a assez à faire. Tous les jours, les quatorze élus dont les pattes vont parcourir plusieurs dizaines de kilomètres ont droit au massage de leurs coussinets avec de la graisse, et de temps en temps il faut aussi leur couper la fourrure entre les doigts et les ongles.

Assis dans le garde-manger avec toutes les sangles, il passe des heures à vérifier la moindre couture, faisant glisser son majeur jusqu'au mousqueton du milieu, ce mousqueton qui relie chaque sangle au harnais. Il crée de nouvelles attaches sur le traîneau, le charge sur le côté, à l'avant et à l'arrière. Le met à l'envers et nettoie, fait briller le dessous. Elle l'aide chaque fois qu'il le lui demande. Il lui arrive de l'appeler alors qu'elle est occupée à autre chose, elle lâche alors ce qu'elle a entre les mains et accourt. Mais un jour, elle a aperçu une brosse pour chiens sur une étagère et a cru bien faire en la passant sur la fourrure de ceux qui allaient partir. Il a tout à coup surgi derrière elle, lui a arraché la brosse des mains avant de la jeter contre le grillage en hurlant :

– T'es complètement cinglée ou quoi ?

Le chien qu'elle brossait s'est éclipsé pour rejoindre la foule rassurante des spectateurs à quatre pattes. Il ne fallait surtout pas les brosser ! Même si c'était du duvet qui s'était détaché de la peau, la moindre de ces boules de laine enchevêtrée leur tenait chaud. Il fallait les laisser là où elles étaient et attendre qu'elles tombent d'elles-mêmes. Une fois calmé, il ne lui a pas demandé pardon de s'être emporté, mais lui a expliqué avec moult détails comment les sangles allaient user la fourrure pendant la course, elle serait complètement élimée de toute façon, vu que les chiens allaient tirer comme des malades.

Cela a donné un coup d'arrêt à ses velléités d'initiative. Elle attend qu'il ouvre la bouche, elle sait à tout moment où il se trouve et ce qu'il fabrique. Elle se surprend à marcher à pas feutrés pour le suivre dans ses déplacements. Elle renifle l'air et perçoit l'odeur du voyage, la fièvre du départ qui approche. Il attend. Compte les jours. Elle aussi. Sauf que pour lui le décompte s'arrête le jour de son départ. Pour elle, c'est là qu'il commence.

C'est demain que Toivo doit venir. Avec de la paille. Sans barbe. Elle avale à petites gorgées son café au lait sucré.

– Il faut que je coupe du bois aujourd'hui, déclare-t-il. Pour toi. Au cas où l'eau gèlerait dans les tuyaux. Je dois aussi te montrer différents trucs. Il peut se passer des choses en mon absence.

C'est comme un coup de poing dans l'estomac.

– Se passer des choses ?

– Beaucoup de neige, par exemple. Ou des problèmes avec les chiens. La visite d'animaux. Des bagarres.

– La visite d'animaux ? Quel genre d'animaux ?

– Des gloutons. Des renards. Des rennes. Des loups. Si ça devient…

– Des *loups* ?!

– Des loups errants. S'il neige beaucoup, ils peuvent venir rôder par ici. Je te dis pas le bordel si les chiens sont enchaînés aux piquets…

– Dans ce cas, il faut les laisser dans l'enclos. Oh, mon Dieu…

– Tiens, j'ai ausculté Lady aujourd'hui. Son abdomen est mou. Elle a le ventre plein.

– Je ne comprends pas comment tu…

– Question d'habitude.

Il tourne la tête vers la fenêtre et plisse les yeux.

– Ou d'entraînement, si tu veux. Et si au lieu de me casser la tête avec les skis de la motoneige, j'allais faire quelques balades ? Trois à chaque sortie, cela fait… cinq balades…

Il se parle à lui-même. Elle attend, pense aux loups, mais ne veut pas montrer qu'elle… Non, il n'y a pas de loups par ici.

Il se lève d'un mouvement si soudain que la table racle le sol.

– Ouais, c'est ce que je vais faire !

– Quoi donc ?

– Faire un tour avec eux aujourd'hui. Avec le scooter.

– C'est possible ?

– Tout est possible.

– Je peux venir ?

– Pourquoi pas ? ricane-t-il.

– Qu'est-ce qui te fait rire ? Je ne suis pas encore…

– Pas de problème. T'as qu'à venir, si tu veux.

La motoneige est restée dehors quelques jours, sans sa bâche. Il voulait lui montrer comment s'en servir quand il y aurait beaucoup de neige, et depuis, l'engin n'avait pas bougé. Dans trois jours il serait parti. Il allait se passer des choses. Bien sûr que des animaux viendraient jusqu'ici. Ça sentait la nourriture. Les oiseaux s'étaient jetés sur les miettes, mais il y avait encore beaucoup de pain. Elle ferait peut-être mieux d'enlever le reste ? Elle n'a nulle envie de voir des animaux rôder autour de la maison, un renne égaré scruté par dix-sept chiens qui savent que l'animal tout entier rentre dans une marmite, pour peu qu'on dispose d'un couteau tranchant et qu'on ait l'habitude de manier la hache. Ou un loup… L'ancêtre de ces chiens derrière le grillage qu'on a dressés pour qu'ils deviennent un moyen de locomotion. Elle préfère ne pas y penser.

Il est allé dans le hangar et revient avec un jerrican. Il dévisse le bouchon à l'avant du siège, plonge un entonnoir en métal à l'intérieur et remplit le réservoir jusqu'à ce que ça déborde et sente l'essence partout. Elle a enfilé la combinaison de ski, un bonnet, des moufles et des bottes moto avec deux paires de chaussettes. Le thermomètre indique - 9 °C. Le baromètre est au beau temps. Le ciel est dégagé.

Il dit qu'il n'en a rien à faire des skis de direction, ces deux pointes qui ressortent de dessous le capot. Mais elle n'a encore jamais vu de motoneige d'aussi près et demande :

– Mais la chenille en dessous, elle ne risque pas d'être rayée ?

– Possible, mais je m'en moque. Il faut absolument que je les emmène faire un tour. Je verrai ça après.

– Pourquoi tu ne prends pas l'attelage que tu utilises en été ?

– Les roues patineraient. C'est impossible.

– Est-ce que tu as déjà vu... des loups par ici ?

– Évidemment. Mais ne te prends pas la tête avec ça. Tu as une arme.

– Ah ?

– Je te la montrerai plus tard.

– Alors comme ça, il suffit de sortir le scooter, d'enlever la bâche et ça marche tout seul ?

– Je m'en sers au printemps.

– Pourquoi tu ne prends pas tout simplement le traîneau ?

– Je ne peux pas courir le risque de l'abîmer en dessous, lui !

– Mais tu en as plusieurs, de traîneaux...

– Ce que tu peux être chiante quand tu t'y mets ! Il ne faut surtout pas qu'il y ait de rayures sous ceux-là.

Les chiens commencent à se douter de quelque chose quand ils le voient porter diverses sangles et parler tout seul. D'ailleurs il a troqué son jean contre une combinaison de ski. Debout, les yeux brillants, ils sont suspendus à ses moindres gestes.

Soudain l'un d'eux donne de la voix. Les autres enchaînent aussitôt. Ils ont tous compris qu'il va enfin se passer quelque chose. Ils se dressent contre le grillage et, cette fois, poussent de longs hurlements qui se terminent en aboiements hystériques, dépourvus de toute dignité. Ils mendient. Cette fois, plus de manœuvres ou d'allusions appuyées. *Et moi ? regarde-moi, emmène-moi !* crient-ils tous à leur manière.

– *Vos gueules, bordel !* s'attirent-ils comme réponse, mais ça ne sert à rien.

En donnant des coups de pied à droite et à gauche, il va d'abord chercher Varg, l'entraîne, tout excité, et l'attache à un des piquets. Puis il retourne dans l'enclos en chercher deux autres, et elle se précipite pour fermer la porte au nez de leurs congénères qui protestent vigoureusement.

Les trois chiens sont harnachés et chacun d'eux a une longue corde qui lui passe dans le mousqueton fixé au dos. Elle sait que ce sont de grosses cordes avec un élastique au milieu. Il a une grimace qui réprime son irritation.

– C'est pas raisonnable, murmure-t-il, mais bon…

– Est-ce qu'ils ne doivent pas être en ligne, les uns derrière les autres ?

– Ça ne sert à rien pour l'instant. Je vais les prendre à tour de rôle.

Il arrive avec la clé et met le contact. Le moteur vrombit si fort que les chiens se taisent instantanément. Les gaz d'échappement ondulent en vagues bleutées sur la neige de la cour. Il se place à côté de la motoneige et décolle la chenille du sol. Elle se précipite pour l'aider. C'est lourd. Puis il tend le bras vers la poignée et donne plusieurs coups d'accélérateur, les enveloppant dans la fumée des gaz d'échappement. Elle est obligée de tousser.

Les chiens sont attachés à l'avant grâce à un mousqueton. Varg a la courroie la plus longue et il est placé au centre ; les deux autres sont un mètre plus loin en arrière. Il chevauche l'engin et elle l'imite pour se placer derrière lui. Elle essaie de trouver quelque chose à quoi se tenir, se penche un peu vers l'avant et se cramponne aux poches de la combinaison de ski qu'il porte. Elle inspire bouche ouverte, sent son pouls battre fort à l'intérieur de son corps, alors que ce n'est pas vraiment le grand jeu, c'est juste une petite sortie. Mais c'est toujours ça. Pour une fois qu'il l'emmène…

– *Allez !* crie-t-il en donnant un coup d'accélérateur. *Go !*

Ils n'ont pas le temps de sortir du bois qu'elle est déjà tombée.

– *À gauche !* hurle-t-il.

Varg, obéissant, tourne vers la gauche tandis que le scooter emporté vers la droite passe sur un bout de rocher qui surgit parmi la mousse et la glace. Elle n'a pas le temps de comprendre ce qui lui arrive qu'elle est déjà par terre, à compter les secondes avant que la douleur l'élance. Projetée de son siège, elle a heurté le sol avec l'épaule et la tempe. Nez à nez avec un massif jaune pâle de mûres arctiques gelées, elle a la tête qui cogne tandis que le scooter s'éloigne. Elle roule sur le ventre, hume l'odeur de la terre et de la mousse, avant de se mettre à genoux en prenant appui sur son bras gauche et, avec une infinie lenteur, de tirer sur son cou pour qu'il puisse supporter le poids de la tête.

Il ne s'est pas arrêté. N'a peut-être même pas remarqué qu'elle avait fait une chute. À moins qu'il n'en ait rien à fiche. Concentré sur les nuques frémissantes devant lui, il n'a pensé qu'à avancer, toujours plus loin.

Elle écoute le bruit de la motoneige qui va s'amenuisant, se relève et chancelle jusqu'à un monticule un peu plus loin, d'où elle espère voir quelque chose. Mais le temps d'y arriver, tout est silencieux. Elle essaie de fermer le poing avec sa main endolorie et y parvient. Je serai pleine de bleus, pense-t-elle, mais je n'ai rien de cassé.

Elle aperçoit la montagne à présent, les sommets couverts de neige, même si les couleurs automnales brillent encore çà et là.

– *Merde* ! lâche-t-elle.

L'adrénaline qui l'a gagnée au moment du départ est encore là. Cela l'aide à soulager la douleur, mais pas la colère.

– *Mais merde !* crie-t-elle à la vue des traces de la motoneige. *T'es vraiment qu'un enfoiré !*

Elle retourne lentement vers la ferme. Il savait que ça allait arriver. C'est pour ça qu'il avait eu ce drôle de sourire quand elle lui avait demandé si elle pouvait venir.

En l'apercevant, les chiens se mettent à aboyer.

– La ferme, vous autres, marmonne-t-elle, c'est que moi.

Les aboiements s'arrêtent d'eux-mêmes quand ils voient qu'elle est seule, effectivement.

Elle a descendu la fermeture éclair et enlevé son bonnet. Elle pénètre enfin avec ses grosses bottes de moto dans la cuisine, jette ses moufles sur la table et pousse un dernier juron, avant de retirer le bras gauche de la combinaison puis le droit, laissant les deux manches flotter le long de ses cuisses. Je ne lui ferai pas ce plaisir de pleurer devant lui, se dit-elle, je vais me débrouiller pour pleurer tout mon saoul avant qu'il revienne. Elle s'affale sur une chaise, sa main gauche vient palper son épaule qui l'élance. Elle serre fort, au point que les larmes lui montent aux yeux, et soudain elle ne peut retenir ses sanglots, qui, petit à petit, se transforment en gémissements de bête blessée. Chaque fois qu'elle reprend son souffle, elle croit entendre l'écho de ses cris dans la pièce. Quand elle parvient à ouvrir les yeux, son regard s'arrête sur les moulins hollandais. Les roues sont immobiles et, de là où elle est, elle devine les cloques sous le papier.

Quand elle a ravalé ses larmes, elle va dans la salle de bains, s'approche du miroir et regarde sa tempe. C'est gonflé et ça a saigné. Elle nettoie la plaie, se mouche dans le papier toilette, se passe de l'eau glacée sur le visage et se mouche encore. Enlève cette fois sa nouvelle combinaison et enfile la rouge. Retourne à la cuisine et prépare du café, la bouilloire est encore tiède. Respire par le nez jusqu'à ce que ses narines soient dégagées. Refait un tour à la salle de bains, pose du papier toilette mouillé et glacé sur les yeux, se remet du mascara, se peigne, ramène ses cheveux pour cacher l'enflure au niveau de la tempe. Maintenant il peut rentrer.

Ce qu'il fait.

La motoneige arrive dans la cour avec un son qui ressemble furieusement au crissement des ongles sur un tableau noir. Le métal de la chenille racle sur les graviers. Elle s'approche de la fenêtre.

À voir sa grimace, lui non plus n'apprécie pas ce bruit.

– *Stop !* l'entend-elle crier.

Les chiens ne halètent pas vraiment.

– Alors, belle balade ?

– Tu m'as faussé compagnie…
– Faut croire.
– Tu t'es fait mal ?
– Non.
– Le temps de remarquer que tu n'étais plus là… eh bien, tu n'étais plus là.
– Tu veux que je t'aide avec les trois autres ?
– Les trois autres quoi ?
– Chiens, voyons. Je croyais que tu les entraînais ? Avec le scooter ? Trois par trois.
– Ce que tu peux être chiante…
– Je voulais juste…
– Ça ne sert à rien. Je laisse tomber.
– Est-ce que je peux faire quelque chose pour toi ?
– Prends les chiens. Pas Varg ; lui, je m'en charge. Ramène-les dans l'enclos et verrouille bien derrière toi. Ah, bordel…

Elle saisit un chien dans chaque main et les fait rentrer dans l'enclos. Elle aurait pu en prendre un à la fois et n'utiliser que son bras valide. Elle a de nouveau les larmes aux yeux quand quarante kilos de muscles lui résistent en tirant dans toutes les directions. Mais elle tient bon. Resserre ses doigts autour de la sangle avec détermination comme si elle était au bord d'un précipice.

Il se roule une cigarette, couche la motoneige sur le côté et tire bouffée sur bouffée tout en examinant les skis et la chenille. Va dans le hangar, revient avec du papier de verre, commence à poncer.

– J'ai refait du café.

– Pas pour moi. Je dois aller couper du bois. T'es sûre que tu t'es pas fait mal ?

– Pourquoi t'insistes ? Tu crois que je suis en sucre ou quoi ?

La lame se détache du manche au moment de toucher le bois. Quand l'incident a lieu, elle n'est pas là, mais il rentre à l'intérieur et le lui raconte, avant de jeter rageusement le manche dans le panier à bûches et de se servir un café. Ses mains tremblent. La peau autour de ses narines a pâli et il n'arrête pas de jurer. En se détachant, le fer a frôlé sa tête avant d'atterrir par terre.

– Quelle hache de merde ! Tu te contenteras du bois qu'il y a. Ça devrait suffire.

– Elle a fait son temps, c'est tout. Surtout avec le renne…

– Tu es rouge sur le côté, au niveau de la tempe.

– Ah bon ?

– Laisse-moi regarder.

– Non, laisse. On ne doit pas graisser les pattes des autres chiens ?

– Pourquoi veux-tu faire ça ? Eux ne sont allés nulle part ! Ils ont tellement de graisse qu'ils pourraient se passer de nourriture pendant des jours !

– Calme-toi. Ça va aller. Comme ça, tu auras une excuse si…

Il se penche soudain au-dessus de la table.

– Si quoi ?

– Si tu ne… Si la course devient… trop difficile ou si…

D'un mouvement du bras il envoie valser la tasse de café contre le mur. Elle va s'écraser contre un placard et vole en éclats, répandant du café fumant partout.

– *Toi, la ferme ! Tu ne sais même pas de quoi tu parles !*

Sur ce, il s'en va.

Maintenant que l'orage est passé, elle peut reprendre ses esprits. Elle décide d'enlever les traces de pas sur le sol. C'est une nouvelle journée qui commence, se rappelle-t-elle. Une journée différente de celle d'hier. J'ai pris mon huile de foie de morue et il ne reste plus que deux jours jusqu'à son départ. Peut-être qu'elle ne sera pas bloquée par la neige ? Une chose est sûre : elle n'aura pas la voiture. Et comme le magasin n'est pas tout près, il faut absolument qu'elle sache se débrouiller avec la motoneige. Il s'est servi d'une clé de contact, il n'a pas tiré sur un câble, comme elle croyait, pour faire démarrer le moteur. Il lui faut cette clé.

Il est dans le garde-manger et regarde les seaux.

– Elle est où, la clé du scooter ?

– Hein ?

– La clé, elle est où ?

– Là. Tu veux...

– Il faut que je voie comment ça marche.

Tandis qu'elle se dirige vers la motoneige couchée sur le côté, elle revoit tout à coup défiler les images d'un dessin animé : des gens au volant de bolides qui passent au travers des murs en laissant derrière eux un trou ayant la forme exacte de leur véhicule... Il faut qu'elle pense à soulever l'arrière de l'engin. La chenille doit pouvoir partir d'un coup.

Dans cette position, la motoneige n'a pas l'air si impressionnante que ça. On aurait dit que, prise de fou rire, elle s'était couchée sur le côté le temps de sécher ses larmes de rire. En tournant légèrement la tête, elle l'aperçoit sur le pas de la porte.

Avec la main droite, elle arrive à la redresser. Ah, cette épaule... Maintenant il va bien voir de quoi je suis... non, il ne faut pas qu'il sache. Et s'il demande si j'ai besoin d'aide, je répondrai que...

– Tu as besoin d'aide ?

– Non.

Elle trouve où mettre la clé de contact et la tourne. Le moteur réagit au quart de tour. Le vacarme lui fait danser des taches rouges devant les yeux. Dire que c'est elle qui est à l'origine de tout ce bruit ! Le son évoque un moteur lancé à cent kilomètres à l'heure, mais la motoneige n'a pas bougé d'un pouce. Elle évite son regard quand elle tente de soulever l'engin en faisant un effort tel que la bile lui remonte à la gorge. Je vais vomir, pense-t-elle.

Il lui vient alors une idée. Elle pourrait glisser quelque chose en dessous, quelque chose sous les top cases à l'arrière, ils sont fixes, ceux-là.

Elle laisse la motoneige avec le moteur tournant à vide, entre dans le hangar, trouve deux caisses en polystyrène qui sentent les carapaces de crevettes pourries et ressort calmement. Toujours sans le regarder. Il n'a pas fait un geste. Elle saisit le cul du scooter – ça forme comme une bosse à cet endroit –, glisse une caisse de chaque côté et vérifie que la chenille en dessous, une fois surélevée, n'est en contact avec rien. Ensuite elle se place à côté, enfourche la motoneige et tourne doucement la poignée de l'accélérateur. Le moteur s'emballe aussitôt, elle entend la chenille qui tourne à vive allure et fait vibrer l'engin entre ses jambes. Elle donne un nouveau coup d'accélérateur, baisse enfin la tête pour regarder. Oui, ça tourne, ça va même à toute allure. Et derrière, ça fait des nuages de fumée bleue qui flottent au-dessus de la neige sale. Elle freine, la main gauche sur la poignée, et la chenille s'arrête si brusquement que le scooter se soulève. Elle lâche le frein et accélère à nouveau. Elle a compris le truc. Si elle avait enlevé les caisses maintenant, elle aurait fait un trou à la forme plutôt originale dans le mur de planches devant elle.

Elle tourne la clé vers la gauche et la retire. Silence. Quelques oiseaux pépient dans les arbres. Elle entend un des chiens se secouer.

Son regard la transperce comme une lance, avec toujours ce rictus. Je ne vais pas jouer à la meuf stupide qui le regarde d'en haut, trop contente de tenir sa revanche. Même s'il me complimente, je ne vais rien laisser paraître, pense-t-elle, pas le moindre sourire. Être forte et indifférente.

Il ouvre la bouche comme s'il voulait dire quelque chose. Elle attend. Alors il tourne les talons et rentre dans le garde-manger. De là, il crie :

– Ce soir je t'apprendrai à tirer.

Elle laisse tomber la clé de contact dans sa poche-poitrine.

Elle n'a encore jamais tenu une arme, elle n'a jamais aimé ça. Mais elle s'est imaginé parfois l'effet que ça doit faire : le poids, le pouvoir de tuer que ça donne, cette sensation d'être soudain plus grand que la vie elle-même. Mais cette force primitive, brutale, elle n'a pas eu envie de la ressentir, ça lui fait peur. *Fire arms,* « armes à feu », c'est un mot qui vient des Indiens lorsqu'ils avaient vu la première fois jaillir du plomb hors d'un canon de fusil. Ils s'étaient cru à l'abri, hors de portée des arcs et des flèches, et s'étaient retrouvés criblés de balles.

– Je n'aime pas ça. Je n'ai pas envie de m'en servir.

– La question n'est pas là. Je veux juste que tu saches comment faire. Regarde…

Quelque chose glisse de la crosse.

– Voici le chargeur, tu mets les cartouches de cette boîte les unes au-dessus des autres…

Il les insère une à une et remet en place le chargeur d'un coup sec.

– Comme ça…

– Je croyais… Il n'y a pas un truc rond qu'on fait pivoter ?

– C'est pour les revolvers. Ça, c'est un pistolet. Il a même fait la guerre, celui-là.

– Je n'aime pas les armes.

– Tu fais comme ça… Clic… D'abord bien en arrière puis vers l'avant… Maintenant tu peux tirer.

Il lui saisit la main et l'aide à positionner ses doigts, en laissant l'index en l'air pour l'instant. L'obscurité est tombée, alors il a sorti une lampe extérieure et l'a posée par terre. Debout à côté des piquets derrière la maison, leurs ombres au contour bien dessiné s'allongent sur la neige. Il a rempli des pots de peinture vides avec des cailloux et de la neige et les a alignés sur un tas de rondins un peu plus loin.

– Regarde.

Elle sent, de sa part à lui, une proximité, une familiarité qu'elle aurait su exploiter, s'il n'y avait pas cette arme entre eux qui les réunit dans un déséquilibre dont il n'a pas conscience.

Il lève son bras à elle en pinçant le creux de son coude pour qu'il soit parfaitement tendu. Son visage s'approche tout près d'elle pendant qu'il entoure de sa main celle qui tient le pistolet.

– Regarde en haut ici. Ferme ton œil gauche, oriente la tête comme ça.

Il lui prend le menton et l'oriente.

– Tu vois le guidon et le cran de mire ?

– Oui.

– Ils doivent coïncider. Comme ça. À toi maintenant. Je ne peux pas voir à travers ton œil. Il faut que tu le fasses toute seule.

Il attend un peu. Elle perçoit son souffle, son odeur de cigarette, de café au lait, une odeur à la fois douce et piquante. Le guidon est maintenant aligné avec le cran de mire. Elle place l'index et appuie sur la détente. Aussitôt, c'est comme si l'arme recrachait quelque chose dans sa main, quelque chose de brûlant. Ses oreilles bourdonnent. Son bras qui, il y a une seconde, avait été tendu et dirigé vers la cible, part en l'air, ses doigts ne répondent plus, mais lui n'a pas lâché et maintient l'ensemble. Il hurle :

– *Merde !*

Aucun des pots de peinture n'a bougé.

– J'ai raté.

– Mais t'as pas visé !

– Le guidon et le cran de mire étaient pourtant alignés.

– Il y avait le pot derrière ?

– Non. J'y ai pas pensé.

– C'est pas possible d'être aussi conne ! Bon, encore une fois. Et pense à bien tenir l'arme après avoir tiré. Sinon un coup de feu peut partir sans que tu le veuilles, et dans une tout autre direction. Fais attention à ne pas pointer l'arme sur toi, ou sur ce que tu n'as pas l'intention de tuer. Allez, recommence.

Il enlève sa main. Elle tient l'arme seule, sent pour la première fois le poids du pistolet, c'est fou comme il est gros et lourd.

– Je n'aime pas les armes, je t'ai déjà dit. Je ne trouve pas ça très amusant.

– Arrête. Allez, vas-y. Lève le bras.

Elle tremble.

– C'est trop lourd !

– Tu ne vas pas recommencer ! C'est juste une question d'équilibre.

– Est-ce que je dois d'abord tirer ça en arrière ?

– Non, maintenant tu peux vider le chargeur, tirer non-stop, si tu préfères…

Il s'éloigne d'elle. Elle baisse le bras, alourdi par l'effort musculaire. Il lui montre comment se tenir, bien campé sur ses jambes, le bras gauche un peu en retrait.

– Imagine un bâton qui traverse ton corps, la nuque, le corps et descend entre tes jambes… Tu dois trouver le point d'équilibre… Oui, c'est bien. Comme ça… Le dos droit… Parfait… Inspire profondément… Regarde dans le cran de mire, le guidon et la boîte derrière… Expire… Tire !

Cette fois, elle entend le coup de feu, pas uniquement le bourdonnement dans les oreilles. Son bras part en l'air à cause du recul, avant de retomber. Le pot de peinture tout à droite a disparu. Il court le chercher derrière les rondins. Elle pointe aussitôt le canon en l'air. Quelques chiens gémissent faiblement.

– Eh bien ! dit-il avec un large sourire. En plein dans le mille !

Le pot est transpercé au milieu. Le métal retourné forme des franges pointues, des cailloux noirs sont tombés au sol, se mêlant à la neige sale.

– C'est bon, je sais au moins faire ça, répond-elle en lui rendant le pistolet. Je n'ai plus envie de continuer.

– Tu ne trouves pas que c'était amusant ?

– Non. Est-ce que tu vas aussi me montrer la pierre, tant qu'on y est ?

– La pierre ?

– Celle que je dois utiliser si je dois frapper à mort…
– On n'a plus de chiots maintenant.
– Ah, c'est vrai.

En rentrant plus tard, il rapporte l'arme, mais il ne dit pas un mot à propos de la pierre. Il pose le pistolet sur la table de la cuisine et lui montre où elle pourra trouver d'autres cartouches, elles sont dans de minuscules boîtes qui pèsent une tonne. Leur taille n'a décidément rien à voir avec leur poids. Elle doit sortir le chargeur et le remettre en place, répéter plusieurs fois la manipulation avant qu'il se montre satisfait. Elle sent battre son pouce, tout rouge d'avoir pressé des balles contre un ressort qui cherche au contraire à les expulser dans la chambre pour la mise à feu. Ensuite il lui explique comment elle doit mettre le cran de sûreté après usage.

– Après usage ? De toute façon, je ne vais pas m'en servir.

– Les journées peuvent être longues. Tu verras que ça va t'amuser.

Elle finit par dire :

– Bon, je vais me coucher.

– J'en grille une dernière et j'arrive.

Mais cette nuit-là aussi, il la laisse dormir à l'autre bout du lit. Avant de s'endormir, il murmure :

– N'oublie pas de ramasser les douilles après. Faudrait pas que les chiens les avalent.

Elle reconnaît la voiture mais pas le conducteur, même si une barbe naissante ombre déjà son menton. Le pare-brise avant est propre et, sur les barres de toit, on ne voit aucun animal fraîchement abattu. Mais il y a une remorque qui se balance au gré des bosses sur la route gelée. À l'intérieur de la remorque s'élève une énorme botte de paille, solidement ficelée. Malgré cela, elle aperçoit sur la route derrière lui un sillage de brins de paille – l'herbe rase en montagne est difficile à attacher.

Ils sont occupés à transvaser le jus de viande dans des bidons blancs en plastique. Elle tient l'entonnoir tandis qu'il verse le jus des seaux. Il lui a dit par la même occasion où sont les jerricans d'essence pour la motoneige. Ils ont tout laissé pour aller l'accueillir.

Ce visage. C'est celui d'un étranger. Pas celui de l'homme qui avait été avec eux dans l'obscurité de la chambre à coucher. C'est à peine si elle se souvient de son ancienne apparence. Je ne suis ici qu'une simple salariée, se rappelle-t-elle, une assistante qui s'occupe des chiens et qui n'a pas de cul. Ça va fermer boutique en bas, si ça continue, les bords cicatrisés vont se refermer et les prochains hommes devront utiliser la machette pour m'ouvrir et se frayer un chemin…

La veille au soir, après qu'il s'est endormi, elle s'est masturbée à contrecœur, convoquant toutes les images à sa disposition – moulins à vent, mains crasseuses, piquets qu'on enfonce –, mais en vain. Impossible de mouiller, alors elle a cessé de se triturer les tétons et a sucé son pouce. Il était brûlant et enflé.

– Tu veux que je le mette où ?

– Ici. D'abord pour ma plateforme-hôtel. Dans les box.

Sans se poser de questions, elle s'approche pour lui donner un coup de main. Toivo ne la regarde pas. Ils parlent de la course. Toivo connaît la liste des autres participants. Elle les laisse parler, tandis qu'ils ouvrent les portes des box sur la remorque et fourrent de la paille fraîche pour chaque chien. Elle voit la quantité qu'il faut mettre et fait comme eux. Les box sentent le renfermé. Elle a du mal à comprendre comment un husky peut tenir là-dedans. Elle étale bien la paille sur le sol. Quand ils ont terminé, ils portent le reste sur la bâche qui servait à dissimuler la motoneige.

– Du café ?

– C'est pas de refus, répond Toivo.

– Pendant ce temps, je vais en profiter pour faire les courses, dit-elle.

Sa voiture bloque le passage. Elle doit faire marche arrière un peu plus loin avant de réussir à passer avec le

4 × 4. Au départ elle pensait attendre jusqu'au lendemain pour aller en ville, mais soudain elle ne supporte plus l'idée de rester coincée dans la cuisine avec eux, de les entendre parler encore de cette foutue course qui ne la concerne nullement si ce n'est qu'elle va se retrouver seule avec dix-sept chiens, une motoneige et un pistolet pour faire joujou avec des pots de peinture.

Elle a préparé une liste. Toute une feuille, après son sentiment de victoire avec la motoneige. En haut, pour commencer, de la bière. Puis du pain, de la pâte à tartiner aux crevettes, des conserves de plats tout faits, du café, du lait, des oignons, des œufs de capelan, de la crème d'œufs de poissons à tartiner, de la mayonnaise, des galettes de pain azyme. Elle a noté la bière deux fois, elle s'en rend compte dans le magasin quand, devant les bacs des surgelés, elle prend des pizzas périmées car elles sont à moitié prix.

C'est un drôle de magasin où l'on trouve presque tout. Des vis, des outils à côté des pains, comme des accessoires de pêche et des combinaisons de ski à côté des cigarettes et du chocolat. Des produits empilés sur des étagères hors de portée. Presque pas de place pour circuler. Trois hommes d'un certain âge discutent devant les attirails de pêche. Il s'agit d'une ligne spéciale qu'ils ont tirée d'une bobine. Elle a l'air épaisse, on dirait un lacet tout rond en caoutchouc. Elle s'arrête. Il faut bien qu'elle pose la question à cause de la bière qu'elle a notée deux fois sur sa liste…

– Salut !

Tous les trois la regardent. Elle esquisse un sourire. Ils examinent sa combinaison. La rouge, celle qu'il a achetée ici même. Ça doit quand même leur faire plaisir de voir qu'elle porte ce genre d'habit, ça fait d'elle une des leurs, non ? Même si elle n'a encore jamais vu une ligne de pêche comme celle-ci…

– Pourquoi elle est si grosse ?

Ils la dévisagent longuement avant de baisser les yeux, tous en même temps, et fixer la ligne comme si eux aussi se posaient soudain la question. L'un d'eux s'éclaircit la voix :

– C'est pour que ça flotte, dit-il en guise d'explication.

– Ah. Je me demandais seulement… Comment on fait pour… Je veux dire… est-ce qu'il y a de l'alcool par ici ? À acheter, j'entends ?

Mal à l'aise, ils bougent un peu leurs pieds.

– C'est bien toi qui habites là-bas dans la ferme de la forêt… Avec les chiens ?

– Oui.

– Avec…

– Oui.

– Mais lui, il achète toujours chez…

Ils échangent des regards inquiets. Elle se hâte d'ajouter :

– Il doit participer à une course dans peu de temps… Il a tellement de choses à régler juste avant… Donc si je peux le faire à sa place…

– Je t'y emmène si tu veux, propose celui qui tient la ligne. T'as fini tes courses ?

– Presque.

– Je t'attends dehors. Un pick-up bleu. Tu n'auras qu'à me suivre.

Ce n'est pas tout près. Mais enfin, au bout d'une longue ligne droite, elle voit le verre poussiéreux et orange du clignotant s'allumer. Elle tourne le volant, quitte la route principale et s'engage sur un chemin cahoteux qui mène à une maison blanche. Elle reste dans la voiture, avec l'argent prêt. Quand il revient, elle baisse la vitre.

– Ça fait combien ?

– Un litre.

– Non, je veux dire… Ça coûte combien ?

– T'as assez avec ce que tu tiens dans la main.

Il lui passe une bouteille verte en plastique par la vitre.

– Merci beaucoup, c'est super.

– C'est à plus de 90 °C. Il faut le couper.

Sur le chemin du retour, elle remarque des nuages à l'ouest. Une couche basse qui repose comme un fond de lait dans un verre.

Toivo est parti. Lui est dans l'enclos et essaie un harnais à un de ses chiens. Elle se gare devant la peau de renne sur le mur. Celle-ci est en passe d'être sèche et pour la première fois elle aperçoit le trou laissé par une balle, en haut à droite.

Il ne peut pas la voir de là où il est. Alors elle va vite planquer la bouteille verte dans la remise, derrière les pneus d'été le long du mur. Elle est de nouveau près de la voiture quand elle l'entend qui referme l'enclos.

– Tu en as mis du temps.

– Il me fallait pas mal de choses. J'ai parlé à quelqu'un.

– Je croyais que t'aimais pas ce magasin ?

– Tu savais qu'il existe des lignes de pêche qui peuvent flotter ?

– Évidemment.

– Et puis il y a des nuages qui arrivent.

– T'en as vu des choses…

– Ça donnera peut-être de la neige.

– C'est trop tard pour moi, en tout cas. Ce serait encore pire si je devais prendre la route quand il neige.

Il sort les sacs de courses de la voiture et les bouteilles s'entrechoquent.

– On dirait que t'as acheté pas mal de bouteilles.

– C'est de la bière.

– T'en as acheté beaucoup ?

– Euh… Comment tu te débrouilles avec les chiens quand t'es tout seul dans une course comme ça ? Pour le départ, par exemple ?

Il marche devant elle et lui répond sans se retourner :

– Il y a toujours des gens pour donner un coup de main… pour le départ. Et pendant la course, les chiens dorment attelés.

Des filles, songe-t-elle tout à coup, bien sûr qu'il y a des filles qui traînent dans ce genre de manifestation. Elle-même l'a vu partir avec le traîneau et les chiens, elle a perçu toute l'excitation et toute la folie qui entourent ce type de course. Des filles qui mouillent et qui dissimulent leur cul derrière des attitudes de mecs, jouant celles qui s'y connaissent question huskies et harnais. Ça doit être là qu'il les ramasse, ses gonzesses, et non au bord de la route.

– Il n'y a pas des filles qui ont elles-mêmes des attelages ?

– Plein. Quand je reviendrai, je t'apprendrai.

– Elles sont fortes ?

– Mentalement, oui. C'est le plus important.

– Est-ce qu'il y a des filles qui sont là… et qui vous donnent un coup de main ?

– Bien sûr. Au fait, j'ai lavé les seaux.
– Les seaux ? Comment ça ?
– Ceux qui doivent être remplis d'eau. Au cas où les chiens se bagarreraient.

Au moment de retourner vers la maison, elle lève les yeux au-dessus de la cime des arbres. D'ici, on n'aperçoit aucun nuage. Rien que le ciel livide et quelques grands oiseaux aux ailes longues et effilochées qui tournoient, très haut, en décrivant une lente spirale pour descendre vers le sol. Ils lui font soudain penser à des vautours. Un frisson la parcourt et elle se hâte de rentrer dans la cuisine.

Cette nuit-là, il pose sa main sur elle. Elle lui tourne le dos, feint de dormir. Il ne lui caresse pas la joue, ni les cheveux, ni les épaules, mais saisit un sein et le tient un moment. Elle ne bouge pas, ses yeux secs scrutent l'obscurité. Il laisse sa main descendre plus bas, trouve une fesse et la pince doucement. Puis elle entend des bruits furtifs sous la couette et comprend qu'il a fourré son visage en bas, tout près de la fente des fesses. Une contraction la parcourt, des pieds à la tête. Elle déglutit, sa tempe se met à battre fort, là même où elle s'est blessée en heurtant le sol.

Elle tend l'oreille, comme évanouie, sans remuer d'un millimètre. Ça gonfle en bas, ça enfle, elle croit exploser quand il lui écarte les fesses et la renifle, son nez lui effleure la peau. Ça chatouille mais elle réussit à ne pas bouger. Encore une fois, elle doit avaler sa salive en silence. Elle entend alors un bruit de drap froissé et le lit vibre légèrement. Son sexe est parcouru par l'éclair d'une contraction qui remonte jusqu'à sa poitrine, quand elle comprend qu'il est en train de se masturber, le nez fourré dans son cul. Elle écoute le tempo : d'abord des mouvements lents et puissants, puis plus rapides, tout ce qu'elle aime en temps normal. Respire calmement, songe-t-elle, concentre-toi, inspire, expire…

Pas un son, pas un souffle, pas même un gémissement étouffé ne sort de sa bouche. Le rythme s'accélère, avant de s'arrêter net. Nouveaux mouvements sous la couette. Elle comprend qu'il enlève son tee-shirt d'une seule main sur la nuque. Puis ça reprend, un tremblement frénétique. Elle ne sait pas combien de temps elle va pouvoir rester ainsi sans respirer comme d'habitude, c'est-à-dire en gonflant son ventre. Et si elle se retournait ? lui montrait qu'elle est là ? qu'elle ne dort pas et qu'elle mouille comme c'est pas permis ? Non, en cet instant, elle ne connaît pas cet homme. C'est son jeu à lui, pas le sien. Il éjacule. Une dernière accélération du rythme avant que les mouvements redeviennent lents, des gestes pour bien vider ses couilles, elle l'entend enfin pousser un long halètement sourd. Elle ferme les yeux le plus fort possible, des taches vertes et rouges jaillissent du centre de sa pupille. Ses mâchoires sont si serrées que ses dents grincent. Elle déglutit sans arrêt. Sa langue contre son palais est aussi raide et sèche qu'un bout de bois, ses yeux sont baignés de larmes.

Il se retourne en roulant sur le dos, tousse, soupire. Elle l'entend faire tomber le tee-shirt par terre. L'instant d'après, il ronfle.

Elle reprend possession du lit, se met sur le dos et scrute l'obscurité, tandis que l'acide lactique a gagné chaque muscle de son corps. Elle n'aurait pas tenu une seconde de plus.

Lentement, sa main trouve le chemin, s'arrêtant un peu sur la courbe du ventre, et son index amorce le travail.

L'ouverture en bas est béante, la chair frémit sous la peau lubrifiée. Son doigt connaît l'endroit par cœur, il suffit de l'effleurer avec des battements d'ailes de papillon et tout s'écoule, s'élargit pour former une étoile incandescente et irrégulière dont les pointes vont des talons jusqu'à ses lobes d'oreilles. Elle se caresse jusqu'à se sentir, elle aussi, vidée, jusqu'à ce que le moindre contact soit douloureux.

Demain il fait ses bagages, pense-t-elle. Et dans un jour et demi, il sera parti.

Elle se réveille parce qu'il va à la salle de bains et fait le tour du lit avec son tee-shirt à la main. Froissé en boule. Je sais, aurait-elle pu dire, je sais ce que tu fais la nuit quand tu fourres ton nez entre mes fesses. Et soudain, ça revient : ce désir de lui qu'elle ne s'explique pas.

– Il y a des nuages ? demande-t-elle.

– Aucune idée. J'ai pas regardé.

– Il fait combien dehors ?

Elle l'entend marcher à pas feutrés dans la cuisine. Le son du bouton de la cuisinière, la bouilloire qu'on remplit d'eau.

– - 7 °C.

Puis il va prendre une douche. Recroquevillée en chien de fusil, elle écoute l'eau éclabousser le sol.

Il siffle. Cela l'agace prodigieusement. Jusqu'à ce qu'elle comprenne que ce n'est pas lui, mais la bouilloire qui siffle. Pieds nus, elle se précipite dans la cuisine pour la retirer de la plaque, et met beaucoup de café dedans, comme ils font d'habitude le matin. Puis elle sort une casserole et y verse du lait, la met sur la plaque juste le temps de chauffer un peu le lait, regarde par la fenêtre et ôte le sable sous ses plantes de pieds en les frottant à ses mollets.

Entre les cimes des arbres, elle aperçoit la couche basse de nuages qu'elle avait vue en revenant hier du magasin. Ça monte, ça vient sur eux.

Soudain il surgit tout habillé.

– Je pars faire des courses. Tu viens ?

– Pas le courage. Tu ne veux pas prendre ton café d'abord ?

– Après. Tu as besoin de quelque chose ?

– Non.

– Pas de serviettes hygiéniques ou de…

– Non !

– Allume donc le poêle, le temps que je revienne.

Quand le bruit du moteur disparaît, elle s'empresse de retourner au lit et enfouit son visage dans l'oreiller où il a posé sa tête. Ça sent sa peau à lui, son sommeil, ses cheveux. Tout imprégnée de ces odeurs, elle se masturbe de manière aussi énergique qu'efficace, et le bruit qu'elle fait l'excite, un mouvement régulier pour faire grandir une flamme qui enfle et atteint jusqu'à la pointe de sa langue. Elle pense : C'est fait, j'ai allumé le poêle comme il me l'a demandé.

Ils ont besoin d'être deux pour faire sortir la remorque dans la cour. Il a avancé la voiture avant de faire marche arrière pour faciliter l'accrochage. Derrière la voiture, le crochet semble attendre que quelque chose vienne s'y emboîter. Il ouvre les portes du hangar en grand et ils tirent, chacun de leur côté. La remorque est à peine sortie de dix centimètres que les chiens se mettent à aboyer comme des fous. Debout sur leurs pattes arrière, ils bondissent, glapissent, tentent d'escalader le grillage. Ils se ramassent sur eux-mêmes et se jettent à nouveau dessus, leurs pattes essayant vainement de trouver un appui. Plusieurs retombent sur le dos sans se décourager pour autant et repartent de plus belle à l'attaque.

Elle n'a pas la force de les engueuler. Ça ne servirait à rien de toute façon.

– *Tu n'aurais pas pu attendre ce soir pour l'installer ?*

– *Non. Je dois attacher le traîneau dessus. Il faut que tout soit prêt !*

Au bout d'une demi-heure, les chiens finissent par se calmer. Leurs aboiements sont devenus rauques et trahissent une forme d'impuissance. Mais quand il apparaît avec le traîneau et le soulève pour le placer sur la remorque au-dessus des box, c'est de nouveau la folie. Heureusement, de courte durée. Ça leur a donné tellement soif qu'ils vont tous se désaltérer. De l'écume et de la bave sortent de leurs museaux avant qu'ils ne se remettent en boule, haletants, à des endroits stratégiques permettant de bien surveiller la cour.

On ne peut plus l'arrêter maintenant. Il a un côté frénétique. Des mouvements rapides. Il parle tout seul. Se roule des cigarettes qu'il pose quelque part et oublie. Se passe sans cesse la main dans les cheveux, examine longuement des choses dans la réserve, prend un harnais, le relâche, marmonne quelque chose et hoche la tête avant de se rouler une nouvelle cigarette en laissant tomber du tabac par terre.

– Tu veux de l'aide ?

– Oui, pour l'eau. Ils ont dû vider leur bol, après s'être excités comme ça, même si je leur ai redonné de l'eau tôt ce matin. Ça avait gelé dans la nuit. Faut utiliser ceux en plastique pour que leurs langues ne restent pas collées au métal avec le gel.

Les chiens l'ignorent, avec superbe. Ils penchent la tête sur le côté, si elle leur cache la vue, tandis qu'elle leur apporte des bols jaunes en plastique avec de l'eau fraîche.

En revanche, tous les regards suivent le moindre de ses gestes à lui. Ils dressent l'oreille quand il tousse, remuent la queue s'il lui arrive de tourner le visage dans leur direction, sont comme sur des charbons ardents pour ne pas perdre une miette de ce qui se passe. Même Lady a l'air de s'imaginer qu'elle va partir en balade, l'excitation collective l'a gagnée elle aussi, et elle ouvre grands les yeux en esquissant un sourire.

Elle se penche pour la caresser en chuchotant :

– Tu sais, toi non plus, tu ne seras pas du voyage...

Pour toute réponse, Lady remue un peu la queue, sans la regarder.

Il remplit la voiture à ras bord. Une lampe frontale, enveloppée dans un pull, se retrouve posée au-dessus de la nourriture pour chiens.

– Pourquoi t'emportes ça ?

– Je vais peut-être conduire de nuit. S'il fait trop chaud.

– C'est possible ?

– Tu m'embêtes avec tes questions.

Elle lave les bols en métal dans lesquels les chiens ont d'abord bu, les rince avec soin, avant de les aligner en plusieurs rangées à côté de l'évier, tandis qu'elle guette le moindre bruit venant de sa direction. Un des bols lui échappe des mains et tombe par terre. La rencontre entre le métal et le béton se répercute dans la pièce, devenant un son ténu qui se fiche derrière son front comme une pointe d'aiguille. Elle ferme les yeux, serre un torchon mouillé entre ses doigts, et soudain elle l'imagine entouré de quatorze chiens, en pleine nuit, avec une lampe frontale dont le faisceau balaie les ténèbres et éclaire la nuque de Varg. L'embêter. Non, elle ne va pas l'embêter. Cela n'en vaut pas la peine. Tout va bien se passer, pas de problème.

Tout d'un coup, elle aperçoit sa brosse à dents esseulée dans un gobelet rouge de la salle de bains. Le tube de dentifrice a disparu. Elle va vers lui.

– Et je fais comment, sans dentifrice ?

– T'aurais pu en acheter, hier. Ou me demander d'en acheter aujourd'hui.

– Est-ce que je ne peux pas juste en presser un peu du tube ?

Agacé, il fouille sur le siège arrière, pousse des jurons jusqu'à ce qu'il le trouve, et dit :

– Amène ici les sachets avec la graisse. Ceux suspendus au mur. Et deux bidons de jus de viande.

– Deux seulement ?

– T'as qu'à donner le reste aux autres ici.

Elle s'exécute. Puis elle rentre et presse un peu de dentifrice dans une tasse à café, reste un moment à observer la pâte blanche s'enrouler dans le fond et former une surface plane. Elle éprouve une soudaine envie de pleurer, s'observe dans la glace, scrute les yeux qui s'y reflètent. Elle s'oblige à se regarder bien en face. Il faut vérifier que ses yeux ne trahiront pas ses larmes refoulées.

Quand elle ressort et lui rend le tube, il reste un moment à se demander ce qu'il tient entre les mains. Il a oublié qu'il le lui avait donné. Elle comprend qu'il en sera ainsi jusqu'à son départ, jusqu'à son retour dans neuf jours, il est déjà parti, il ne la voit plus, elle est comme transparente. Encore heureux qu'elle s'est acheté de l'alcool.

Une fois à l'intérieur, il prépare ses vêtements et la nourriture. Des boîtes de conserve. Du pain. Du beurre et de la viande congelée. Du sucre, des sachets de thé et du café. Ensuite il sort différents papiers et les glisse dans des pochettes. Attablée dans la cuisine, elle a renoncé à entamer une conversation, elle se contente de répondre de la manière la plus laconique possible quand il lui demande où se trouve telle ou telle chose. Elle fait semblant de lire, refait du café, sans lui prêter attention, de sorte qu'il se rende compte qu'elle ne veut surtout pas le déranger, elle comprend que tout ça est important, ils sont du même côté tous les deux, elle se débrouillera, elle est forte, ça ne lui fait rien s'il s'en va parcourir les grands espaces en la laissant toute seule ici.

– Le baromètre indique une dépression atmosphérique, dit-il.

Elle s'éclaircit la voix pour prendre un ton assuré :

– Alors il va neiger ?

– Je pense.

– Il y a aussi des nuages qui arrivent. Tu n'écoutes jamais la météo ?

– Jamais. Ça m'énerve plutôt qu'autre chose... Surtout quand ils se trompent...

– Est-ce que tu as encore des recommandations à me faire ?

– Remplis toujours les seaux d'eau pour qu'ils soient prêts au cas où une bagarre éclaterait. Le pistolet est sur le bureau. Les douilles aussi.

– Laisse tomber pour le pistolet, je ne m'en servi...

– Et s'il fait froid, il faut mettre plein de bois dans le poêle avant d'aller te coucher, sinon les canalisations vont péter. Et maintiens aussi un peu de chaleur dans le garde-manger, sinon tout ce qui est dedans va geler. Quant à la paille... tiens, autant que je le fasse tout de suite...

Il ressort. Elle le voit porter une quantité de paille souillée jusqu'à la lisière de la forêt, puis en chercher de la fraîche dans la remise et en mettre dans les cages. Ses cheveux sont en bataille, son jean encore plus crotté – à supposer que ce soit possible –, et ses mains… Elle ferme les yeux. Je ne vais pas le supplier, se dit-elle, pas pleurnicher. Plus question de le laisser me tripoter là où ça lui chante. Bon, la paille, les harnais, les boîtes de conserve, les lampes frontales, les sachets de graisse – ce gras congelé qu'il devra casser pour que ça ait la bonne taille…

Au dîner, ils mangent des œufs au plat. Il n'a pas faim. Ensemble ils regardent par la fenêtre les nuages qui couvrent tout le ciel et donnent une lumière blanche sans ombres. Les bâtiments affichent une couleur mate et pâle, les chiens sont lovés les uns contre les autres, près du grillage – un sommeil superficiel à l'écoute des bruits de la maison.

Il se couche tôt. Elle reste seule debout, c'est la première fois que ça arrive. Voilà, c'est comme ça quand on est seul dans une maison silencieuse à la tombée de la nuit. Elle va se chercher une bière, puis encore une autre, et ne rejoint pas le lit avant de sentir une vague torpeur l'envahir, un voile qui lui permettra de supporter de rester à distance de ce dos qui se dresse comme une paroi rocheuse inaccessible. Mais il ne faut pas qu'elle boive trop, sinon elle se blottirait contre lui, l'enlacerait avec toute la force de ses bras et de ses jambes et ne le lâcherait pas avant de l'aspirer en elle, avant d'être reliée à lui par son sexe en érection qui saurait aussitôt ce qu'il a à faire, même si la tête, elle, pense à autre chose.

Elle ne lui dirait pas qu'elle a envie de lui. Elle le prendrait, un point c'est tout.

La neige est venue dans la nuit. Une couche de trente centimètres. Elle est réveillée par le bruit du chasse-neige et les aboiements des chiens pour prévenir à la fois qu'il y a de la neige et de la visite. Les nuages, bas et abondants, annonçaient clairement qu'il tomberait encore de la neige. De la buée se forme sur la vitre dans la cuisine tandis qu'elle observe le clignotement du gyrophare qui balaie les murs de sa lumière jaune. La lame repousse la neige du côté des remises et non vers la forêt où sont les déjections canines. Ce ne doit pas être la première fois qu'il vient, car il sait éviter les piquets. De nouveaux flocons se déposent dès le passage de l'engin qui parvient tout juste à contourner le 4 × 4 et la remorque pour faire demi-tour. Ensuite il disparaît avec un bruit de moteur assourdi, avec sa lame qui ressemble à une bouche de poisson affamé.

Les chiens le suivent longtemps des yeux, pissent à travers le grillage et soufflent pour chasser la neige de leur museau. Elle ouvre la porte et avance la tête pour attraper un peu de neige, les flocons fondent, elle les lèche. En quelques secondes, les chutes de neige ont redoublé d'intensité.

Il fait sombre, il est sept heures du matin. Seule la neige, sous forme de tourbillons de points blancs, paraît lumineuse autour de la lampe au-dessus du perron et celle près de l'enclos principal. Elle entend des chiens couiner d'impatience. Ils savent que c'est bientôt l'heure du petit déjeuner. Et ils ont vu son visage derrière la vitre. En tout cas, l'un d'eux l'a vu, et du coup tous le savent.

Il est dans la salle de bains. La porte est fermée à clé. C'est peut-être maintenant qu'il se rase. Elle se rend compte qu'elle ne l'a jamais vu se promener nu. Ce doit être pour l'empêcher de voir comme son zizi est petit quand il ne bande pas. À moins qu'il bande en permanence et que ce soit ça qu'il ne veut pas que je voie…

Elle s'habille à la hâte, se passe de l'eau froide sur le visage au robinet de l'évier, prépare le café. Elle beurre des tartines quand il arrive.

– Combien tu veux en emporter ?

– Dix. Tu as allumé le poêle ?

– Pas encore.

– Je sors déblayer la neige. Et je vais donner à manger aux chiens.

– À tous ?

– Oui, mais j'aurai besoin d'un coup de main pour les faire grimper dans leurs box de la plateforme-hôtel. Je t'appellerai.

Le flacon d'huile de foie de morue est à moitié plein. Elle n'a pas le courage d'aller prendre une cuillère et boit directement à la bouteille avant de faire passer le goût avec une gorgée de café. Du café au lait sucré. Il s'active à coups de pelle pour déblayer la neige autour de la voiture puis grimpe sur la remorque pour enlever la neige sur le traîneau. Il n'y en a pas tant que ça et elle s'envolerait dès qu'il se mettrait à rouler. Il déblaie aussi autour des piquets et dégage pour elle un petit passage jusqu'à la fosse. Elle suit ses moindres gestes, elle veut voir quels sentiers dans la neige sont les plus praticables, les plus judicieux. Car la neige n'a pas fini de tomber, loin de là. Tiens, il l'appelle. Plusieurs chiens répondent par des aboiements étonnés, mais c'est elle qu'il veut voir, pas eux. Elle se dépêche d'enfiler sa combinaison chaude et ses bottes.

– Tu leur as déjà donné à manger ?

– Non, j'ai déblayé la neige. Tu n'as qu'à commencer. C'est pour ça que je t'ai appelée. Il faut que je parte bientôt. Occupe-toi d'abord de mes quatorze chiens.

Ses quatorze chiens. Ce qui veut dire que les dix-sept autres sont à elle. On y est, le moment tant redouté va arriver. Elle mesure les rations de croquettes, verse dessus le jus de viande de renne et y rajoute un peu de gras. Ils ignorent encore qui d'entre eux sera du voyage. Elle fait vite le tour des quatorze élus. Ils se trouvent tous dans le même enclos, sauf les trois jeunes chiens, les plus turbulents, qui sont enfermés chacun dans leurs cages.

– Allez, mangez… Dépêchez-vous de manger et de faire vos besoins pour qu'il puisse se mettre en route avant qu'il ne recommence à neiger !

Ils se jettent sur la nourriture, lapent avec avidité le jus de viande en se lançant des regards suspicieux et en lorgnant régulièrement du côté de la voiture. Pas question que le véhicule s'en aille sans eux ! Il s'agit de vérifier qu'il ne parte pas pendant qu'ils mangent. Varg attend qu'elle se soit éloignée de quelques mètres pour s'approcher de sa gamelle.

– Bonne balade, lui chuchote-t-elle. Amuse-toi bien, gros bêta, tu vas l'avoir huit jours rien que pour toi !

Dans les autres enclos, les chiens flairent l'arnaque. Que ce ne sont pas eux mais les autres qui auront le droit de partir. Au milieu d'eux, Lady a le regard noir, fixe et inquiet.

Quand elle entre avec les gamelles empilées, ils la dévisagent avec attention, comme si c'était elle qui pouvait plaider leur cause auprès de lui, expliquer à cet idiot qu'eux aussi sont capables de tirer un traîneau, et même jusqu'en enfer, aller et retour ! Mais l'arrivée de la nourriture fait diversion un instant, elle referme la porte derrière elle et se retourne.

Il est assis dans la cuisine, une silhouette penchée en avant, un mug de café près du visage, la lumière jaune du plafonnier dessinant un halo autour de ses épaules. La fenêtre devient une image contre un mur noir traversé par des cascades de points blancs. Il ne regarde pas dehors, ne se donne pas la peine de vérifier ce qu'elle fait.

La ferme entière est enveloppée dans un silence cotonneux. À l'est apparaît une faible bande d'aurore. Elle inspire profondément et bloque sa respiration jusqu'au vertige. L'odeur des déjections canines commence à lui parvenir des enclos, trente-et-un boudins marron lovés sur eux-mêmes, des étrons fumants qu'il lui faudra enlever après son départ. Après son départ… Une fois que ça aura gelé. Ça puera moins.

Elle le voit se lever, aller dans le salon. Là où est l'arme, pense-t-elle. Et si j'allais la prendre et que je tirais dans les pneus de son 4 × 4 ?

Ils se croisent sur le pas de la porte. Dans ses bras, il porte une vieille peau de renne dont des plaques de poils sont tombés.

– Qu'est-ce que tu vas en faire ?

– Une couverture. Pour m'asseoir dessus autour du feu. Viens m'aider pour les chiens.

Le moteur tourne au point mort. Les phares avant projettent deux faisceaux de lumière qui, dans l'obscurité, piègent les flocons de neige. Les gaz d'échappement piquent les narines, les chiens font un boucan d'enfer, se pressent contre le grillage et se bousculent, chacun voulant être le plus près possible de la porte. Seul Varg reste immobile et attend, un peu à l'écart, les oreilles dressées, en plissant les yeux. Il n'entreprend à aucun moment de secouer la neige de sa fourrure, il ne veut pas se risquer à fermer les yeux ne serait-ce que quelques secondes.

– Tu n'auras pas à les tirer par le collier, ils n'iront nulle part maintenant. Ouvre chaque cage et dirige-les dans la bonne direction.

– Ils vont vraiment réussir à sauter jusqu'aux box les plus hauts ?

Il rit :

– Qu'est-ce que tu crois !

Ils y arrivent sans problème. Tels des lions au cirque, ils bondissent, leurs membres en pleine extension. Les petites portes auraient pu être des cercles de feu, ils ne touchent rien et sont à l'intérieur de leur box en un clin d'œil, puis font un tour de 90° sur eux-mêmes avant de se laisser tomber avec un contentement non dissimulé, nullement inquiets parce qu'on leur ferme la porte au nez. Fascinée, elle libère un autre chien, puis un autre, et la même scène se répète. La plateforme-hôtel est bientôt complète de la cave au grenier, et, des trous d'aération sort la vapeur produite par quatorze museaux qui vont partir en balade, faire une course, prouver ce dont ils sont capables malgré le manque d'entraînement des deux dernières semaines. Du moins leurs pattes sont-elles en bon état, se dit-elle, c'est toujours ça.

Il se met au volant, baisse la vitre. Immobile, elle regarde les motifs de son pull islandais et se met à les compter. Elle en est à neuf quand il annonce :

– Bon, je pars.

Il aurait pu se pencher pour lui balayer la neige dans les cheveux, mais il a les bras sur le volant et veut partir.

– Je comprends. Tu m'appelleras ?

– J'en doute.

– Est-ce que… Toivo a le téléphone ?

– Toivo ? Non. Pourquoi tu poses la question ?

– Au cas où j'aurais besoin d'aide.

– Je t'ai tout montré. C'est quand même pas le bout du monde. Tu te débrouilleras comme un chef. Tu vas pouvoir chialer en paix.

Il rit et enclenche la première. Il s'éloigne.

Jusqu'au bout elle n'y a pas cru. Elle le voit partir. Longer le chemin fraîchement déblayé avec une remorque chargée de chiens en cage. On dirait qu'il transporte une ruche.

Ceux qui restent aboient vainement, gémissent et sautent de tous côtés dans l'espoir d'être à un meilleur endroit derrière le grillage, comme si ça les rapprochait de lui.

– *Vos gueules !* crie-t-elle. *Couchez-vous et fermez-la !*

Dix-sept huskies surpris se tournent vers elle. Elle franchit d'un pas lourd les marches du perron, rentre dans la cuisine et secoue ses cheveux comme un chien. Un peu de neige éclabousse les murs et le sol, elle remet du bois dans le poêle, se déshabille, éteint la plaque chauffante et le plafonnier, et retourne se coucher.

Quand elle se réveille, il fait jour depuis longtemps. Elle ouvre les yeux et parvient à peine à bouger son corps. Il pèse une tonne, et la tête encore plus, lorsqu'elle fait pivoter ses jambes pour redresser son buste. La chambre est glacée. Le drap couvert de sang. Du sable crisse sous ses pieds quand elle se traîne jusqu'à la salle de bains, une main posée sur son sexe.

– Merde, marmonne-t-elle. C'est pas vrai...

Elle se moque de ne pas changer aussitôt les draps, elle a assez à faire avec elle-même. C'est le premier jour qui est le pire, et ça ne dure pas plus de trois jours. Elle survivra. Mais aujourd'hui, c'est vraiment mal tombé. Le poids de son corps ralentit tous ses mouvements. Elle fixe un point pendant une éternité avant de déplacer le regard, tel un lézard qui chasse des mouches. Elle respire la bouche entrouverte et sent la douleur vider ses organes génitaux de leur sang, la paroi d'un placenta qui s'était préparé à autre chose. Je vais me saouler, pense-t-elle, plutôt que d'avaler des comprimés et de vomir. Je vais me saouler, je me fous du reste. Mais non, je ne peux pas, il y a les chiens qu'il faut nourrir ce soir, je peux pas les…

Elle décide de se saouler dès qu'elle aura terminé sa tournée du soir.

La cour est presque entièrement blanche à nouveau, dix centimètres de neige fraîche recouvrent les talus fraîchement créés par le chasse-neige. Les nuages gris foncé ne laissent rien présager de bon. Telle une somnambule, elle se dirige vers la pelle pour déblayer la neige, enfonce son bonnet sur les oreilles, enfile ses moufles et commence à donner des coups de pelle à droite et à gauche, en faisant des petits tas à des endroits insolites. Elle finit cependant par dégager un passage pour aller jusqu'au hangar où se trouve la motoneige, ainsi que vers la porte de l'enclos, le garde-manger, les piquets et la fosse. Cela terminé, elle en profite pour ramasser les crottes des chiens – des monticules gelés devenus un socle de glace avec de la neige fondue autour. Elle n'est pas peu fière d'avoir eu l'idée de se servir de la grosse pelle pour cette besogne.

Elle parcourt le chemin qu'elle vient de déblayer et renverse sa pelletée de crottes dans la fosse. Les chiens dorment, repus et résignés. Ils se sont couchés dehors alors qu'ils disposent d'un abri un peu plus loin. Ceux qui n'ont pas bougé d'un centimètre sont à présent entièrement recouverts de neige. Seul le bout de leur truffe noire pointe sous tout ce blanc.

Elle regarde la route qui s'enfonce entre les arbres et disparaît, c'est à peine si l'on devine encore les traces de pneus sous la neige fraîchement tombée. Le silence règne.

Elle repense à cette balade en motoneige quand elle avait été brutalement éjectée et s'était retrouvée par terre entre la mousse et la pierre, sans même qu'il prenne la peine de ralentir.

– *T'es vraiment qu'un salaud !*

Tous les chiens relèvent la tête, des paquets de neige leur glissent dans la nuque, ils clignent des yeux dans sa direction.

– *Espèce d'enfoiré, va !*

Certains se relèvent et secouent leur fourrure avant de se remettre en boule quand ils la voient rentrer dans la maison en claquant violemment la porte.

C'est le soir. Une clarté grise qui sent le renfermé s'est glissée entre les arbres, recouvrant la cour et les bâtiments. Elle allume les lumières à l'extérieur. Il neige toujours mais à présent sous forme de gros cristaux qui tombent en cascade et s'effilochent. Ils s'accrochent à ses moufles et elle a le temps d'en observer la parfaite symétrie avant de les toucher du bout de la langue et de les réduire à néant.

Elle nourrit les chiens apathiques qui sont dans un total état de léthargie. Un coup d'œil au thermomètre : - 11 °C. Monte légèrement le chauffage dans le garde-manger, met un peu de paille dans les cages et dans la partie abritée de l'enclos, attend qu'ils aient fini de manger, ramasse les écuelles et les passe sous l'eau. Enferme ceux qui doivent dormir seuls.

– Bonne nuit…

Derrière les pneus d'été, l'eau-de-vie est là qui l'attend.

Les doigts qui serrent la bouteille sont engourdis par le froid et douloureux. Elle prend un récipient d'un litre et commence à verser. Ça supporte donc - 11 °C, ce genre de liquide, et pourtant ça vous brûle les entrailles ! Quatre décilitres de cet alcool frelaté pour six décilitres d'eau, ce doit être à peu près les bonnes proportions. C'est alors que sonne le téléphone. Elle a tout juste le temps de poser la bouteille avant de décrocher. Une voix inconnue d'homme.

– Est-ce que… ?

L'homme parle, une suite de mots qu'elle ne comprend pas, avant qu'elle n'entende celui de « chiot ».

– Non… je regrette. Ils sont déjà vendus.

Son pouls est toujours aussi rapide. Il a dit qu'il passerait la nuit chez d'autres participants à la course. Ces gens-là doivent bien avoir le téléphone…

L'eau de feu dessine des fils blancs dans l'eau. Elle mélange avec une cuillère pour que tout ressemble à de l'eau. Ça sent fort. Ça sent la biture. Elle touille un bon moment, histoire d'être sûre que le téléphone ne va pas sonner de nouveau, puis elle en verse un peu dans un verre, décapsule une bière et boit au goulot avant d'alterner une gorgée de bière et une d'alcool dilué – ah, ça fait du bien par où ça passe ! La radio a un gros bouton rouge pour chercher les stations. Elle le tourne avec fébrilité jusqu'à trouver ce qu'elle veut : un programme où l'animateur préfère passer de la musique plutôt que débiter des idioties. Elle attend qu'il ait fini de présenter le morceau et Gary Moore entonne « … *There'll be a cold day in hell, before I'm coming back to you* ». Elle monte le son, ferme les yeux et savoure la délicieuse torpeur qui gagne tous ses membres, une ivresse légère qui l'envahit petit à petit, comme hésitant à aller jusqu'au bout. Elle boit encore. Sort changer de serviette hygiénique, comme ça c'est fait. Un rapide coup d'œil par la fenêtre pour vérifier. Oui, les chiens dorment.

Elle est seule désormais. Elle est seule et elle n'en a rien à foutre. C'est ça, elle n'en a rien à branler.

Elle vide le verre d'alcool à en avoir la chair de poule et boit une gorgée de bière par-dessus. Rester assis autour d'un feu de camp ? Pourquoi s'encombrer d'une lourde peau de renne pour s'asseoir autour du feu alors qu'il aurait pu s'acheter un coussin en polystyrène ? Mais bien sûr, la peau de renne, c'est pour s'asseoir dessus avec des filles, le genre de pétasses qui adorent se faire baiser par des enfoirés et enlever après les poils de renne qui se sont glissés dans leur chatte – tout ça parce qu'elles en ont marre des hommes aux yeux de chiens battus, ceux dont elles peuvent faire ce qu'elles veulent. Du coup, il n'y a plus de plaisir à chasser. Mais, au fond, qui chasse qui ?

Cette pensée la fait rire et elle boit de nouveau la bière au goulot. Il y a maintenant un solo de guitare à la radio. Mais qu'est-ce qu'elle fout là, bordel ? D'accord, elle a eu envie de coucher avec lui quand elle l'a rencontré, ce n'est pas la première fois qu'elle se laisse faire. Il ne lui a d'ailleurs même pas demandé si ça lui disait de rester pour surveiller les chiens en son absence. Elle aurait fort bien pu lui annoncer ce matin qu'elle partait aussi. Désolée, mais il n'avait qu'à s'en chercher une autre, et elle n'emporterait pas la combinaison rouge, seulement l'autre combinaison de ski, car elle l'avait achetée avec l'argent qu'elle avait gagné.

Elle écoute les paroles qui disent qu'il y aura un jour glacé en enfer avant que l'homme ne revienne vers elle. En fredonnant le texte, elle danse, tourne sur elle-même. Regarde encore par la fenêtre. Des loups… Il a dit qu'il pouvait y avoir des loups. Des rennes et des… Qu'ils viennent, elle leur fera la peau, elle leur tirera dessus à bout portant, elle en fera de la chair à pâté. Le seul problème, ce sera de sortir la vieille cuisinière de la remise… Bof, elle n'aura qu'à s'aider du scooter et tourner les manettes à fond. Mais d'abord il faut abattre la bête… le… le renne. Ah, le pistolet est là. Et la boîte avec les cartouches… Ou, est-ce qu'on appelle ça des balles ?

Elle enlève le chargeur, le soupèse dans la paume. Constate qu'il est rempli, chargé à ras bord de mort, de folie meurtrière. Bien sûr qu'elle saurait s'en servir, elle lui a raconté n'importe quoi quand elle lui a dit qu'elle n'aimait pas les armes. Évidemment qu'elle aime les armes, elle les adore même ! Tirer sur tout ce qui bouge, c'est jouissif. Ça donne un sentiment de puissance bien supérieur au fait d'avoir de gros biceps. Oui, avec une arme à la main, les hommes et les femmes sont pour une fois logés à la même enseigne. La balle a le même calibre et la même force explosive, que ce soit l'index d'un enfoiré ou celui d'une idiote sans cervelle qui appuie sur la détente.

Elle remet le chargeur en place et arme. Clic. Soupèse le pistolet.

En pointant le canon en l'air, elle retourne à la cuisine et vide un nouveau verre d'un trait ainsi que la bouteille de bière. Ensuite elle sort sur le perron pour regarder le ciel. Elle entend derrière elle les rythmes assourdissants d'une autre musique. Elle ferme un œil et vise. Le guidon doit être aligné avec le cran de mire, avait-il dit. C'est le cas.

Quand elle reprend ses esprits, elle est assise par terre. Mais elle n'a pas lâché le pistolet. Autour d'elle, il y a des bottes en caoutchouc et des sabots et, accrochées en hauteur, des combinaisons de ski. Elle se dépêche de mettre le cran de sûreté et sent soudain qu'elle a un besoin pressant de faire pipi. Est-ce qu'elle a tiré ? Elle ne se souvient pas d'avoir entendu de coup de feu. Mais elle a quand même dû le faire, puisqu'elle s'est retrouvée par terre.

Elle se met à quatre pattes et se relève. Arrive à refermer la porte. Les flocons de neige ont cessé de tomber. Ils ont sûrement eu peur d'elle. Le ciel va se dégager maintenant, les nuages vont s'écarter à toute vitesse. Elle va pouvoir admirer les étoiles, des milliers de trous qui s'ouvrent sur un autre monde derrière celui-ci. Peut-être y a-t-il un Petit Prince de l'autre côté qui fait des trous avec une aiguille à coudre pour nous envoyer des comètes et des étoiles filantes ? Ce sont peut-être ses billes à lui ?

Elle remplit à nouveau son verre, ouvre une autre bouteille pour faire passer l'alcool avec une rasade au goût de malt et de levure. La musique lui hurle dans les oreilles. Si elle s'approche trop près de la radio, elle n'arrive plus à distinguer les mots les uns des autres.

Le pistolet a fière allure, il est lourd et dangereux, d'un bel éclat noir et mat. Si elle n'avait pas eu ses règles, elle aurait vidé le chargeur et se le serait fourré dans la chatte. Et il aurait dû à son retour nettoyer lui-même le canon.

Cette pensée la fait rire, elle vide la bouteille de bière, la repose d'un geste brusque et fixe le mur devant elle. Elle aperçoit un bout de papier adhésif qui s'est décollé et l'arrache d'un coup sec. Puis elle lèche le dos du papier et va d'un pas chancelant jusqu'à la chambre à coucher où elle le colle sur le montant de la tête du lit. Elle découvre alors le drap taché de sang, l'arrache aussi d'un geste qui pour être violent n'en est pas moins efficace, en trouve un autre dans l'armoire, l'étend sur le matelas et rabat les bords, avant de retourner dans la cuisine.

Les nuages sont en passe de s'écarter dans toutes les directions, comme si le ciel au milieu leur soufflait dessus pour les faire partir. Elle n'arrive pas encore à discerner les étoiles. Les trous ont dû se reboucher. Il faut en permanence donner des coups d'épingle dedans si on veut empêcher qu'ils se referment. Elle porte un toast à son reflet flou à cause de la buée, ça la fait sourire et elle monte le son.

Quand elle se réveille sur le plancher de la cuisine, il fait encore nuit dehors. La pièce est glaciale. La radio crache un flot de sons, une véritable cacophonie. Elle rampe à quatre pattes, l'éteint, s'approche du poêle qui ne brûle presque plus. Elle jette un peu d'écorce et des brindilles, souffle dessus. Prise de vertige, elle doit vomir. L'évier est ce qu'il y a de plus proche. Il est six heures et demie et dehors il fait - 21 °C. Puis elle chancelle direction la salle de bains et reste sur la cuvette des W.-C. jusqu'à ce que ses pieds s'engourdissent.

Elle voudrait faire rentrer un chien. Ils ont beau être dix-sept, là dehors, elle se retrouve seule comme une conne, à frissonner de tout son corps. La combinaison de ski est accrochée dans l'entrée. Elle se souvient du coup de feu et ouvre la porte. Pas un nuage. Hé, c'est qu'elle a donc réussi à les mettre en fuite…

Elle donne à manger à toute la bande, ils bâillent et s'étirent, ont l'air de trouver formidables d'avoir leur petit déjeuner avec une demi-heure d'avance. Elle attend que Lady ait vidé ses intestins et pissé en dégageant un nuage de

vapeur pour la saisir par le collier et la ramener avec elle, lui faire traverser la cour et rentrer dans la maison.
– Viens ici, Lady ! Allez, viens…

La chienne, pattes écartées, freine des quatre fers et tremble en jetant des regards apeurés alentour. La dernière fois que Lady est entrée dans la maison, elle était encore chiot ; elle ne se souvient pas du lino, de la table, des chaises, des odeurs et de la chaleur. La queue basse et les oreilles rabattues, elle se met à haleter, sans bouger d'un pouce.
– On va se faire un bon petit café et t'aura droit à une tartine avec du pâté de foie. Allez, couche-toi.
Mais Lady reste debout sur ses pattes flageolantes, jusqu'à ce qu'une main ferme l'oblige à descendre au sol où elle tombe maladroitement sur le flanc.
– Couché, j'ai dit ! Et puis arrête de trembler comme une feuille !
Elle ne semble pas heureuse d'être là, et les autres dehors n'ont pas eu l'air de l'envier non plus quand elle seule a été choisie pour entrer. Personne ne désire aller à l'intérieur, au contraire ils veulent tous partir loin d'ici, de cette ferme, foncer comme des fous à la tête d'un traîneau.
Elle détourne le museau, dédaigne la tartine au pâté de foie. Couchée sur le côté, elle a l'air de redouter ce qui va lui arriver.
– Lady…
La chienne lève la tête et la regarde. Un regard noir, soumis, mais avec un fond de peur panique.
– Voyons, Lady…

Elle s'accroupit pour la caresser et a soudain l'impression de comprendre tout ce qui se passe dans la tête de la chienne.

– Ce n'est pas grave, chuchote-t-elle. Ça va aller, tu verras. Ne t'inquiète pas.

Mais lorsque Lady lève à nouveau les yeux, elle a ce même regard de chien battu. Elle a envie de partir d'ici, de cette cuisine, là, tout de suite. Une tartine avec du pâté de foie, c'est insuffisant pour combler l'abîme entre deux mondes.

Elle se redresse.

– Ah, ce que tu peux être idiote quand tu t'y mets ! C'est bon, je te laisse sortir… alors qu'il fait - 21 °C ! Ça va, j'ai compris…

Elle pousse sans ménagement Lady dans la cour et l'enclos. Cette dernière bondit en remuant la queue et se met à jouer gaiement avec les autres chiennes.

– *Saloperies de chiens… Vous n'êtes tous que de sales cabots !*

Les chiots lui manquent. Et aussi…

Les arbres encerclent la ferme, comme un mur épais maintenant que la neige les a rendus plus volumineux et les a rapprochés les uns des autres. Bientôt ils se pencheront au-dessus des toits des bâtiments et l'étoufferont. Elle se hâte de rentrer à l'intérieur. Le café a débordé, de l'eau brune frémissante recouvre la cuisinière et a coulé sur le devant. Elle va chercher un seau d'eau et lave tout le sol avant de remettre de l'eau à bouillir pour le café. Bizarre, elle n'a pas mal à la tête, pas de gueule de bois à l'horizon. Elle prend de l'huile de foie de morue, mange une tranche de pain avec bon appétit et boit du café brûlant en guettant le premier rayon de lumière à l'est. Elle a envie de faire une balade. Sans chiens devant. Elle a envie de faire une balade toute seule, comme une grande, et voir poindre le jour.

La clé de contact tombe trois fois par terre avant qu'elle réussisse à l'enfoncer avec ses moufles. Elle a du mal à respirer à travers l'écharpe enroulée autour de son cou et qui lui couvre le nez, d'autant elle a attrapé une suée rien qu'à sortir la motoneige du hangar.

Aujourd'hui, le vrombissement du moteur ne lui fait pas peur. C'est elle qui décide, elle qui contrôle la situation. Elle peut partir où elle veut, aller voir des gens, demander le chemin pour la maison de Toivo.

Elle doit aider son pied gauche à passer de l'autre côté, tant elle est engoncée dans sa combinaison de ski. Elle se sent saucissonnée comme un jambon de Noël.

Ça y est. Elle trouve sans problème la poignée des gaz, la tourne à peine et déjà elle sort dans la neige profonde, suit le sentier qu'elle connaît et qui passe à travers le bois et débouche sur le haut plateau. Elle n'a nullement l'intention d'aller voir des gens. Les roues dentées de la chenille ont du mal à mordre sur la neige, ça saute un peu avant qu'elle ne sorte du bois où enfin la neige est plus tassée. Elle a mis les gaz sur les derniers mètres et, une fois face à cette immensité, elle a le souffle coupé.

Un soleil rasant et glacial nimbe les montagnes. Des rayons horizontaux font danser les cristaux de neige. Pas une seule couleur d'automne ne transparaît, tout baigne dans une lumière scintillante sur laquelle s'étendent des ombres bleu acier. Des montagnes sauvages. Des bouleaux si malmenés par le vent qu'ils sont à genoux, comme s'ils demandaient pardon d'exister. Elle tourne la manette à fond et s'envole en riant en direction des montagnes ; les pierres et les monticules sont réduits à des bosses inoffensives sur lesquelles glissent les skis. Elle maintient le cap vers l'est et sent ses larmes se transformer en perles de glace au bout de ses cils. Elle rit à gorge déployée sous l'écharpe et lève le menton vers ce monde hivernal, caché derrière les arbres, dont elle ignorait tout. Jamais elle ne se serait doutée que la nature était là à l'attendre, elle. Il faut qu'elle s'arrête et se frotte les yeux. Elle reste ainsi un bon moment avant de repartir, plus doucement cette fois, en prenant le temps de tourner la tête pour admirer une nouvelle montagne encore plus loin, un sommet qui se dresse juste au-dessus des autres, dans une nouvelle teinte de bleu, à des dizaines de kilomètres de là. Tout ne cesse de se transformer tandis que le soleil se fraie un chemin dans le ciel et que la lumière tombe de plus en plus à la verticale, nimbant les buttes et les avancées rocheuses. Des montagnes dont les noms ne figurent sur aucune carte. Stupéfaite, elle baisse les yeux et considère la selle en cuir noir, la jauge à essence, le pare-brise, les manchons sur le guidon qui protègent ses mains. Dire qu'elle est là, elle qui ignore tout de la nature et n'a jamais été une adepte du grand air ! Elle sait à présent comment accélérer et freiner, où sont les jerricans et pourquoi il faut porter plusieurs couches de vêtements quand il fait - 21 °C. C'est incroyable que ces bribes de connaissances suffisent pour vivre une expérience comme celle-ci !

Quand le réservoir est à moitié vide, elle décrit une grande courbe et revient sur ses pas. Ça va plus vite maintenant que la trace est faite. Elle plisse les yeux, remonte encore un peu l'écharpe, enfonce davantage le bonnet, et met les gaz. Le compte-tours s'affole et elle sent le moteur vibrer entre ses jambes. Elle serre les genoux et pense : ça, c'est l'extase !

Traverser toute seule ces étendues de neige par un matin d'hiver, sans autre trace que la sienne, avec dans les oreilles le bruit assourdissant de l'engin qui la propulse en avant… oui, c'est tout simplement jouissif.

Par la suite, elle se demandera pourquoi, tout à coup, elle était sortie de ce tracé pour prendre un autre chemin qui passe entre les arbres avant de rejoindre la ferme.

Mais soudain elle y est. À l'endroit censé être un cimetière pour chiens.

Elle freine si sec que ses fesses se soulèvent et son menton vient frôler le pare-brise. Elle arrache l'écharpe et son nez perçoit immédiatement un relent de graisse et de cadavre. Car l'emplacement n'est pas du tout recouvert d'une couche régulière de neige comme le reste alentour, c'est un chaos de terre et de mousse retournées, de sang, de bouts de viande et d'os. Elle ouvre la bouche pour reprendre son souffle, tourne la clé de contact vers la gauche et tend l'oreille tandis que son cerveau rassemble les morceaux épars du puzzle qu'elle a sous les yeux : une tête de chien aux oreilles déchiquetées et sans yeux, avec au front le trou creusé par une balle, un gros fémur parfaitement nettoyé, deux minuscules pattes avant éloignées l'une de l'autre de quelques mètres, mordues au niveau de l'omoplate. Le silence est total. Un silence de mort. Elle s'extirpe du siège et se dirige à pas lents vers les deux trous creusés dans la terre.

Son cœur bat à tout rompre, elle sent les pulsations dans ses oreilles et dans ses tempes. Elle se penche et remarque les traces d'animaux. Est-ce que certains chiens sont venus ici ? Mais qui lui dit que ce sont des traces de chiens ? À les examiner de plus près, elles sont différentes, plus petites, pas le genre que laissent les pattes des chiens polaires derrière eux. Elle sait quand même à quoi ça ressemble, après en avoir graissé des centaines !

Non, celles-ci sont différentes, plus petites. Bizarres.

Oh, mon Dieu !

Soudain, elle comprend tout. Ce qu'elle a devant elle, c'est Togo et le chiot. Enfin, ce qui reste de Togo et du chiot. Ce n'est pas comme ça qu'ils devaient être, pas en petits morceaux livrés aux regards de tous. Sans retirer ses moufles, elle prend la tête du chien, la jette dans le trou, pousse du pied tout ce qui traîne autour et met plein de neige par-dessus. C'est seulement en ramassant les petites pattes avant aux griffes roses pour les mettre avec le reste que les larmes lui montent aux yeux. On ne pouvait quand même pas laisser tout ça à l'air libre, aussi vulnérable. N'importe qui pouvait y planter ses crocs et en faire ce qu'il voulait, tout déchiqueter, sans aucun respect. Il faut qu'elle trouve quelque chose de gros à mettre dessus… quelque chose qui recouvre tout et protège. Pourquoi n'y avait-il pas pensé, lui ? Il aurait au moins pu poser des pierres, ou bien…

Mais pourquoi ne l'a-t-il pas fait ?!

Au moment où elle démarre la motoneige, un oiseau s'envole de l'arbre en battant des ailes. Ballottée comme une marionnette sur son siège en raison de la neige molle, elle revient enfin à la ferme, saute à bas de l'engin et court dans la remise. Elle cherche quelque chose. La palette – la palette sur laquelle était le scooter – et autre chose de lourd. Les barils d'huile entreposés à l'arrière.

Différentes chaînes sont suspendues au mur. Elle s'en sert pour fixer la palette à l'arrière de la motoneige. Celle-ci s'accroche au passage à des arbustes, mais elle se contente de donner un coup d'accélérateur, au risque de tomber plusieurs fois. La sueur lui ruisselle dans le dos, elle ne sent ni le froid lui fouetter le visage ni le bout de ses doigts douloureux qui ont enroulé la chaîne par - 21 °C.

Une fois sur place, elle décroche la palette et retourne chercher le baril d'huile. Elle fait le tour de la maison en poussant le baril devant elle, va dans le hangar récupérer la pelle qu'elle glissera sous ses fesses quand elle sera assise. Attaché avec la chaîne, le baril valse derrière elle. Elle sait que les chiens aboient, mais ne peut les entendre à cause du bruit assourdissant de l'engin.

Elle dépose la palette sur les deux monticules de terre et place le baril par-dessus. Le moteur tourne à vide, elle ne veut plus rien entendre, elle ne veut pas penser à l'animal qui a rôdé par ici, pas avant que Togo et le chiot soient en sécurité. Puis elle verse des pelletées de neige jusqu'à voir danser des flammes devant ses yeux. Elle tasse l'ensemble pour tout recouvrir, aperçoit encore un bout de fourrure blanche un peu plus loin qu'elle n'avait pas vu et remet de la neige par-dessus. Elle doit reprendre son souffle, pliée en deux par l'effort, une main posée sur la palette pour s'assurer qu'elle ne risquera pas de bouger.

Non. C'est solide comme un roc. Elle leur a donné une sépulture. Tout est désormais recouvert, plus de traces d'eux, ils sont devenus invisibles. Elle veut maintenant partir d'ici au plus vite. Elle glisse la pelle sous ses fesses et démarre. Elle doit retourner auprès des chiens, vérifier qu'ils ont tout ce qu'il leur faut, qu'il ne leur est rien arrivé, à eux, là-bas.

Ils sont très agités, dressent les oreilles, se pressent les uns contre les autres et remuent la queue en la regardant d'un air interrogatif. Elle les compte un par un. Dix-sept. Ils sont dix-sept. Le grillage est tel quel. Elle examine le sol en quête de traces, mais n'en trouve aucune. Elle se précipite dans la maison, sort une bière du frigo sans même prendre la peine d'enlever sa combinaison de ski, puis va chercher le pistolet dans le salon et un décapsuleur. Elle pose les trois choses sur la table de la cuisine et craque, enfin. Mais elle n'a plus de larmes. Elle déglutit plusieurs fois, croit qu'elle va vomir, mais ça finit par passer.

Dans l'enclos, les chiens sont toujours dressés sur leurs pattes arrière et refusent de se calmer. Il s'est passé quelque chose cette nuit, ils l'ont remarqué, l'ont senti. Elle avait tiré en l'air, est-ce que cela avait fait fuir un animal ? Ou au contraire le bruit l'avait-il attiré ? Peut-être un animal qui croyait qu'un chien avait eu ses souffrances écourtées, de sorte qu'il n'avait plus qu'à venir se servir ?

Elle scrute le pistolet. C'est le sien. Elle a le droit de l'utiliser. Ce qu'elle va faire, d'ailleurs. Maintenant elle a sommeil et elle veut faire passer le temps en dormant, attendre qu'une nouvelle nuit commence. Elle saura veiller sur les chiens de cet homme.

Elle dégage enfin les bras de la combinaison et enlève les deux pulls qu'elle a enfilés en dessous. Ensuite elle vide d'un trait la bouteille jusqu'à faire jaillir les larmes qui se mêlent à sa sueur.

Impossible de dormir, même avec de la bière dans le ventre. La gueule de bois est en passe de prendre le dessus. Elle tend l'oreille en direction des chiens. Ils la préviendraient, forcément. Rien n'arrivera comme ça, par surprise, elle a les chiens. Mais de là où ils sont, enfermés derrière le grillage et des verrous, il leur est difficile de veiller sur elle. Le sommeil n'arrive pas, elle somnole, en sueur, se retourne dans tous les sens. Soudain il lui vient à l'esprit qu'on peut les attacher à autre chose qu'à des piquets à l'arrière de l'enclos : à la rampe du perron, par exemple... Deux d'entre eux pourraient ainsi protéger sa porte comme deux tigres.

Est-ce qu'ils donneraient leur vie pour elle ? Ou est-ce que c'étaient des poules mouillées, du genre à pisser dans leur froc ?

Même s'ils ne veulent pas me défendre, se dit-elle, aucun autre animal ne pourra passer la porte d'entrée. Elle est sur le pas de la cuisine et s'apprête à s'habiller quand elle prend conscience de l'égoïsme d'une telle pensée. Ces deux chiens constitueraient des proies faciles, à la vue de tous... Bien sûr qu'il fallait les laisser à l'intérieur de l'enclos ! Personne ne pouvait entrer là… Pourtant Toivo n'avait-il pas raconté qu'un glouton avait réussi à s'introduire dans le sien ?

Tout à coup, elle comprend qu'elle a bien affaire à un glouton. C'est un animal pas très grand – elle le sait pour en avoir vu un empaillé un jour et aussi dans un documentaire à la télévision. Ignorant la peur, il avait traversé les marécages pour se jeter sur le photographe, alors que ses petits n'étaient pas menacés et qu'il n'était pas lui-même acculé à l'attaque. Un animal plein de haine. Un tueur. Qui fonce sur tout ce qui bouge. Et qui n'aurait rien contre un ou deux cadavres de chien pour améliorer son ordinaire. Surtout quand il gèle à pierre fendre.

Sa couette est encore chaude quand elle se glisse de nouveau dans le lit. Ça sent son odeur à lui. Lui qui n'est pas là. Il lui avait dit qu'elle pourrait en profiter pour chialer un bon coup, vu qu'il n'y aurait personne pour la voir. Alors elle ouvre en grand les vannes.

Des aboiements la réveillent. Elle bondit dans la cuisine et presse son visage au carreau. Le soir est tombé. Dehors il n'y a aucune lumière d'allumée et les chiens n'ont pas eu à manger. C'est pour ça qu'ils aboient. Ce ne sont pas des hurlements affolés face à un glouton assoiffé de sang, mais des protestations sans grande conviction parce que leurs estomacs gargouillent. Elle-même, a-t-elle mangé quelque chose aujourd'hui ? Un rapide coup d'œil au thermomètre : - 23 °C.

Elle s'avance doucement dans l'obscurité, elle marche avec peine en raison du froid mordant qui engourdit son nez et ses paupières. Elle tend l'oreille, écoute les sons de la neige qui crisse sous ses bottes de motoneige.

S'il revenait, il verrait que les tombes sont maintenant refermées et inaccessibles. Alors il irait chercher ailleurs sa pitance. Elle aurait pu laisser un morceau de viande de renne près d'un piquet, lui faire l'offrande d'un mets de choix pour le maintenir à bonne distance.

Ce qui n'aurait eu pour effet que de le faire revenir tous les soirs pour en avoir davantage.

Avec des gestes routiniers, elle remplit les gamelles de croquettes, verse le jus par-dessus et va dans l'enclos où ils font cercle autour d'elle. Elle leur parle, les caresse, secoue leur épaisse fourrure. Et si elle passait la nuit ici ? avec eux ? dans son sac de couchage sur la paille, avec le pistolet sous la tête ? Ils étaient devenus fous, les chiens de Toivo… Elle risquerait de se retrouver enfermée avec dix-sept chiens rendus dingues. Pas vraiment tentant.

– Je vais monter la garde… Mais oui, vous êtes tout beaux… Il a fait la guerre, ce pistolet, vous savez… Je vais rester éveillée cette nuit… Mais oui…

Elle enferme les jeunes chiens dans leurs cages respectives et leur donne la nourriture, puis elle distribue aux autres leur portion en surveillant que chacun mange bien dans son écuelle. Elle avait redouté ces moments-là, avoir une telle responsabilité, empêcher qu'ils se battent, les nourrir… Et au fond, c'est rien du tout, elle fait tout ça en pilotage automatique. Finalement, c'est comme s'occuper d'enfants à un goûter d'anniversaire en vérifiant que personne ne chipe les bonbons du voisin.

La nuit sera longue. Et sans alcool cette fois.

Le boîtier de contrôle à l'intérieur du garde-manger indique une utilisation maximale de courant, quand elle a allumé toutes les lampes extérieures, et qu'elle a aussi branché les trois lampes de travail qu'elle a dénichées. Les bâtiments et la cour baignent dans une lumière dorée, comme l'image surgie d'un conte dans la nuit noire. Les chiens ont suivi ses moindres faits et gestes. Quand elle est enfin contente du résultat, elle va chercher la grosse pelle et ramasse leurs crottes. Celles-ci résonnent contre le métal. L'éclairage n'arrive pas jusqu'à la fosse. Elle guette parmi les arbres tandis qu'elle déverse sa pelletée et jette un coup d'œil par-dessus son épaule avant de retrouver vite toute cette lumière. L'obscurité est devenue un mur qui la protège de l'extérieur. Rien n'existe au-delà de ces zones lumineuses. Il faut franchir ce cercle pour venir jusqu'à elle. Et elle attend de pied ferme les intrus pour leur régler leur compte.

À la radio, ce soir, il y a un autre animateur qui, pour meubler les temps morts, a choisi de lire à haute voix des proverbes et bons mots en tout genre qu'il a trouvés dans un livre. Elle prépare du café et en remplit un thermos, pose le sucrier sur la table, et le pistolet à côté. Elle fait pivoter les crochets qui permettent l'ouverture des fenêtres et répète plusieurs fois l'opération en faisant le moins de bruit possible, avec la main gauche, tout en tendant l'oreille aux digressions philosophiques qui s'enchaînent – le son mis au plus bas – dans l'espoir d'entendre enfin de la musique. L'animateur, versé dans le sacré, tient à délivrer un message de sagesse de vie et passe de la pop d'inspiration indienne, en s'imaginant visiblement que c'est un bon choix. Elle éteint le plafonnier dans la cuisine et laisse seulement allumée une lampe dans le salon. La fenêtre se transforme alors en un cadre de lumière au milieu de l'obscurité. Elle-même croit se trouver dehors et la cour devient une arène fermée et éblouissante de dix mètres sur dix qui attend quelque chose. Un animal. Un animal affamé qui va entrer en scène sans savoir que ce sera sa dernière représentation.

L'homme au micro balance maintenant des proverbes chinois, et pour la première fois il dit quelque chose qui la concerne. Au lieu de maudire les ténèbres, conseille-t-il, on doit allumer une bougie. Tiens, se dit-elle, c'est ce que j'ai fait, mais ça ne m'empêche pas de maudire l'obscurité.

Le café a un goût âcre d'acide tannique qui masque tout. Elle va au salon pour voir si elle trouve un livre, une encyclopédie ou un livre sur les animaux – peu importe du moment que ça concerne les gloutons. Mais elle ne trouve que des livres sur les armes et quelques magazines pornos avec des seins siliconés en couverture. Quand est-ce que ce genre d'animal chasse ? À la tombée de la nuit ? Au petit matin ?

L'animateur annonce gaiement qu'il gardera l'antenne jusqu'à deux heures du matin. De temps en temps, elle prend l'arme dans sa main et sent à présent, avec un peu d'expérience, le poids de toutes les balles. La crosse se réchauffe quand on la tient un moment dans sa main. Elle commence à penser à la direction dans laquelle elle doit tirer, pour ne pas toucher les chiens. Doit-elle rester tout habillée et sortir pour tirer depuis le perron ? Elle est persuadée que l'animal, après avoir constaté que sa réserve de nourriture est désormais inaccessible, suivra les traces de la motoneige jusqu'ici. Elle les aperçoit à peine d'ici. L'éclairage ne va pas aussi loin et la frontière entre l'ombre et la lumière est bien nette.

Elle attend. Épie. L'homme à la radio souhaite enfin une bonne nuit à ses auditeurs, en employant des termes dithyrambiques, le programme touche à sa fin. Mais surtout que ses fidèles soient demain au rendez-vous, car il aura une invitée de marque dans le studio, mais il ne veut pas dire son nom pour ménager la surprise.

Curieusement, la voix de l'animateur lui manque quand elle éteint la radio et que la maison se retrouve plongée dans le silence. Les chiens ne sont plus que des monticules blancs informes, de petites spirales ensommeillées avec des oreilles qui rebiquent. Dès que l'un d'eux bouge, son pouls s'affole. Auraient-ils entendu quelque chose ? Mais non, ils changent seulement de position, étirent un peu une patte. Elle regarde le thermomètre, il est remonté à - 21 °C. Eh bien, on va dire que c'est presque l'été… Elle alimente le poêle, reprend du café, sort dans l'entrée et enfile sa combinaison jusqu'à la taille, met ses bottes et resserre les lacets, passe enfin les manches. Plutôt crever de chaud que de ne pas être prête.

Elle a dû finir par s'endormir. Car soudain elle reçoit de plein fouet un mur sonore : dix-sept gorges qui hurlent à faire vibrer les vitres. Elle tend la main et renverse son café ainsi que sa chaise et saisit enfin le pistolet. Le bas de la fenêtre est couvert de buée. Elle bondit dans l'entrée et ouvre la porte d'un geste violent.

Un petit animal brun et trapu se jette sur le grillage, en pleine lumière, à sept ou huit mètres d'elle, en lui tournant le dos. L'animal donne de petits assauts en ramassant ses pattes, son instinct lui a fait comprendre que les chiens ne peuvent pas s'échapper. Ils se sont tous rassemblés, les quinze qui ne sont pas enfermés dans des cages, pour faire front ensemble. Trois d'entre eux ont grimpé sur le dos des autres. Leurs hurlements se fondent, semblant sortir d'une seule et immense gorge, ils sont d'une telle intensité qu'elle devine leurs gueules écumantes. Certains ont déjà le nez ensanglanté à force d'attaquer le grillage avec leurs dents et leurs gencives. Les oreilles sont rabattues, les queues fouettent l'air. Elle enregistre tous ces détails en l'espace d'une seconde qui lui paraît une éternité. Elle ne peut détacher ses yeux des chiens, elle a besoin de voir qu'ils sont bien là.

Leurs cris couvrent le bruit qu'elle fait en armant le pistolet. Elle se met en position. Le guidon et le cran de mire alignés. L'animal bouge sans arrêt, il danse, bondit, impossible de voir ses yeux, seulement la courbe de la tête et des griffes noires qui lacèrent la neige tassée.

Tout à coup, elle aperçoit l'autre animal. Un glouton lui aussi. Celui-là se tient à l'extrême lisière du halo lumineux, près des traces de la motoneige, et attend. Il la fixe. Le coup part et atteint le glouton qui dansait devant les chiens. Le temps de rouvrir les yeux, l'autre a décampé dans l'obscurité sans demander son reste. Elle regarde à présent ce qui est arrivé au premier. Elle voudrait avoir la preuve qu'elle l'a bien touché. Les chiens continuent de hurler, l'écume leur dégouline des crocs, ils sentent l'odeur de la chasse et de la mise à mort. Le glouton qui s'est retourné se dirige vers elle d'un pas bancal. On dirait un homme de petite taille, tout voûté. Il a la gueule ouverte mais aucun son n'en sort. « Tu peux vider le chargeur, si ça te chante », lui avait-il dit. Elle lève le bras. À cinq ou six mètres d'elle, des yeux noirs comme du charbon brillent au-dessus d'une gueule rageuse où apparaissent des rangées de crocs aiguisés. Elle essaie de viser dans la partie rose, vérifie que le guidon et le cran de mire sont alignés. Elle appuie sur la détente, mais elle a senti l'arme flotter un peu dans sa main. Le glouton a le regard collé sur elle, ses petites pattes de fourrure brune s'avancent centimètre par centimètre, en l'espace d'infimes secondes. Il est déjà sur la première marche du perron, elle recule dans l'entrée. Il est à présent en haut où ses griffes grattent le métal du seuil de la porte. Elle l'entend marquer un temps d'arrêt et se ramasser, trouver le bon équilibre pour prendre son élan. Et le voilà qui repart à l'assaut. Une colonne de fourrure rêche se dresse au moment où elle heurte du dos le mur où sont accrochées les combinaisons de ski. Elle lève la jambe et lui donne un violent coup de pied dans l'abdomen, en tendant tous ses muscles de la fesse jusqu'au talon. Puis elle vise en pleine gueule. Un coup de feu, deux coups, trois coups. Le glouton part valdinguer, les quatre pattes en l'air. Le sol est soudain couvert de taches rouges. Elle crie jusqu'à n'avoir plus d'air dans ses poumons, se rend compte qu'elle tient toujours le pistolet à la main, ses doigts glacés enserrent la crosse. Elle prend aussi conscience qu'elle claque des dents et qu'elle a le visage couvert d'une sueur froide.

Plus rien ne bouge.

Seuls les chiens gémissent encore en poussant des sons rauques. L'animal au sol est immobile, la tête pend sur la plus haute marche du perron.

Elle sort. C'est alors qu'elle aperçoit quelque chose qui remue dans le coin de son champ de vision. En rassemblant ses dernières forces, elle tourne la tête dans la direction de ce qui a bougé. C'est l'autre qui cligne des yeux dans la lumière, la détonation de tout à l'heure ne l'a pas affolé. Il observe tout excité la bête couchée sur le perron. Elle lève de nouveau son bras engourdi et tire. Un cri bref, et le regard s'éteint.

Des taches vertes dansent devant ses yeux, elle se concentre sur son souffle, inspirer, expirer, encore une fois, elle baisse le bras, sa main gauche détend les doigts pour prendre l'arme, elle courbe la nuque, bouge la tête, respire, encore une fois, pas seulement avec ses poumons mais profondément, avec le ventre, pour ne pas défaillir. Plusieurs des chiens se sont allongés, épuisés, cela la rassure. Ils doivent savoir que le glouton sur le perron est mort, ils ont dû le comprendre de manière instinctive. Mais il faut qu'elle aille voir par elle-même.

Ses genoux ne lui répondent plus vraiment, comme si elle s'était déboîté l'articulation – pourtant elle ne s'est pas retrouvée coincée derrière un radiateur mural, elle ; non, elle s'est contentée de rester debout et de tirer. Elle a un bras à la puissance de feu, avec lequel elle peut couvrir, contrôler de grandes distances, des distances dont un animal n'a aucune idée, lui qui s'imagine, avec sa cervelle de moineau, que le pouvoir de tuer se résume à planter ses crocs dans de la chair.

Elle penche la tête et examine la bête. Celle-ci repose sur le dos, gueule béante, et il lui faut un certain temps pour comprendre ce qui ne va pas : elle aperçoit le béton du perron à travers la tête de l'animal. Du bout de sa botte, elle fait basculer la tête sur le côté.

Elle a pulvérisé le palais qui est troué de part en part, du haut jusqu'entre les yeux, à la racine du nez. Relevant la tête, elle regarde les chiens et peut enfin s'abandonner à sa joie : elle l'a fait, elle a réussi. Toute l'adrénaline concentrée dans son corps peut enfin exploser et elle hurle en renversant la tête :

– *Je l'ai eu, bordel, je l'ai eu !*

Puis elle se met à rire. Les chiens poussent de faibles cris, leurs oreilles dressées à nouveau. Elle ne veut pas penser à l'autre. Pas maintenant, elle l'a fait fuir, pour sûr, elle l'a fait détaler. Le drôle de petit cri qu'il a poussé… Elle n'a pas peur de lui. Ce qu'elle veut maintenant, c'est aller auprès des chiens et recevoir leurs louanges pour ce qu'elle a accompli.

Ils lui font la fête, une kyrielle de pattes lui sautent dessus. Deux chiens essaient de sortir pour se jeter sur la proie qui gît de l'autre côté du grillage. Elle ouvre les cages aux jeunes chiens pour qu'ils puissent eux aussi relâcher la pression, leur chuchote des mots doux en leur passant la main dans la fourrure, sous ses doigts leur peau fait encore des plis, elle se sent intensément vivante, jusque dans les moindres parties de son corps. Comme ils sont fiers d'elle ! Ils dansent, la lèchent, veulent l'approcher de tous côtés, sans se bagarrer entre eux, ils ont autre chose à penser, n'ont-ils pas tous fait bloc contre un ennemi commun ?

Elle remet ses moufles pour traîner l'animal jusque dans le garde-manger, pas question de toucher la fourrure à mains nues qui, comme celle des chiens, sent la graisse rance mais encore plus fort. L'arrière du crâne vient cogner chaque marche avec un bruit sourd. Encore quatre marches et il est en bas. Le glouton laisse derrière lui de longues traînées de sang dans la neige quand elle le traîne dans la cour. Quelque chose de rose dégouline de son crâne fracassé.

Une fois la porte du garde-manger refermée, les chiens comprennent que c'est de nouveau la nuit, et pas encore le petit déjeuner. Lady est blottie contre le mur, lovée en boule sur la paille sèche.

Elle va chercher du papier journal et essuie le sang sur le perron, jette de la neige par-dessus et balaie le tout. Quant au sol dans l'entrée, elle y passe une vieille serpillière.

– J'ai vraiment besoin de boire quelque chose maintenant.

Elle laisse toutes les lampes dehors allumées et aussi à l'intérieur, bourre le poêle à fond, trouve le verre de la veille. Ou de l'avant-veille ? Elle boit la première gorgée sans prendre de bière, cul sec, et respire par le nez pour éviter de sentir le goût, reste debout et attend que ça atteigne l'estomac en provoquant un petit cataclysme, ferme les yeux et, bouche ouverte, retient son souffle, revoit devant elle la gueule béante du glouton, ses crocs, sait que là-bas dans le garde-manger, dissimulé derrière la fourrure brune, il y a un estomac avec à l'intérieur les oreilles de Togo et des morceaux du chiot… Elle ressent une satisfaction infinie à l'idée d'avoir abattu cet animal. Son ventre gargouille, mais le verre qu'elle tient à la main est le bon : pas un modèle haut et étroit, servi avec des glaçons et un bâtonnet à cocktail, mais un verre à lait usagé, le genre qu'utilisent les femmes qui ne se laissent pas marcher sur les pieds. Elle rit quand elle sent ses nerfs en boule se détendre petit à petit, ça brûle. Quelle heure est-il ? Six heures. Bientôt c'est une nouvelle journée qui commence, mais aujourd'hui elle ne prendra pas d'huile de foie de morue. Elle a ce goût-là en horreur. Elle préfère reprendre une gorgée de cette eau de feu, sans même la faire passer avec de la bière, respire par la bouche et sent la chaleur lui remonter jusque dans les yeux. Bordel, elle l'avait bien eu ! Elle avait tiré en plein dans le mille ! Mais l'autre ?

Après une nouvelle gorgée, elle sait ce qui lui reste à faire : partir à sa recherche. Le trouver et le tuer. Elle l'avait touché, il avait crié. L'animal était blessé, il sentait le sang, un des chiens aurait tôt fait de retrouver sa trace. Dès qu'il ferait jour, elle irait l'achever.

Tiens, elle est toujours habillée comme pour sortir. Mais il est six heures. Il faut donner à manger aux chiens dans une heure. Elle fera un petit somme après. Il faut arrêter de boire maintenant. Elle a réussi à calmer ses tremblements.

Ça ne lui fait rien du tout de devoir enjamber le glouton pour préparer la nourriture des chiens. Il est là, baignant dans une mare de sang et de cervelle rose. Les chiens reniflent le bout de ses bottes quand elle entre dans l'enclos, ils bombent le torse. Elle pourrait avoir peur, croire qu'ils vont se jeter sur elle. Mais son corps ressent une bonne fatigue, elle est détendue et leur parle à voix basse tout en les observant. Lequel va-t-elle emmener ? Un mâle ou une femelle ? Les mâles lui ont paru moins intelligents que les femelles. D'un autre côté, le goût du sang est plus affirmé chez eux. Elle prendra Sagn, c'est décidé. Il est jeune, vif et volontaire, la musculature déliée pas encore trop puissante, et il ne détourne pas les yeux quand on le regarde.

Ils commencent à faire leurs besoins et vont renifler les crottes des uns et des autres. Lady a l'air assez fatiguée, elle n'aurait pas dû rester dans ce froid glacial alors qu'elle attend des petits, surtout avec toute cette agitation autour d'elle.

– Viens ici, Lady… Je vais te mettre dans la cage avec les jeunes chiens.

Il y fait autour de 0 °C, une température de rêve. Lady se met à l'intérieur, toute contente, le ventre plein et les intestins vides.

Un trait de lumière pointe à l'est quand elle traverse la cour. Le sang a gelé et forme des caillots que recouvre une fine couche de givre. Elle se rend à l'endroit où elle a tiré sur le premier glouton, mais il fait encore trop sombre pour bien voir.

Elle remet du bois dans le poêle, enlève seulement sa combinaison et ses bottes avant de se jeter sur son lit et de sombrer aussitôt dans un sommeil sans rêves.

La première chose qu'elle fait en se réveillant est de chercher des traces de sang. Elle les trouve. Il y en a une grosse flaque à l'endroit où commence la piste tracée par la motoneige, avec des éclaboussures un peu plus loin. Elle se dirige vers le cimetière des chiens, le pistolet au poing et le ventre noué. Au fond, la présence d'un chien à ses côtés n'est peut-être pas nécessaire si l'animal est déjà mort ? Mais les traces de sang se poursuivent, au-delà de la palette et du baril d'huile, en direction du haut plateau. Comme si le sang continuait de couler mais que la blessure elle-même avait régulièrement été colmatée avec de la neige. Il faut aller plus loin.

Il semblerait qu'on ne se déplace guère à ski par ici, car elle a un mal fou à en dénicher une paire. Elle a beau fouiller dans tous les coins, même au premier étage, elle doit se contenter de deux malheureux skis au vernis écaillé où l'on devine d'anciennes bandes vertes. Elle ne trouve qu'un seul bâton et, au grenier, de vieilles chaussures de montagne au cuir tout raide. Par chance, elles sont si grandes qu'il y a de la place pour plusieurs paires de chaussettes.

En guise de fartage, elle se contente de frotter en dessous avec une chandelle de suif.

Mais quel cirque quand elle doit sortir Sagn ! Se sont-ils vraiment imaginé qu'elle, oui elle, allait les emmener faire une vraie balade en traîneau ? Dans un premier temps, elle se sent flattée, avant de se raviser en les taxant simplement d'imbéciles. Mais ils gémissent en regardant le harnais qu'elle passe à Sagn, tout excité, avant de l'attacher à un piquet. Elle-même se met en grande tenue. Après avoir serré la ceinture de la combinaison au maximum, elle a encore largement la place pour le pistolet qu'elle glisse contre sa poitrine, le canon pointé vers la gauche. Elle vérifie plusieurs fois que le cran de sûreté est mis avant de remonter la fermeture éclair. C'est agréable de sentir la présence du pistolet. Au début, ça fait un peu bizarre quand elle se penche pour s'occuper de Sagn, c'est comme si elle avait des seins très lourds qui l'entraînent vers le sol. Mais ce n'est pas pour lui déplaire. De même qu'il ne lui déplaît pas non plus d'aller traquer le glouton blessé. À un moment, elle s'est demandé si c'était pour alléger les souffrances de l'animal, mais non. Elle veut tout bonnement le tuer. Elle comprend qu'un glouton ne peut pas se douter que deux dépouilles, trouvées par hasard, aient eu un nom, aient signifié quelque chose pour quelqu'un. Il n'a pas manqué de respect par pure méchanceté, mais peu importe. Elle lui fera la peau, comme à l'autre.

Elle tient le bâton de ski à la main gauche et la laisse de Sagn enroulée autour de sa main droite, une laisse élastique qui évite des secousses trop violentes et permet de transformer la force de traction du chien en une poussée plus douce.

– *OK ! Go !*

Sagn comprend où il doit aller et, du coup, il ne semble plus si pressé. Il renifle chaque trace de sang, le poil hérissé et la queue en l'air. Agacée, elle le pousse à suivre la piste tracée par le scooter à travers la forêt plongée dans l'ombre. Quand elle débouche sur le haut plateau baigné de soleil qui ne fait qu'un avec le ciel bleu pâle, un froid de canard l'assaille. Elle doit redoubler d'efforts pour rester bien droite, ses jambes et ses abdominaux lui font mal, elle tient à présent la laisse des deux mains, lâchant le bâton de ski qui traîne derrière elle.

Le chien avance à un rythme modéré, mais quand la piste devient un champ de bosses, elle doit lutter pour ne pas tomber. À intervalles réguliers, le chien pointe le museau vers le sol, davantage attiré par l'odeur que par la vue du sang.

Devant eux, au-delà de l'endroit où elle avait fait demi-tour, se dresse la première montagne avec, tout en bas, des arbustes et une petite gorge qui met la roche à nu. Si le glouton avait cherché un abri, c'était l'endroit idéal. Mais ce n'est pas tout près et Sagn est tout sauf une motoneige. Il halète, mordille la neige, se retourne pour la regarder avec des yeux brillants. Il aime ça, l'hiver, les grands espaces, la montagne, la sensation du harnais autour du thorax et de l'abdomen, la piste, l'odeur du sang. Elle halète, elle aussi, après les efforts consentis pour se tenir bien droite. Chaque fois que Sagn se retourne pour la regarder, elle peut lire sa joie intense d'être là. Elle commence à entrevoir ce qui se cache derrière la course en traîneau : sentir qu'on forme une équipe et qu'on se déplace sans aucun bruit de moteur, rien que le glissement des skis sur la neige, les halètements, le souffle qui se transforme en glace dans l'écharpe, l'air qui vous siffle dans les oreilles, les mètres qu'on laisse derrière soi.

Les traces de sang se font plus rares, même s'il en reste encore ici et là, comme si l'animal s'était arrêté pour se reposer et que sa blessure avait laissé sur la neige une grosse marque rouge.

Arrivée là où elle a fait demi-tour la dernière fois, elle fait une pause et se masse la peau du front. Raidie par le froid, elle doit ressembler à un morceau de peau cousue à la racine des cheveux. Les nerfs sont anesthésiés. Elle examine les traces de sang. Un glouton a beau être un animal léger, il laisse forcément des empreintes. Or, mis à part la piste tracée par le scooter où la neige est dure et brillante, tout le haut plateau est recouvert de poudreuse.

Elle ne s'est pas trompée. Elle aperçoit bien une empreinte : les creux correspondant à trois coussinets et à des griffes. Un peu de sang. Sagn l'a senti. Le pied de la montagne n'est plus qu'à trois cents mètres. Ils s'approchent avec précaution. Elle donne juste assez de jeu à la laisse pour avancer sans avoir à se servir du bâton, celui-ci l'aidant seulement à garder l'équilibre. Le chien comprend ça sans l'avoir jamais appris, il comprend ce qu'elle veut, le loup en lui a pris la relève et il sait où aller. Elle embrasse du regard tous les détails : les buissons, la faille rocheuse, sa profondeur, sa largeur, la lumière.

– Sagn, arrête-toi… chuchote-t-elle.

Elle a besoin de réfléchir.

Le glouton est tapi dans cette gorge. Blessé. Agressif. Dangereux. Comment procède-t-on dans pareil cas ? Quelle est la bonne tactique d'approche ? Elle repense à tous ces vieux westerns où on doit toujours grimper avant de tirer sur quelque chose, afin d'avoir une meilleure vue d'ensemble et être sûr de contrôler la situation. La proie devient alors une cible idéale. Il fallait laisser des petits cailloux derrière soi. Rester caché et attendre le hennissement d'un cheval, des fers qui piétinent le sable doré du désert. C'est la même chose maintenant. Il faut qu'elle prenne de la hauteur. Qu'elle grimpe le long de la lèvre supérieure de la faille pour jeter un coup d'œil en bas et espérer apercevoir une masse brune.

Elle attache Sagn à des fourrés et retire ses skis. Il se met aussitôt à gémir et elle lui attrape le museau et serre, comme l'homme l'avait fait devant elle. Les oreilles se rabattent, étonnées. Elle lâche prise :

– Reste tranquille. Attends-moi ici et boucle-la ! lui ordonne-t-elle.

Sous la couche de poudreuse, la neige est solide et crisse légèrement sous ses chaussures quand elle avance. Elle sort le pistolet et aussitôt la vapeur de sa propre sueur lui remonte au visage. Elle enlève le cran de sûreté et arme, sent la première balle se loger dans la chambre, mais elle garde encore ses moufles.

Difficile de grimper avec tous les vêtements qu'elle porte. Sans compter qu'elle ne cesse de scruter le fond du ravin jusqu'à ce que ses yeux cillent de froid, l'obligeant à cligner plusieurs fois. Des pierres. De gros blocs rocheux qu'on pourrait facilement, dans l'ombre, confondre avec une fourrure marron. Le soleil s'est en effet arrêté au niveau de l'ouverture de la faille envahie par des ombres bleutées. Elle s'applique pour inspirer à fond afin de contrecarrer l'automatisme des poumons. Si elle avait pu, elle se serait arrêtée de respirer pour ne pas perturber le silence qu'elle perçoit, maintenant qu'elle a dégagé l'oreille gauche de son bonnet.

Secondes, minutes, ces mots-là n'ont soudain plus aucun sens. Le temps se mesure dorénavant en pas, en changements de regard, en air inspiré par les poumons, en pulsations cardiaques… Le temps cogne dans la tête, derrière les orbites, il bat comme un fou quelque part dans son basventre.

Elle l'aperçoit enfin. La queue et une partie de son derrière dépassent. Elle se trouve à vingt mètres en surplomb. Il se dégage de ce corps une impression désagréable, comme si c'était celui d'un animal mort. Encore cinq pas et elle voit la bête en entier.

L'animal s'est couché sur le côté et halète en produisant des nuages de vapeur. Une patte avant est cassée en deux, l'articulation a volé en éclats sous l'impact de la balle. La patte elle-même semble une partie étrangère du pied, complètement tordue et jetée sur la neige. Tandis qu'elle l'observe, le glouton lève la tête et se lèche, se mordille le moignon. Elle se fait la réflexion que de son poste d'observation, elle pourrait maintenant parfaitement lui tirer dessus. Elle y arriverait sans problème ! La bête est au calme. Elle aurait tout son temps pour viser, puisque l'animal ne la voit ni ne l'entend. Elle enlève sa moufle droite, lève le pistolet, ferme un œil. Le guidon et le cran de mire sont alignés, son index sait ce qu'il lui reste à faire.

À cet instant, Sagn pousse un faible hurlement de loup qui s'achève en des aboiements modestes. D'un bond, le glouton se redresse, le corps de travers. Elle appuie sur la détente. Un peu de neige vole légèrement à la droite de l'animal qui se sauve en boitant de cette faille rocheuse, et progresse en zigzag parmi les pierres. La patte avant pend piteusement. L'animal lui apparaît comme dans un jeu, une scène qui occupe tout son champ de vision, avec le fond du ravin plongé dans l'ombre. Elle est en haut, contrôle tout. Nouveau coup de feu. La neige fouette la bête blessée. Elle comprend qu'elle doit viser de face pour que la vitesse de la balle se mesure aux forces du glouton. Elle se laisse glisser en bas mais reste campée sur ses jambes, sans baisser le pistolet, puis se rend compte que l'animal cherche à s'échapper de la gorge avant qu'elle n'ait le temps de descendre. Pour aller là où est Sagn. Elle l'entend qui panique et aboie tout ce qu'il peut. Le glouton n'a plus que quelques pierres à franchir et il débouchera à l'air libre. Mais le hurlement de Sagn a un autre son maintenant, il est plus fort et provoque un effet d'écho. C'est alors qu'elle les aperçoit tous les deux. Sagn a réussi à se détacher et se précipite vers la faille rocheuse, en traînant derrière lui sa laisse et un petit bouleau. Et le glouton l'attend. À la vue de Sagn, il s'est arrêté net.

Elle tire à nouveau. À travers un nuage rouge, elle voit l'arrière-train du glouton s'affaisser. Il essaie de se remettre debout quand Sagn bondit sur lui, refermant sa mâchoire sur la nuque de l'animal. Mais le glouton se dégage et plante à son tour ses crocs dans le chien. Prise de court, elle veut se précipiter mais s'enfonce dans la neige, tombe sur le ventre, les mains en avant, le souffle coupé, continue de glisser le long de la paroi rocheuse, est arrêtée par une congère, se relève. Elle secoue le pistolet contre sa cuisse afin de faire tomber la neige du canon et enfonce bien ses talons dans la sous-couche pour franchir les derniers dix mètres qui la séparent de l'entrée de la faille. De nouveau, elle entend le grognement sourd de Sagn, la gueule pleine de fourrure, et le râle du glouton, un gémissement rauque. Elle court vers eux, l'arme au poing. Son index est engourdi, il lui faut le renfort du majeur.

À deux mètres de distance, elle s'arrête et entend un cri déchirant qu'elle a du mal à identifier. Elle sent qu'elle n'a presque plus d'air. Mais au moment où elle reprend sa respiration, le hurlement s'arrête. Le glouton a réussi à attaquer la poitrine de Sagn, tandis que le chien tient le glouton juste derrière les oreilles. Les deux animaux ont fermé les yeux. Si elle vise la tête du glouton, elle atteindra forcément le chien. Vite, elle décide d'agir et donne un coup de pied dans l'arrière-train de Sagn pour mieux voir parmi toutes ces pattes, griffes et narines, ces dernières étant si ouvertes qu'elle voit le rose à l'intérieur. Et toujours cette puanteur de graisse rance. Elle vise l'abdomen du glouton en dirigeant légèrement l'arme vers le bas et tire. Quelque chose jaillit et des pierres dégringolent de la paroi rocheuse où la balle a ricoché. Elle arme à nouveau, se concentre pour viser la fourrure brune et non la blanche. Le glouton. Pas Sagn. Elle appuie sur la détente, tend l'oreille, le râle a cessé. Elle tombe à genoux et fixe hypnotisée le glouton qui s'effondre sur le sol. Elle fourre ses doigts dans la bouche pour les réchauffer et ferme les yeux. Juste une seconde. Il faut qu'elle se repose. Quand elle les rouvre, rien n'a bougé. Seuls les sons ont changé. Sagn est toujours recroquevillé sur le dos du glouton et grogne. Elle crache ses doigts hors de la bouche et hurle :

– *Lâche ! Lâche-le maintenant ! Tu vois bien qu'il est mort !*

Le chien ouvre les yeux, son regard est vide. Elle le voit enfin desserrer son étreinte et sa gueule reprendre une forme normale. Il soulève la tête et elle tend la main vers lui.

– Bon chien… t'es un bon chien, va… Allez, viens ici… viens…

Il tente de se relever mais en vain. Le glouton est toujours accroché à lui. Il a beau être mort, il ne lâche pas prise.

Elle s'approche de la tête du glouton et effleure le museau avec ses doigts gourds. Il est chaud, enfoui dans la fourrure de Sagn. Ses poils lui piquent la peau. Elle saisit la gueule des deux mains et essaie d'ouvrir les mâchoires. Sagn gémit d'impuissance et secoue la tête, avant de retomber sur la dépouille de fourrure brune. Elle se met à genoux, force l'entrée de cette gueule, fait craquer les os du crâne, ses doigts vibrent sous l'effort, mais rien à faire.

– *Merde, c'est pas possible !*

Le pistolet. Et si elle pulvérisait cette tête collée au chien comme une sangsue ? Elle saisit l'arme et se rend compte qu'elle peut aussi s'en servir comme d'un pied-de-biche. Elle l'introduit dans un coin de la gueule du glouton et le fait ressortir par l'autre côté, le métal se fraie un chemin entre les mâchoires, elle pose un genou sur la nuque de l'animal mort, ramène la crosse en l'air des deux mains. Le canon est maintenant coincé dans la gueule et pointe vers la neige.

C'est comme si la détonation les avait propulsés en l'air tous les trois : un formidable coup de poing surgi de la montagne, une bulle formidable qui aurait explosé, lui donnant l'impression d'être projetée en arrière, alors que retentit un long cri de douleur. Puis le silence retombe.

Elle ouvre les yeux, voit le ciel. La blancheur du ciel. Deux parois rocheuses à pic réduisent le ciel à une coulée d'air oblongue… Elle respire. Bouge les doigts, attend que quelque chose se mette à couler, à faire mal, mais il ne se passe rien. Un à un, elle vérifie l'état de ses membres. Deux pieds, deux bras, une tête, des poumons qui fonctionnent. Elle redresse le haut du buste.

Elle n'avait pas mis le cran de sûreté. Elle avait cru faire partir le coup en direction du sol mais avait aussi atteint Sagn, l'envoyant valdinguer. Sur le dos, les pattes en l'air, la tête renversée en arrière, Sagn arbore sur sa poitrine encore fumante une déchirure blanche et rouge.

Lentement elle se passe la main sur les yeux. Ils sont secs. Puis elle remet ses moufles, fait demi-tour et va chausser ses skis.

C'est l'occasion d'utiliser de grands sacs-poubelles noirs, en double, l'un dans l'autre. La surface est lisse, ça devrait aller. Elle les fourre dans un des top cases de la motoneige, ainsi que deux cordes, va chercher un jerrican, dévisse le bouchon sur le siège, trouve l'entonnoir et remplit le réservoir. Elle respire l'odeur de l'essence et se concentre sur ce que font ses mains, elle vient d'en renverser sur sa moufle gauche. Elle n'a plus besoin du pistolet maintenant, elle peut le déposer sur la table de la cuisine. Elle se raccroche à ces pensées simples qui relient les secondes entre elles et chassent les autres images.

Le trajet du retour s'effectue en un rien de temps.

Les deux animaux sont déjà tout raidis par le froid. Le glouton entre facilement dans le sac. Il a suffi de le tenir ouvert, de faire levier avec le pied et de pousser l'animal en donnant une petite impulsion avec la main. Pour Sagn, c'est une autre affaire. Les pieds ressortent et la ficelle ne parvient pas à fermer le sac : le corps du chien part dans tous les sens. Elle se redresse et le regarde : une tente noire avec quatre coins. Autrement dit, l'écart entre les pattes avant des pattes arrière… Elle devra l'attacher sur le siège derrière elle, en serrant bien pour qu'il ne tombe pas.

Étonnant qu'il n'y ait pas plus de sang – comme s'il avait fondu et disparu à travers les couches de neige.

Elle conduit lentement, une main posée sur le sac plastique, d'abord moelleux puis tout dur, quand le corps se raidit. Le glouton est traîné à l'arrière, il est projeté de droite et de gauche, mais n'exerce pas de tension sur la corde, car la neige gelée permet au sac de glisser sans effort.

Pourquoi ne s'était-il pas enfui en s'enfonçant dans la faille rocheuse ? Il aurait pu chercher à mieux se cacher. Pourquoi avait-il tenté sa chance et choisi la liberté ? s'interroge-t-elle. S'est-il vraiment imaginé qu'il lui suffirait de s'extraire de cette gorge pour être sauvé ?

À son retour, les chiens restent silencieux, ils ne remuent pas la queue et se contentent de la dévisager de leurs grands yeux, sans un bruit.

Que va-t-elle faire de Sagn ? Elle coupe le moteur et descend en laissant le chien sur la motoneige. Elle file à l'arrière de la maison chercher un baril, le fait rouler, détache le glouton. Puis elle va prendre la grosse pelle, attache le baril sur l'engin et démarre, direction le cimetière.

Arrivée sur les lieux, elle pose le baril par terre, en mesure la hauteur et creuse la neige jusqu'à rencontrer de la terre. C'est là qu'elle renversera le baril avec à l'intérieur le chien recouvert de neige.

Mais ça ne rentre pas. Les pieds dépassent. Elle les casse. Cogne. Saisit les pattes pleines de graisse et les rassemble deux par deux à l'avant. S'assied à califourchon sur le chien. Le souffle court, elle se demande où elle arrive encore à puiser des forces. Se repose un moment. Se relève. Fait basculer le corps du chien à l'intérieur, la tête la première. Il racle le métal et se retrouve coincé à la verticale. Soudain le chagrin la submerge et elle a un goût amer dans la bouche. Sa queue touffue ressemble à la fourrure autour d'une capuche d'anorak... Elle se cramponne au baril et pleure toutes les larmes de son corps.

Elle finit par remplir le baril de neige qu'elle tasse à l'aide de la pelle et des mains, le met sur le côté pour vérifier que tout reste en place et le soulève par le fond. Il s'agit de faire vite à présent : d'un seul mouvement, elle le renverse contre la terre nue – une colonne de chien et de neige comprimée dans un métal glacial.

Elle ne s'attarde pas. Un autre travail l'attend : il lui reste encore à mettre l'autre glouton dans le garde-manger.

Elle décide de les laisser dans le garde-manger, car sinon elle aura les doigts gelés au moment de les dépecer, même si le thermomètre est remonté à - 11 °C et que des nuages s'amoncellent dans le ciel. Elle sort tous les sacs de croquettes dans la cour ainsi que deux sacs de ciment. Les chiens n'ont pas encore été nourris mais ils savent pourquoi. Cela ne les empêche pas de réclamer et de faire claquer leurs mâchoires. Elle est obligée de les séparer, elle en attache huit aux piquets, doit se mesurer à des nuques puissantes qui veulent aller dans la direction opposée, quatre pieds qui s'emmêlent aux siens, des chaînes glaciales qu'elle doit fixer à leurs colliers. Elle va chercher une corde et en attache six au grillage intérieur de l'enclos, à bonne distance les uns des autres. Quant aux cinq derniers, elle les oblige à rentrer dans leurs cages avec un bon coup de pied au cul.

Par quoi faut-il commencer ? N'a-t-il qu'une seule hache ? Elle a besoin de cet outil. Elle cherche en vain le couteau qui a servi pour dépecer le renne. Bon, il lui faudra se contenter du couteau à pain, bien émoussé, mais elle ne trouve pas de pierre à aiguiser. Elle retourne auprès des gloutons. L'odeur du sang a réveillé les instincts primaires des chiens qu'elle entend hurler dans son dos. Non, elle ne fera rien cuire. Tout ce qui est ici sera mangé. Cette nuit.

Elle a aperçu des planches et des chutes de bois dans une des remises. Le sol du garde-manger étant en béton, il risquerait d'abîmer la lame du couteau, déjà qu'il ne coupe pas bien… Elle court chercher une planche, soulève le glouton par les oreilles et glisse la planche en dessous.

Elle veut d'abord faire une incision dans la fourrure pour atteindre les cervicales. Elle découpe sur le côté, avec la sensation d'enfoncer le couteau dans une pelouse. Ça sent. Pour ce qui est de voir du sang, elle est servie. Elle recule précipitamment, il lui a semblé que l'animal bougeait. Mais comment tendre l'oreille et être attentive quand les chiens font un boucan de tous les diables ! Non, le glouton est on ne peut plus mort, d'ailleurs ce n'est plus un glouton, rien qu'une masse informe de viande et de fourrure.

La combinaison la serre à l'entrejambe quand elle s'assied à califourchon sur l'animal, le manche du couteau dans la main droite et un journal dans la main gauche, en éventail au-dessus du couteau pour se protéger des éclaboussures. Ensuite elle enfonce la pointe et exerce un mouvement de scie d'avant en arrière. Les tissus cèdent, la lame entre plus profondément dans la chair dure qui résiste, mais elle poursuit ses efforts. Elle manque même de se retrouver le nez par terre quand la lame, traversant tout à coup l'animal de part en part, touche la planche et fait basculer la tête vers l'avant. Mieux vaut éviter de regarder ce qui en sort. Au tour des pattes, maintenant.

Elle déplace la planche et s'essuie les mains contre la cuisse pour enlever un peu de sang et éviter que le couteau ne glisse dans sa paume. Puis elle s'attaque aux pattes avant en procédant de la même manière.

Avec les pattes arrière, c'est une autre paire de manches. Elle est obligée de remonter jusqu'au col du fémur et après ça il faut encore scier et se servir de la hache. Elle se retrouve à tirer des deux mains sur une patte, avec un pied posé sur l'abdomen. Le membre inférieur se détache enfin avec un gargouillis et du sang sombre éclabousse jusqu'à son visage. Les viscères de la bête jaillissent. Elle s'essuie avec sa manche et entreprend de faire la même chose avec la deuxième patte arrière, mais cette fois elle prend garde de détourner le visage. Il ne reste plus que la carcasse proprement dite. Elle va chercher deux seaux qu'elle place à côté, ensuite elle retourne la bête et enfonce le couteau dans la fourrure et découpe jusqu'à la queue, tandis que tout devient rouge et visqueux, et glisse par terre. L'estomac est un sac blanc, plein à ras bord, elle voit tout de suite qu'il s'agit de l'estomac, elle le soulève pour le mettre dans un des seaux sans s'attarder sur son poids. Quant au reste, elle le coupe en morceaux avant de le mettre dans l'autre seau. Elle laisse le foie à part, sur le sol. À présent il faut s'occuper de la viande et de la fourrure. Au prix de mouvements pénibles, à genoux, elle parvient à détacher la peau du corps sans la taillader. La sueur lui pique les yeux dès qu'elle oublie de s'essuyer le front du revers de la main.

Au fond, elle n'est pas si grande que ça, cette fourrure, ce n'est qu'un tas puant de poils denses avec du sang sur la face interne. Elle donne un coup de pied dedans pour le rapprocher du sac-poubelle noir, complètement déformé par son contenu, qu'elle palpe maintenant. Ça a commencé à dégeler. Elle pourrait s'en occuper dès ce soir. Autant en finir. Elle découpe la viande en morceaux, sépare les côtes. Les chiens attendent.

Quelle lueur dans leurs yeux quand elle leur lance des bouts de la viande crue et d'intestins ! Les deux mâles qui se voient offrir chacun une patte arrière manifestent bruyamment leur joie avant de planter leurs crocs dans la fourrure brune, en jetant des regards inquiets autour d'eux. Ceux qui sont attachés au piquet reçoivent les plus belles portions : des morceaux d'une patte, de la tête et plusieurs côtes. Ceux qui sont dans l'enclos et les cages ont aussi droit à de la viande et des tripes. Lady obtient un foie. Elle décide qu'avec le deuxième animal, ce sera le contraire, pour que tout le monde ait à peu près la même chose. Ils vont manger à en vomir. S'en mettre plein la panse. Il faut que demain matin il ne reste plus rien.

Sans prendre le temps de se demander si elle est fatiguée, elle allume toutes les lumières extérieures et va ouvrir le sac-poubelle noir.

Les choses se révèlent plus faciles que prévu. L'abdomen étant déjà ouvert, les viscères peuvent aller directement dans le seau. Elle laisse le foie sur la table. La peau est abîmée sur le bord quand elle dépèce l'animal, la queue raide et plus fine à cause du sang qui a séché.

Une heure plus tard, tous les morceaux découpés jonchent le sol et elle fait une seconde tournée. Couchés à l'ombre, les chiens mangent avec voracité la viande crue, grognant dès qu'ils perçoivent un son un peu plus fort venant d'un autre. Ils la regardent étonnés quand elle leur distribue une nouvelle ration. Ils ne savent même plus quel morceau choisir. Deux chiens attachés aux piquets commencent à creuser dans le sol pour en stocker une partie.

– *Non !* leur crie-t-elle.

Car elle compte bien le lendemain ramasser tout ce qu'ils n'auront pas réussi à manger, et elle n'a pas l'intention de perdre une jambe, uniquement parce qu'un chien polaire a fait des provisions à long terme et s'est fait son petit garde-manger à lui.

Ils vont manger probablement toute la nuit. Jusqu'à ce qu'il n'y ait plus rien.

Elle se lave les mains, tient la porte fermée et examine les dégâts tandis qu'elle s'essuie avec du papier. Le sang a giclé jusqu'au plafond – sans doute celui des pattes arrière. Elle voit le seau avec deux estomacs dedans. Le foie sur la table, on dirait une grosse semelle. Le sol. Elle commence avec un balai-brosse, cela fait de grosses traînées noires comme avec un peigne, et elle essaie de faire converger le sang vers la bonde. Mais il ne glisse pas, il a dû geler entre-temps. Elle doit prendre un des seaux d'eau préparés à l'intention des chiens surexcités et en renverser le contenu par terre. Des filaments restent accrochés et bouchent les trous de la grille, elle les ramasse et les met avec les estomacs. Elle laverait mieux demain, une fois qu'elle aurait préparé les peaux, elle en a assez fait pour aujourd'hui.

Elle se débarrasse de ses bottes sur le perron, pose le foie dans l'évier et le seau à côté. Elle enlève son bleu de travail et le laisse par terre.

Puis elle bourre tellement le poêle de bois qu'il ronronne de manière poussive, et va prendre une douche.

Les flammes dansent à travers le verre quand elle le soulève pour trinquer à la santé du poêle dont elle a ouvert la porte pour avoir plus chaud. Elle sent ses pommettes devenir brûlantes et battre fort à la vue des journaux étalés par terre près du poêle et du seau posé à côté.

Ça grésille quand elle fourre l'estomac dans le poêle. Quelque chose craque. Les flammes se couchent un moment avant de repartir de plus belle, comme dopées par ce combustible plein de graisse. Elles le lèchent et le consument rapidement avant de reprendre leur forme initiale, dans l'attente d'en avoir encore plus. Ce qui est le cas. Elle trinque à ces flammes pointues et affamées, en buvant de la bière et de l'alcool, ses cheveux mouillés captent la chaleur et elle sent la vapeur qui s'en dégage quand elle passe les doigts dans sa frange.

Le fond du seau est recouvert d'une eau ensanglantée. Elle se lève et vide l'eau dans l'évier, rince, va reposer le seau dans l'entrée. Ensuite elle laisse couler un filet d'eau froide sur le foie pour le nettoyer. Puis elle retourne près du poêle, enfourne la combinaison bleue et les journaux, referme la porte, va se chercher une autre bière, allume la radio, écoute la voix de l'invitée – la fameuse surprise –, c'est une voix inconnue, mais l'animateur a l'air très excité d'avoir cette femme dans son studio, une femme écrivain, semble-t-il. Elle raconte qu'elle va dans les caves pour trouver de la drogue. C'est peut-être une inspectrice de la Brigade des stups. Quelqu'un qui prend son pied à voir les autres se défoncer.

Elle a faim maintenant. Elle fait fondre du beurre et attend qu'il prenne une belle couleur noisette avant d'y ajouter les morceaux de foie qu'elle a coupés au préalable. Aussitôt ça éclabousse de partout, elle en reçoit sur les mains quand elle remue le tout avec une spatule. Ça sent le sang, le fauve. La fraîcheur de la bière lui brûle le palais tandis qu'elle respire toutes ces odeurs et attend que ça cuise un peu. Puis elle retire la poêle de la plaque, verse un peu de crème liquide, ajoute une pincée de sel et de poivre et fait glisser sur un plat de service. Elle peut enfin s'asseoir pour manger, le regard tourné vers les chiens dehors. Elle mâche à l'unisson avec eux, la seule différence c'est qu'elle utilise une fourchette et un couteau puisqu'elle est censée être une personne civilisée. Elle boit goulûment et écoute la voix féminine qui se délecte de mots.

Enfin un peu de musique. Le ventre plein et le corps réchauffé, elle se laisse aller contre le dossier de la chaise et sent un calme étrange l'envahir. Elle se lève et éteint la radio, remet du bois dans le poêle et pense : Demain j'accrocherai les peaux au mur. Avec la fourrure tournée vers l'extérieur cette fois-ci.

Il arrive pendant qu'elle s'occupe de la seconde peau. La première est déjà clouée sur le mur, on dirait une grosse touffe de poils plaquée n'importe comment contre les planches. Impossible d'étendre toute seule la peau comme elle voudrait. Il s'est remis doucement à neiger, les températures ont remonté, il ne fait que - 5 °C aujourd'hui. Mais c'est suffisamment froid pour empêcher les choses de pourrir.

La première chose qu'elle entend, c'est un halètement. Il a interrompu la course, pense-t-elle aussitôt, il revient, il a garé la voiture plus haut sur la route et il descend ici en traîneau avec les chiens.

Les dix-sept chiens dans l'enclos hurlent.

Mais c'est Toivo. Avec un attelage de quatre bêtes et une caisse attachée sur le traîneau d'où surgissent quatre adorables bouilles de chiots. Il décrit une courbe dans la cour et crie :

– *Stop !*

Ils s'arrêtent. Elle essaie de calmer le reste de la meute déchaînée :

– *La ferme !*
– Salut !
– Tu te balades ?
– Je voulais voir comment tu allais. Si tu…
– Ça va bien.

Elle se tourne vers la peau et enfonce les trois derniers clous. Il attend qu'elle ait terminé. Elle s'essuie les doigts contre sa cuisse pour enlever la graisse du sang restée collée.

– Il s'est passé des choses, à ce que je vois.

– Oui. T'as le courage de m'aider à ramasser les os ? Comme ça, je ferai rentrer les chiens qui sont attachés aux piquets et tu pourras y mettre les tiens.

Ça leur prend un certain temps. Toivo se sert d'une pelle et elle d'un balai-brosse. Mais les chiens sont fatigués, ils ont mangé jusqu'au petit matin et sont épuisés à s'être fait la guerre. Plusieurs d'entre eux entrouvrent à peine les yeux quand on leur enlève les reliefs du festin. Ils sont davantage intéressés par les quatre inconnus dans la cour. Elle va chercher la pelle à neige pour tout mettre dedans, et prend une autre pelle, plus petite, pour enlever aussi les crottes, tant qu'elle y est. Une légère couche de neige recouvre à présent les chemins qu'elle avait dégagés, cela fait comme un tapis moelleux. Les chiots gambadent, la reniflent de bas en haut, remuent la queue, jouent et font semblant de se battre. Dans l'air flotte une odeur de grande fraîcheur et de propreté.

Il se tient devant les peaux accrochées au mur quand elle revient après avoir vidé le contenu de la pelle à neige.

– Enlève les clous du bas. Comme ça je vais bien tirer et tu pourras mettre les clous comme il faut, explique-t-il.

Elle est obligée de se placer en biais tout contre lui tandis qu'elle se sert du marteau. Il sort de la bouche de Toivo un léger nuage, mais ça ne sent pas le tabac à chiquer, juste le souffle d'un homme.

– Je vais chercher les chiens, dit-il.

– Ils ont besoin d'eau, je m'en occupe.

Quant aux chiots, ils retrouvent leur ancienne pièce.

Attablé dans la cuisine, il la regarde rincer la bouilloire et la remplir d'eau froide. Elle vient de la poser sur la plaque pour la faire chauffer, quand elle lui dit à brûle-pourpoint :

– Au fond, j'ai pas envie de café… Ça te dirait, une bière ?

Elle ouvre le frigo.

– Il ne t'en reste plus que deux, dit-il.

– J'ai aussi de l'alcool.

– Alors on n'a qu'à prendre ça.

– Je pensais faire un tour au magasin aujourd'hui… Acheter plus de bière.

– Avec la motoneige ?

– Oui, je ne sais pas conduire un attelage avec des chiens.

– Il t'en manque un, j'ai vu.

Elle ne répond pas tout de suite. Commence à boire, lève son verre dans sa direction sans attendre que leurs bouteilles trinquent. Jette un coup d'œil au mur où sont suspendues les peaux et sent l'acide carbonique pétiller dans ses sinus.

– Oui, il m'en manque un. Sagn. Un des jeunes mâles. Le glouton l'a eu. À cause d'une pauvre imbécile qui a oublié de mettre le cran de sûreté à un pistolet.

Elle remplit leurs verres et ils boivent un moment en silence.

– Si tu veux, je peux t'accompagner au magasin, finit-il par dire. Avec mes chiens.

Elle sent le regard de cet homme s'attarder sur son visage, effleurer ses paupières, les commissures de ses lèvres. Elle ne veut pas soutenir ce regard avant que l'alcool n'ait eu le temps de faire son effet.

– Pourquoi tu es là ? Tu l'aimes ? veut-il savoir.

Il sent que ça le brûle dans la poitrine.

– Non. Et toi ?

– Non plus.

– Pourquoi tu ne veux pas conduire d'attelage avec les chiens des autres ?

– Oh, je l'ai déjà fait. Souvent même.

– Mais pas avec ses chiens à lui ?

– Non, pas avec ses chiens.

– Et t'es vraiment prêt à me conduire au magasin ?

Ses chiens viennent de se mettre en boule pour dormir quand il les attelle de nouveau au traîneau.

– Avec quatre, ça suffit pour nous deux ?

– La piste, c'est du velours. Avec la route en dessous. Pas de problème. Assieds-toi dans le traîneau.

Cela dit, ils mettent du temps à prendre de la vitesse. La neige s'est remise à tomber, doucement, les flocons bien à la verticale. Le traîneau vibre sous son corps, elle s'accroche au bord et ressent une joie profonde à avancer ainsi. Une légère ivresse fait battre ses tempes et fondre la neige qui lui frappe le visage. Les yeux fermés, elle écoute la respiration de l'homme derrière elle, les mots qu'il crie aux chiens, le son des pattes qui travaillent pour les propulser en avant.

Il l'attend dehors pendant qu'elle fait ses courses. Elle le retrouve à la même place, à observer le ciel, quand elle ressort avec les packs de bière et deux pains frais.

– À ton tour de conduire, lance-t-il. Tu te tiens ici. Le frein est là. Tu apprendras vite.

Ils remettent l'attelage sur la route. Il marche devant, elle freine derrière. Puis il s'assoit dans le traîneau avec les courses, tourne son visage vers elle :

– Maintenant tu leur lances un « Go ! » énergique en traînant un peu sur le *o*.

– *Gooo !* crie-t-elle en se cramponnant au traîneau pour résister à la secousse et en pressant ses pieds contre les patins, le regard fixé sur le dos des chiens où omoplates et hanches se sont mises en mouvement pour avancer sans à-coups.

L'homme devant elle a des cheveux noirs et bouclés dans la nuque, elle a soudain envie de les caresser, mais au lieu de cela, elle se penche en avant et s'exclame :

– J'adore !

Il ne se retourne pas mais elle l'entend rire. La forêt défile sans un bruit. Quand ils pénètrent dans la cour de la ferme en décrivant une dernière courbe, les dix-sept chiens sont comme fous.

– *Stooop !* crie-t-elle aux quatre à l'avant et – elle n'en revient toujours pas – ils lui obéissent.

Elle pose de la nourriture sur la table. Il a enlevé sa combinaison. Ils boivent de la bière et se coupent des tranches de pain.

– Pourquoi tu es venu ? demande-t-elle.

– Je ne sais pas trop.

Elle le regarde mâcher lentement. Il soutient son regard, ne se défile pas. Ne mendie pas non plus. Elle lui sourit et dit simplement :

– Je croyais que t'étais comme lui.

– C'est normal.

– Tu étais vraiment comme lui.

– Avec lui, c'est comme ça qu'il faut être.

– C'est vrai. À la tienne !

– Mais t'es pas le même maintenant que…

– Non.

Il rit.

– Ah, quel con !

Elle comprend ce qu'il veut dire et ils trinquent à nouveau, dans un éclat de rire. La vitre de la fenêtre de la cuisine est à nouveau couverte de buée, et dans le poêle les flammes se jettent goulûment sur les bûches qu'ils viennent de rajouter.

– Il ne gagnera pas cette course, déclare-t-il soudain la bouche pleine.

– Et pourquoi ?

– Parce qu'il ne sait pas faire travailler ses chiens. Il est cinglé, cet homme-là. Il a des sprinters, pas des coureurs de fond.

– Mais ils tirent. Ils sont forts.

– Ils s'épuisent. Ils s'épuisent à monter dans la hiérarchie. Il pense en termes de meute en se focalisant sur les plus forts. Tu sais qu'il les recoud lui-même ?

– Quand ils…

– Quand ils essaient de se tuer entre eux… Il les abrutit avec des comprimés et il recoud leurs plaies lui-même… le derme, la peau et tout.

– Ou il les achève avec le pistolet…

– Oui. Il a eu beaucoup de chiens de tête.

– C'est la seule chose qui l'intéresse, je crois.

– Moi, j'en ai deux. J'ai une paire qui tire. Pas seulement un petit empereur que l'on chouchoute.

– Ils ne se battent pas entre eux, tes chiens ?

– Je ne les laisse jamais s'approcher assez près pour ça. C'est pourquoi chacun d'eux s'imagine être le plus fort, celui qui pourrait mettre la pâtée à tous les autres s'il voulait. Ça les rend forts, plus forts qu'ils ne le sont réellement – mais pas plus forts que tous les autres, tu comprends ?

– Il déteste les faibles… Ceux qui se couchent à plat ventre, précise-t-elle à voix basse en laissant l'alcool se déposer sur ses lèvres comme autant de petites perles corrosives.

Ils continuent à manger en silence, ouvrent d'autres bouteilles de bière.

– Il faut que j'aille nettoyer dans le garde-manger. J'ai du mal à faire partir le sang, il est comme collé. Ça ne va pas être une partie de plaisir.

– Je vais t'aider.

Ça change tout de travailler à deux, ça en devient même agréable, malgré la sueur. Il renverse seau d'eau après seau d'eau sur le sol et elle récure. L'odeur de sang finit par s'en aller. Derrière la porte de la cage, les chiots s'agitent, ils voudraient bien participer.

– Tant pis pour les taches au plafond, dit-elle.

– Oui, on va plutôt se prendre une bière. Puis on fera une balade.

Ils partent en direction du haut plateau. Les faibles rayons du soleil couchant percent à travers les nuages. À l'est les montagnes sont voilées par de lointaines chutes de neige.

Elle tourne son visage vers cet homme à la barbe de plusieurs jours :

– Ne va pas du côté de la faille rocheuse.

Il suit des yeux la trace de la motoneige qu'on distingue à peine et acquiesce. Elle se penche en arrière et perçoit son souffle dans l'écharpe, le froid qui lui fouette le front, le léger tremblement du traîneau sous ses fesses, elle voit les langues des chiens qui se balancent au rythme de leurs larges pattes qui poussent irrésistiblement vers l'avant. Les montagnes frémissent sous les couleurs jaune d'or et rose pâle. Des ombres au contour net surgissent en contrebas des collines. Les montagnes semblent avoir toujours existé, au-delà du temps et des hommes, suivant le cycle imperturbable des saisons. Une pierre change parfois de place pour se mettre plus à l'aise. Et par-dessus tout cela, la neige, la mousse, les bouleaux nains qui luttent pour plonger leurs racines dans des failles étroites afin d'y puiser de la nourriture ; des hommes qui se déplacent sans laisser de traces et qui envoient leurs pensées vers les cimes pour qu'elles s'envolent. Ici, les bêtes vont d'un pas léger à la recherche de nourriture ou d'un refuge, un terre-plein où creuser un abri, avoir des petits, tandis que sous eux s'étend la permanence de toutes choses, l'éternité… Elle se voit soudain de l'extérieur, comme à distance. Elle se voit assise au milieu de ces couvertures, de ces peaux de renne qui ne perdent pas leurs poils, avec un homme derrière elle et quatre chiens devant : un simple trait silencieux qui traverse une immensité blanche, avec la poudreuse qui voltige autour des patins du traîneau et des pattes des chiens. Une image de solitude. Tout à coup, les larmes lui montent aux yeux et elle les essuie avec sa moufle.

– Tu veux conduire ?

Elle fait signe que oui.

– *Stooop !*

Les chiens s'arrêtent, étonnés, et se jettent avidement sur la neige.

Cette fois, il se tient derrière elle sur les patins, les bras passés autour de son corps, les moufles posées sur les siennes. Il a rapproché sa tête de la sienne et tous deux respirent au même rythme, en faisant les mêmes nuages de vapeur. Ils penchent leurs corps dans un même mouvement quand le traîneau entame une courbe. Elle a les oreilles qui sifflent quand il crie les ordres aux chiens, et ils ne rentrent pas avant que le soleil ait disparu derrière une brume qu'il ne parvient plus à percer.

De retour à la cuisine, ils grignotent un morceau. L'obscurité est en passe d'envahir la pièce. Elle dilue l'alcool et voit les filaments dans l'eau se mélanger entre eux.

– Tu dois faire attention à ne pas avoir les oreilles gelées. Tu as le bout des lobes tout rouge, fait-il remarquer.

– Tu veux passer la nuit ici ? Tes chiens sont fatigués maintenant.

– Je veux… coucher avec toi.

Il détourne les yeux, rougit.

– Je sais, murmure-t-elle. Mais pas ici.

– Non, pas ici.

Ils restent un long moment silencieux. Puis elle finit par dire :

– Tu crois… tu crois qu'il pourrait tirer sur quelqu'un ?

Elle remplit leurs verres. Le mélange est prêt.

– Tes mains tremblent.

– Oui. Alors, tu l'en crois capable ?

– Il n'utiliserait pas d'arme contre un autre homme. Mais contre une femme… Je ne sais pas. Contre un homme, il se servirait de ses poings. Ou d'une hache. Peut-être d'une pierre.

– Il a une pierre.

Ils boivent en silence.

– Bon, il faut que j'y aille. Pas de problème pour les chiens. Et les chiots ont certainement envie de faire un petit tour…

Il s'éloigne sans lampe frontale, à la faveur de la clarté de la lune et en s'aidant de ses propres traces. Elle donne à manger aux chiens, les caresse doucement, s'assied dans la cuisine et éteint toutes les lumières. Elle n'a pas envie d'aller se coucher.

Elle est restée là un petit moment avant qu'elle ne l'aperçoive qui se faufile dans la cour. La queue hérissée et basse, la fourrure jaunie et irrégulière. Il a la peau sur les os, l'épuisement se lit dans ses yeux, et aussi la peur de mourir de faim. Il ne se dirige pas vers les peaux des gloutons, mais vers la peau du renne. Aucun des chiens endormis ne cille, ils n'entendent ni ne sentent quoi que ce soit.

Immobile dans l'obscurité, elle tripote ses avant-bras. Ce qu'elle craignait est arrivé : la visite d'un loup.

Mais à cet instant précis, elle ne ressent aucune angoisse. Car la vue de cet animal esseulé et affamé, à la recherche de nourriture et de vie, la rassure quelque part. Si une telle créature peut survivre en vagabond solitaire, elle n'a pas à s'inquiéter. Même maigre et à bout de forces, il vit, il respire, il sait que chaque jour sera suivi d'un autre jour.

Il s'aventure à poser une patte sur le mur et son corps tout entier se dresse. Le bout de sa queue touche la neige tandis qu'il enfouit avec prudence son museau dans la peau du renne. Il déglutit, jette un regard furtif alentour, parvient à détacher un minuscule lambeau de viande. C'est hier que t'aurais dû venir, pense-t-elle en souriant, tu aurais participé au festin, ça c'était quelque chose.

Ses deux pattes sont à présent sur le mur et l'avant de son corps se dresse crânement.

Quelques chiens lèvent alors la tête. Ah, non ! Ils ne vont pas recommencer leur cirque !

Lentement elle se lève et va chercher le pistolet dans le salon – il doit bien rester quelques balles – et elle se dirige vers l'entrée. Elle déverrouille l'arme, ouvre violemment la porte et se cramponne au chambranle tandis qu'elle tire dans la nuit, en faisant un bruit assourdissant. Elle claque aussitôt la porte et se précipite à la fenêtre de la cuisine.

Il a disparu. Les enclos grouillent de têtes curieuses qui aboient, mais certaines sans trop savoir pourquoi. Si quelques-unes ont eu vent de quelque chose, elles n'osent pas croire à ce que leur nez a perçu. C'est à peine si la peau de renne brille à l'endroit où le loup l'a léchée.

Ils ne s'étaient donné aucun rendez-vous, aucune date ; alors elle laisse passer une journée. En profite pour faire la lessive et mettre le linge à sécher. Le baromètre remonte, il n'a pas reneigé. Elle sera obligée de recouvrir ses traces avec la chenille de la motoneige s'il ne tombe plus de neige fraîche dans les prochains jours.

Il se dégage de la vapeur quand elle suspend le linge derrière la maison, des slips et des serviettes, elle n'a plus ses règles maintenant, elle ne saigne plus. Les premiers vêtements ont déjà gelé et sont devenus une plaque raide avant même qu'elle n'ait le temps de les rentrer à l'intérieur, les doigts gourds et douloureux.

Elle boit du café fort avec du lait et du sucre, décide de nettoyer à fond les enclos aujourd'hui. Enlever les crottes. Déblayer la neige. Récurer toutes les gamelles. Secouer les morceaux de glace pour les faire tomber de la paille, inspecter les oreilles et les pattes des chiens, brosser Lady, ranger dans les remises, déplacer les congères pour que ce soit plus pratique.

Le froid s'installe sans qu'elle s'en rende compte, elle remarque seulement que ses bras se font plus lourds et qu'elle ne sent plus ses oreilles. Une couche de givre s'est déposée sur les grillages et les a colorés en blanc. Elle travaille, fait tout ce qu'elle a prévu de faire, ne s'arrête pas pour manger et le soir tombe sans qu'elle ait terminé. S'occuper des chiens est ce qui lui a pris le plus de temps. Les pattes. Elle ne sait pas pourquoi elle s'est donné tant de mal avec eux, mais elle désire qu'ils soient tout beaux, les griffes coupées, les coussinets moelleux. Ce n'est pas de leur faute s'ils appartiennent à un homme comme lui.

Elle s'attarde dans la cuisine à boire de la bière en écoutant de la musique. Elle regarde le mercure ratatiné tout en bas du tube de verre, comme s'il redoutait qu'il lui arrive quelque chose d'affreux. Il fait - 22 °C quand elle va se coucher, la buée sur la vitre s'est transformée en une vraie couche de glace. Le ciel s'étend comme une toile de tente noire avec de petits trous dus à l'usure. Elle bourre le poêle au maximum, en vérifiant avec la main que les murs autour ne risquent pas de prendre feu. Ensuite elle ouvre la porte de la chambre à coucher et se glisse sous la couette, avec dans la bouche le goût de la bière mêlée à celui du dentifrice. Elle pense aux vêtements accrochés dehors : ils seraient demain si raides qu'elle pourrait les clouer au mur.

Elle se réveille parce qu'elle frissonne. La pièce est glaciale, la couette ne lui tient plus chaud. Elle se lève et d'un pas chancelant va dans la cuisine. Le thermomètre indique à présent - 27 °C. Elle remet du bois dans le poêle et jette un coup d'œil dehors.

Tout est silencieux dans la nuit.

Il lui avait parlé d'un poteau à côté d'une tablette pour les bidons de lait. Elle devait bifurquer à cet endroit, après avoir tourné à droite et suivi la nationale.

La chenille patine sur la surface trop lisse, mais les skis pour la direction glissent aisément. Elle a mis des lunettes de soleil, car ses yeux lui font mal depuis ce matin.

Il y avait du monde autour du magasin et de la banque, les gens entraient et sortaient avec des sacs de courses, les conversations allaient bon train, surtout dans son dos. Elle s'était garée sur le côté droit de la route, tout en se demandant si elle avait bien le droit de circuler là en motoneige, au milieu des voitures.

Le poteau est là, la tablette pour le lait aussi, et elle aperçoit des traces confuses qui partent dans la neige. Elle s'était retournée souvent pour vérifier qu'elle avait bien recouvert ses traces à lui, depuis la ferme jusqu'ici. Maintenant cela n'a guère d'importance. Elle n'a plus qu'à suivre ces empreintes jusqu'au bout. Il n'y a aucun risque d'arriver chez quelqu'un d'autre.

La motoneige est lourde à soulever pour franchir le talus de neige. Ses moufles glissent, il faut dire qu'elle a enfilé deux paires l'une sur l'autre. Il fait toujours – 27 °C, même si le baromètre remonte. Une voiture ralentit à sa hauteur, comme pour l'aider, cela lui redonne des forces. Elle pousse à côté tout en mettant un peu les gaz, et la chenille se fraie un chemin dans la neige, c'est tout juste si l'engin ne veut pas partir tout seul. Une fois cette difficulté franchie, elle n'a plus qu'à suivre les traces pour arriver chez l'ours de la montagne, cet ours qui se rase la barbe et renonce au tabac à chiquer quand il rend visite à une dame.

Elle n'aurait jamais cru que c'était si loin. La chenille bondit sur des bosses et soudain il n'y a plus un seul bouleau nain autour d'elle, rien que des congères de tous côtés, un soleil qui tape fort malgré le froid et des sommets enneigés à perte de vue. Sans le vrombissement du moteur, elle serait toute seule.

Loin devant, elle voit enfin la trace tourner en direction d'une avancée rocheuse et après l'avoir contournée et avoir reçu l'écho du moteur en pleine figure, elle découvre que le haut plateau s'arrête ici, sur un groupe de trois maisons blotties les unes contre les autres et deux enclos pour chiens. Une cheminée fume tandis qu'une silhouette se dirige vers la porte avec deux bûches sous le bras.

On ne peut pas vivre ici, pense-t-elle. Comment trouver de la chaleur ? C'est un endroit où seuls les ours peuvent hiberner, en se recouvrant le museau avec la queue et en laissant la neige leur tenir chaud autour d'eux.

La silhouette se retourne et lui sourit. Elle met les gaz et se faufile entre les maisons, freine et coupe le moteur. Elle le voit parler, sa bouche bouge, mais elle n'entend rien à cause de ses oreilles qui bourdonnent encore sous son bonnet.

– J'entends rien ! rit-elle. Attends un peu.

– *Entre d'abord avant d'enlever tes vêtements !*

Les chiens remuent la queue, ils la reconnaissent malgré ses couches de vêtements et son visage caché par l'écharpe. Elle suit péniblement l'homme, pénètre dans une chaleur étouffante et commence aussitôt à se dévêtir, comme on déballe un paquet cadeau. Il l'aide à enlever un à un ses vêtements et les suspend à une corde tendue au-dessus du poêle. La glace qui avait recouvert son écharpe se met à fondre en dégageant de petits nuages de vapeur.

Quand, les joues rougies par le froid, elle se retrouve en chaussettes, il lui dit :

– Tu es venue.

– Eh oui.

– Tu as trouvé le chemin.

– Ça t'étonne ?

– J'ai fait du café.

– Tu n'as pas plutôt de la bière ?

Il rit.

– Non, mais j'ai de l'alcool. Pour mettre dans le café. Et plein de sucre.

Elle jette un coup d'œil aux piles de livres sur le parquet.

– Tu lis, à ce que je vois.

– Un peu. Avant de dormir. Pour avoir de quoi rêver.

– Qu'est-ce que tu lis ?

– Ce que les autres pensent. Ce que je n'arrive pas à formuler moi-même.

– Mais c'est de la triche.

– Si tu veux. Allez, assieds-toi.

Ce sont des fenêtres à petits carreaux. Il n'a pas l'eau courante et doit donc prendre l'eau dans un seau en zinc.

– Je n'ai de l'eau au robinet qu'en été.

Son corps habillé paraît massif. Large. Dur. Les muscles du cou se tendent quand il soulève le couvercle de la bouilloire pour regarder à l'intérieur. Elle attend en silence pendant qu'il va chercher la bouteille d'eau-de-vie et deux petits verres.

– Avec ça, t'auras les joues en feu, la prévient-il.

– Et alors ?

– Ça te rendra encore plus jolie. Ce qui, tout compte fait, n'est peut-être pas une bonne idée...

– Il ne revient pas avant deux jours. C'est-à-dire après-demain, dans la soirée.

– Et il faut que tu rentres aujourd'hui ?

– Oui, à cause des chiens...

– Il fait froid.

– Pas ici à l'intérieur.

Tout semble solide dans la maison de Toivo : les lattes du parquet, la table en bois, les murs, les tranches de pain qu'il a coupées avant qu'elle n'arrive, les bûches, son visage, son regard, ses mains. Celles-ci sont crasseuses, elles ont beaucoup servi, les manches retroussées de sa chemise rouge à carreaux révèlent la puissance de ses avant-bras. Ils trinquent. Elle sent que sa colonne vertébrale frissonne. Son souffle aussi est différent, ses mains lui font mal et les larmes lui montent aux yeux. Elle met ça sur le compte de l'alcool et du froid, et elle en rit. Il tend alors la main pardessus la table et lui serre le poignet en disant tout bas :

– Voilà que tu recommences à trembler.

Elle le laisse la dévorer des yeux et sait qu'elle mouille instantanément et que son pantalon la gêne à l'entrejambe. Elle se racle la gorge.

– Qu'est-ce que tu veux faire avec moi ? murmure-t-elle.

– D'abord, j'ai envie de… te lécher.

Elle s'abandonne contre le mur et ferme les yeux. Il fait aussitôt le tour de la table et s'accroupit devant elle.

– Je veux te lécher du haut en bas… Partout… Tu veux bien, dis ? chuchote-t-il.

La bouche ouverte, elle fait oui de la tête. Dans l'obscurité de ses yeux clos, elle est à l'écoute de son propre souffle entre ses lèvres, tandis qu'il a glissé ses mains sous son pull pour lui toucher les seins. Il en prend un dans chaque main et les mordille en leur faisant décrire de petits cercles. Elle saisit la tête de l'homme entre ses mains, cette grande tête chevelue, et la presse encore plus fort contre sa poitrine, elle voudrait qu'il lui mange les tétons encore et encore. Un gémissement rauque sort de sa gorge et remplit toute la pièce. Il se relève.

Elle ouvre les yeux et le voit débarrasser la table, mettre tasses, verres et tranches de pain sur la banquette recouverte d'une toile cirée. Puis il disparaît en coup de vent et revient avec une couette qu'il étend sur la table.

– Il fait trop froid dans la chambre, sourit-il.

– Ah.

Ils se parlent en chuchotant. Il l'attire contre lui et lui embrasse le cou, la bouche, le front, les paumes.

Les derniers vêtements tombent à leurs pieds, ils ne se touchent pas pendant que leurs corps à la blancheur hivernale se gonflent de désir. Il a gardé son slip mais elle voit qu'il bande ferme :

– Je crois que celui-là veut autre chose…
– Peut-être mais il faudra qu'il attende encore un peu. Viens… allonge-toi ici…

La douceur de sa voix est comme un oiseau venu d'ailleurs, des pays chauds, et arrivé jusqu'ici rien que pour elle. Il la hisse sur la table tout en la soutenant par les épaules. Elle se met sur le dos, regarde les planches du plafond noircies par le feu et la suie, sent qu'il la soulève délicatement par la taille pour amener son bassin au bord de la table. Elle l'entend tirer une chaise pour s'asseoir et elle gigote, les jambes en l'air, avant de trouver appui sur les épaules de l'homme. Elle gémit à nouveau quand une bouche brûlante se pose dans le creux d'un de ses genoux et, à coups de langue et de petites morsures, remonte en haut – presque jusqu'en haut. Elle n'a le droit que de sentir un souffle contre les lèvres de son sexe, un souffle chaud et humide qu'elle aspire à rejoindre mais qu'elle ne peut saisir. Elle claque des dents, à avoir la chair de poule, il la caresse de ses mains chaudes qui vont aussi loin qu'elles peuvent, de temps en temps il se lève et presse son visage contre le sien. Ils s'embrassent en silence, doucement, il lui attrape les lèvres avec les siennes, comme pour jouer, avant de la lécher sous les aisselles et faire le tour de son dos. Elle est prise de tremblements incontrôlés et doit se cramponner au bord de la table quand il saisit ses jambes pour les écarter encore davantage et qu'elle l'entend haleter.

Il recommence à la lécher dans le creux du genou avant de remonter le long de la cuisse, toujours en s'arrêtant juste avant. Elle perçoit seulement son haleine brûlante et elle n'en peut plus d'attendre, lève la tête, la peau luisante de sueur, et son bas-ventre se contracte tout seul. Elle croise son regard, deux yeux qui brillent au-dessus d'une bouche mouillée, ses dents luisent. Elle peut à peine respirer.

– Viens… l'implore-t-elle. Maintenant…

Il sourit et écarte ses jambes d'un geste violent. Elle soutient son regard et sent sa nuque se raidir quand il rapproche enfin son visage de l'endroit stratégique. Elle hoquette et se renverse en arrière lorsqu'il la lèche profondément avec d'amples coups de langue, comme ceux d'un chien, elle ruisselle de désir, resserre ses jambes autour de la tête de l'homme dans un long spasme de plaisir qu'elle ne maîtrise pas et qui lui fait redresser la colonne vertébrale par à-coups.

Quand elle est de nouveau capable d'entendre les flammes du poêle, elle ouvre lentement les yeux et les plonge dans ceux de Toivo. Il s'est relevé et se penche au-dessus d'elle, une cheville dans chaque main.

– Ça va ? demande-t-il en lui tendant les jambes à la verticale, les pieds lui entourant la nuque.

Elle sourit.

– Tu frissonnes toujours…

Il lui mordille doucement le mollet, tourne la tête sans la lâcher des yeux et, saisissant ses mains, entremêle ses doigts aux siens et serre fort, puis il la pénètre enfin en y mettant tout le poids de son corps et la défonce. Il la lui fourre bien au fond, en gémissant sourdement. Comme si elle émergeait d'une obscurité couleur orange, elle regarde fascinée le corps de cet homme, son thorax avec les touffes de poils noirs, les mouvements de son ventre juste devant elle.

Mais quand il lève son menton et que cou se tend dans un cri rauque, plus que le membre dressé qui les colle l'un à l'autre, ce sont ses mains qu'elle sent, ses mains qui se cramponnent, jointes aux siennes. Elles l'entraînent toujours plus loin, au bord d'un abîme blanc, elle tend les bras, sent la chaleur qui envahit ses seins et enfin, elle se jette, secousse après secousse, dans ce puits sans fond.

Quand ils reviennent à eux, elle rit. Se secoue tandis que le sperme dégouline entre ses cuisses et tombe par terre.

– Si je m'attendais à ça ! s'exclame-t-il en reprenant son souffle. Mais qu'est-ce qui te fait rire ?

– Je ris… parce que…

– Eh bien, dis-le !

– Je ris parce que c'est la première fois que je *descends* du septième ciel !

Il va chercher du papier pour qu'ils puissent s'essuyer, ainsi qu'un petit remontant. Elle se frotte les yeux et veut s'arrêter de rire, mais c'est plus fort qu'elle.

– Qu'est-ce qu'il y a encore ?

– Je viens seulement de comprendre pourquoi ! répond-elle, prise d'un nouveau fou rire.

– Et c'est…

– C'est parce que tu habites si haut dans la montagne qu'on est obligé de descendre !

Toivo a aussi des peaux de renne accrochées aux murs, trois exactement. Mais elle ne voit aucun tas d'animaux fraîchement abattus ni de chemin qu'aurait pu emprunter une voiture.

– Il y a vraiment une route sous cette neige ?

– Bien sûr.

Il la montre du doigt, mais elle ne voit qu'une vaste étendue blanche. La voiture se trouve dans un des hangars, remisée pour l'hiver. Il n'a pas de motoneige. Elle aimerait bien faire une balade avec les chiens, mais il répond qu'il fait trop froid.

– Ton visage… Tu l'abîmerais…

Il lui caresse les joues.

Alors ils restent à l'intérieur et regardent par les fenêtres à présent couvertes de givre. Il y a entre eux une intimité qui lui donne sommeil. Il le remarque.

– Allonge-toi dans le lit clos, je vais te faire la lecture.

– Oh, oui…

– Qu'est-ce qui te ferait plaisir ?

– Quelque chose sur… l'été…

Elle disparaît parmi les couvertures, les lourdes couvertures en laine bouillie qu'elle doit ramener sur elle, et lui, pendant ce temps, fouille dans ses piles de livres pour en trouver un qui parle d'été. Il prend un tabouret et s'installe près de la tête du lit. Elle se met sur le côté et suit les mouvements de la bouche qui lit et les yeux qui, parfois, lui jettent un coup d'œil furtif quand il est sûr que le rythme de la lecture n'en sera pas rompu. C'est une histoire de verger avec des femmes vêtues de robes blanches vaporeuses qui gambadent gaiement sous le feuillage verdoyant, tandis que les rayons du soleil ombrent la terre et qu'on entend les abeilles bourdonner. Les femmes épient un homme, le seul parmi elles, pour savoir laquelle aura sa préférence. Excitées comme des puces, elles jouent à cache-cache derrière des troncs d'arbre et leurs robes en tulle s'envolent autour de leurs jambes nues, elles minaudent, jouent les effarouchées en laissant jaillir des rires perlés et des petits cris de plaisir quand il essaie de les attraper. Mais l'homme ne voit pas les forces cachées qui, à l'image de sombres déferlantes, se jouent entre les femmes. Il les implore et elles suivent son regard pour savoir où s'arrêteront ses yeux, et leurs tétons pointent de désir sous la fine étoffe de leurs robes. Bientôt le soir tombe et la nuit bleutée de l'été se gorge des parfums des pommes et des lilas mêlés à l'odeur salée de l'océan, et des lits avec des oreillers moelleux et des édredons au pourtour brodé attendent l'heureuse élue, la femme qu'il croit avoir capturée et qu'il a faite sienne, alors qu'elle s'est laissé prendre…

Quand elle se réveille, il est allongé à ses côtés, grand et massif, avec son thorax proéminent qui se soulève à un rythme régulier et paisible sous les couvertures. Le vent s'est levé, des nuages blancs de poudreuse flottent sous les fenêtres et se déposent dans la moindre faille, la moindre anfractuosité. Le poêle ronronne. Le livre est resté ouvert sur le tabouret. Blottie au creux de son cou, elle respire l'odeur musquée de sa sueur et de sa peau. Puis elle l'enjambe sans faire de bruit, avec l'impression de chevaucher une montagne. Enfin elle rassemble tous ses vêtements sur la corde. Ils sont brûlants. Elle les enfile tout en surveillant la respiration de l'homme. Elle s'emmitoufle, enroule l'écharpe autour de sa bouche et fixe bien les lunettes de soleil sous le bonnet avant de s'approcher de lui, en tenant les moufles dans la main gauche, pour lui caresser l'arête du nez. Elle prend conscience qu'avant même de contourner l'avancée rocheuse et laisser les maisons derrière elle, tout lui apparaîtra comme dans un rêve.

Il ouvre les yeux.

– Je m'en vais maintenant… Il y a du vent… La trace va s'effacer.

– Oui…

Il va ajouter quelque chose, mais elle lui pose deux doigts sur les lèvres en disant :

– Surtout, continue à lire…

Arrivée près de la porte, elle entend sa voix :

– Il faudra que je descende voir comment s'est passée la course… Sinon, il risque de…

Elle ne répond rien mais hoche la tête en lui tournant le dos et s'en va. Elle se retrouve happée par une bourrasque blanche qui s'engouffre dans sa bouche restée ouverte et la fait tousser. Le ciel est d'un bleu acier, tendu, mais les tourbillons de neige rampent sur le sol comme un voile en mouvement, sauf qu'il mesure un mètre d'épaisseur. Le chemin du retour s'annonce très froid. Elle avait raison : ce qui s'est passé n'est déjà plus qu'un rêve. Le vrombissement du moteur remet tout en place et les skis pour la direction se comportent comme d'habitude, allant là où elle décide d'aller, ils lui laissent la maîtrise des événements. Mais ses lunettes sont aussitôt couvertes de neige ; elle est obligée de les enlever et de les fourrer dans sa poche-poitrine.

Le froid s'insinue dans la moindre ouverture : les poignets, les yeux, là où s'arrête la fermeture éclair au niveau du cou. Un froid glacial que le vent accentue encore. Elle ne peut pas conduire trop vite, car il suffit d'une légère accélération pour que le vent qui lui fouette le visage dépasse les limites du supportable. En rejoignant enfin la nationale, elle a l'impression de se retrouver à l'intérieur d'un couloir chaud et abrité du vent, au milieu de hautes congères.

Cette nuit-là, les tuyaux gèlent. Le lendemain matin, quand elle s'en rend compte dans la salle de bains, elle lâche une bordée de jurons devant le lavabo. Aurait-elle oublié de faire quelque chose ? Elle n'y connaît pas grand-chose et ne se souvient plus très bien des dernières recommandations qu'il lui a faites avant de partir. De toute façon, c'est trop tard.

Elle trouve une grande casserole dans la remise – pas celle dans laquelle le renne a mijoté, mais une autre, plus propre. Elle la récure avec de la laine de verre avant de la remplir de neige et de la poser sur la cuisinière. Il faut que les chiens puissent boire, qu'ils aient tous de l'eau. Le vent s'est calmé, il fait - 29 °C, le ciel est dégagé… et il n'y a presque plus de bois pour le feu.

Une hache. Elle a besoin d'une hache. Après avoir donné à manger aux chiens, elle s'emmitoufle dans tout ce qu'elle trouve et se rend en motoneige au magasin, à vitesse réduite, le visage plaqué derrière le pare-brise. La neige tourbillonnante s'est collée à la route. Là où elle est en pente, il lui est difficile d'avancer. Elle se souvient qu'il avait demandé au chasse-neige de passer. Oui, ça il l'avait fait. Par contre, recouvrir des dépouilles d'animaux avec des pierres ou autre chose de lourd, c'était le cadet de ses soucis.

À l'intérieur du magasin aussi, il fait froid. Elle a chaud au début, mais le temps d'arriver à la caisse avec la combinaison ouverte sur le devant, elle frissonne.

Faut reconnaître qu'ils avaient de très belles haches. Toutes avec des lames qui brillent au bout d'un manche bien solide. Et de toutes tailles. Elle prend la plus grande. Elle n'arrivera pas à la manier très longtemps, mais il rentre demain.

Elle achète aussi du pain et plus de charcuterie, de la viande hachée et un oignon à moitié pourri, le seul au cœur encore ferme, de la bière, de la crème liquide, du sucre, du café et des pommes de terre qui ont toutes germé. Tout rentre dans les top cases derrière le siège du conducteur. Elle remarque à cet endroit un peu de sang qui en gelant s'est transformé en cristaux marron le long des coutures du siège. Elle les essuie, démarre et roule doucement jusqu'à la maison.

Elle passe le reste de la journée à attendre, couper du bois, boire du café et regarder le thermomètre qui continue de descendre. Le soir, il a atteint les - 30 °C. Elle coupe des bûches en deux à en avoir mal aux pectoraux, elle les cogne contre le billot et elles finissent par se fendre avec un bruit sec, elle en empile quelques-unes, emporte le reste à l'intérieur, s'énerve à cause de l'eau, va chercher de la neige fraîche dans des seaux en plastique propres, remplit la casserole sur la cuisinière et s'étonne qu'autant de neige donne aussi peu d'eau.

Quand elle en a assez de fendre du bois, elle fait un dernier effort pour ficher la hache dans le billot. La hache lance quelques éclats de lumière, mais l'outil semble las d'avoir servi.

Il faut qu'elle prenne un remontant avant de dormir et laisse la porte de la chambre à coucher ouverte pendant qu'elle le boit. Elle appréhende les couettes froides et l'obscurité et n'allume pas non plus la radio, car elle a encore dans la tête le rêve d'un verger. Les mots entendus aujourd'hui au magasin n'ont pas réussi à chasser cette vision – ces mots qui donnaient des conseils pour le choix d'un bon outil et se plaignaient à cause des pommes de terre devenues immangeables. Le verger occupe tout son esprit, plus elle l'évoque, plus il resplendit, verdoyant. Elle laisse la voix de Toivo lui apporter cette image tandis que ses mains la tiennent fermement et l'entraînent vers un abîme de chaleur. Elle vide son verre en souriant, ferme les yeux pour échapper à l'obscurité et, quand elle s'endort enfin, elle baigne dans un monde de blancheur absolue.

Le chasse-neige arrive le lendemain vers midi. Elle le voit à travers la glace qui s'est formée sur la fenêtre de la cuisine, alors qu'elle a encore le goût sucré du café dans la bouche. Un engin telle une gueule affamée couleur orange qui repousse tout sur le côté et fait une entrée triomphale dans la cour. Le temps de sortir sur le perron pour lui faire signe, il a déjà fait marche arrière pour repartir.

Certains chiens mâles commencent à s'énerver et à se mordre, ils ont remarqué son inquiétude. Elle les pousse dans leurs cages, chacun avec sa femelle, préférant les avoir tous à l'intérieur quand il fait si froid. Elle comprend mieux pourquoi il ne faut pas les brosser. Leur fourrure, remplie d'air qui sert d'isolant, fait office de couvertures épaisses. Ils ramènent leurs pattes sous eux et y enfouissent leur museau, ce qui leur évite de respirer par les narines un air à - 31 °C.

Elle émince l'oignon, le mélange à la viande hachée, rajoute des œufs, du lait, du sel et du poivre, et un peu de clou de girofle. Puis, forme des steaks qu'elle met dans la poêle, faisant gicler la graisse tout autour, y compris sur le bord de la casserole remplie de neige fondue qui se couvre de petites taches de gras. Retire la poêle du feu pour qu'il ne reste plus qu'à réchauffer le tout quand il sera là. Elle épluche les pommes de terre et les recouvre de neige fondue, en se demandant pourquoi on interdit aux enfants de manger de la neige. Ce n'est au fond que de l'eau, et ça ne rend pas malades les chiens. On risquait d'avoir des vers dans le ventre, à ce qu'on lui disait. Elle regarde donc longuement la grande casserole où flottent des glaçons tels des cailloux, avant de fondre, et n'aperçoit pas un seul vers, rien qu'une ou deux aiguilles de sapin et un peu d'herbe sèche qu'elle enlève.

Elle maintient le poêle allumé à fond et ramène de la neige par seaux entiers. Remplit d'eau une bassine dans la salle de bains au cas où il voudrait se laver. Sent des courbatures aux pectoraux à cause des bûches de la veille, quand elle enlève avec difficulté la casserole de la cuisinière. Puis va dans le salon et soulève le pistolet. Il sent encore, elle aurait sans doute dû le nettoyer. Le canon a été rempli de neige. L'arme avait tué. Et envoyé des balles vers le ciel et les étoiles.

Huit jours dans une vie, pense-t-elle.

Enfin tombe l'obscurité, c'est le soir. Elle épie le moindre bruit, sort plusieurs fois sur le perron pour guetter son arrivée. Les chiens dressent l'oreille, eux aussi, le regard vif. Tous attendent.

Mais elle est aux toilettes quand il arrive, oublie au dernier moment que la citerne n'a pas d'eau non plus et se demande comment ils vont faire.

Le vacarme des chiens se mêle au bruit du moteur, puis il n'y a plus que les aboiements. La porte d'entrée s'ouvre et elle se dépêche de remonter son pantalon.

– *Ohé !*

– *Je suis aux toilettes !*

Il sourit, l'attire vers lui en serrant ses poings durs autour des bras de la jeune femme, et la relâche aussi sec en disant :

– Mais qu'est-ce que t'as foutu, bordel ! C'est quand même pas toi qui leur as tiré dessus ?

– Si. On a aussi eu la visite du loup.

– Mais lui, tu ne l'as pas eu.

– Non. Tu as faim ?

– À ton avis ?

– L'eau a gelé.

– Oh, merde ! Ça veut dire qu'on n'aura pas d'eau pendant tout l'hiver. Le temps ne va pas se radoucir avant avril maintenant. Oh, putain de merde…

– Comment s'est passée la course ?

Il se détourne.

– Mal. Viens m'aider avec les chiens, ils sont déchaînés.

Ça s'entend. Toute la remorque vibre quand ils sortent, leurs museaux dégageant des nuages de vapeur.

Un à un, ils les font rentrer de force dans l'enclos, mais pour l'instant, il préfère encore les laisser séparés de ceux qui sont restés sur place.

– Sinon c'est le bordel assuré et je n'ai vraiment pas besoin de ça maintenant. On verra demain. Une fois que les autres auront eu droit à une balade eux aussi et seront un peu plus fatigués.

Il n'a pas remarqué l'absence de Sagn et elle ne dit rien. Mais y pense, en priant pour qu'il ne s'en rende pas compte avant d'avoir mangé la viande hachée et les pommes de terre en sauce. Soudain, au moment où elle sort Varg de sa cage sur la remorque et le prend par le collier pour le ramener dans l'enclos, elle revoit la scène. Il remue la queue et lui lèche la main en la regardant dans les yeux.

Elle contemple le plat en prenant son temps pour mâcher, consciente de chaque mouvement de mâchoire. Appuie son poignet contre le bord de la table pour cacher son tremblement. Déglutit plusieurs fois, lève les yeux et demande sur un ton faussement détaché :

– T'as dormi où sur le chemin à l'aller et au retour ?

Il pique sa fourchette dans le plus de nourriture possible.

– Chez quelqu'un… qui allait aussi participer à la course.

– C'est parfait.

– Comment ça ? Je te l'avais bien dit pourtant.

– Oui, je sais. Comme ça, Varg n'aura plus besoin de se mettre à plat ventre devant moi.

– Mais bordel !

– C'est moi qui devrais dire bordel…

– Tu ne vas quand même pas en faire tout un plat !

– Ah ?

– Ne me dis pas que t'as peur ?

– Non… T'en veux encore ?

– De quoi ?

– De la nourriture. Tu sais, ces choses qui se mangent.

– Non, tu m'as coupé l'appétit.

Elle se lève.

– Eh bien, il nous en restera pour demain.

– Est-ce que Toivo est passé te voir ?

– Non. Pourquoi ça ?

– Oh, il passera sans doute un de ces jours...

– Sagn est mort.

– *Quoi ?!*

– Il a reçu une balle. En même temps qu'un des gloutons.

Elle lui raconte brièvement ce qui s'est passé. Il ne lâche pas son visage des yeux. Elle a l'impression de raconter une histoire qu'elle a lue quelque part, une histoire à laquelle il lui est impossible de s'identifier, aussi lointaine qu'un verger avec des pommiers en fleur. Elle finit en lui décrivant avec force détails comment elle a offert une digne sépulture aux dépouilles des chiens en se servant des palettes et des barils, et lui demande :

– Pourquoi toi, tu ne l'as pas fait ? Je veux dire, les recouvrir d'une manière ou d'une autre.

– Ils sont morts, qu'est-ce que tu veux y faire ? Je vois vraiment pas pourquoi t'en fais tout un drame. Mais Sagn, c'est autre chose... Quand je pense qu'il aurait pu...

– Tu dis qu'ils sont morts ? Et alors ? C'est pas pour ça qu'il faut les...

– Quelle importance... ce ne sont plus que des cadavres... Ah, ces bonnes femmes !

Il sort. Elle rassemble les pommes de terre et la viande hachée dans la casserole de sauce, met le couvercle, nettoie le plat de service avec la neige fondue, pose une plus petite casserole sur le feu, pour la vaisselle, remet du bois dans le poêle et va regarder par la fenêtre.

Dehors il s'active et tempête, furieux. Porte les harnais et les courroies, fait descendre le traîneau du toit et le pousse dans le hangar, balance des vêtements hors de la voiture, le sac de couchage, la tente, et elle pense : Bientôt je serai assez forte.

Il se couche seul et ne veut pas se laver :

– Je suis propre.

Dès qu'il a disparu dans la chambre à coucher, elle murmure :

– Si tu savais comme t'es crade…

Elle reste attablée, sans faire le moindre geste, jusqu'à ce qu'elle l'entende ronfler. Dort-il avec ou sans son tee-shirt ?

Il veut la baiser le lendemain alors qu'il nettoie le pistolet, démonté pièce par pièce sur un papier journal, à la table de la cuisine. Ses poings sont noirs de graisse, il astique sans parler, jette de temps à autre un regard sur les peaux suspendues au mur puis sur elle, vite, histoire de lui faire comprendre à quoi il pense. Tout en buvant son café de l'autre côté de la table, en combinaison rouge et les cheveux en bataille, elle suit le mouvement de ses mains. Sa question sur la course proprement dite est restée sans réponse. Et il lui a montré des toilettes extérieures au fond d'un des hangars, en réalité un simple trou creusé dans une planche. Ça ne sentait pas bon là-dessous, dans la terre sombre et gelée.

Il nettoie le canon. Elle regarde le chiffon noir et boit. Tout est calme dans la pièce, on n'entend que le ronronnement du poêle et les frottements du chiffon sur l'arme, doux et étouffés. Leurs regards se croisent soudain. Il s'essuie les doigts et dit :

– Viens ici.

Elle observe les cercles marron qu'a laissés le café dans son mug et chuchote :

– Non...

– Comment ça, non ? Laisse-moi te toucher !

D'un bond, il a fait le tour de la table, descendu la fermeture éclair et a plongé un majeur noir dans son vagin.

– Comment ça, non ? C'est pas ce que dit ton corps.

Il a un sourire méprisant qu'elle ne veut pas voir, elle l'entend seulement faire un bruit de lèvres, comme pour cracher. Il va sentir son doigt maintenant, peut-être sentir que... Mais il le fourre dans sa bouche. Elle soutient alors son regard. Il a le sourire qui tremble, ses iris sont parcourus de petits traits, des entailles brunes sur le fond bleu. Le blanc autour est éclatant. Il la défie à son tour et lui dégage les bras de la combinaison. Puis il s'accroupit pour tirer le tout vers le bas, soulève un pied, sans cesser de la regarder. Elle ne prend pas sa tête entre les mains, ni sa nuque, elle reste dans son propre corps, se concentre sur sa respiration, le passage entre inspiration et expiration pour que son souffle ne s'emballe pas.

– T'as un goût de pistolet, murmure-t-il. Eh bien, tu vas pouvoir tirer un peu...

Il baisse son pantalon, lui saisit les fesses et la plaque contre le bord de la table. Elle ne veut pas le tenir par les épaules et se penche en arrière pour trouver un appui avec les mains, pendant qu'il la prend par les hanches et la pénètre. Ça rentre comme dans du beurre. Elle ferme les yeux et renonce à contrôler son souffle qui reste bloqué tout en haut de la gorge. Ses mains glissent vers les journaux, et soudain, elle a les jambes enserrées autour du dos de l'homme qui rit en la limant, des coups de boutoir qui ne s'arrêtent jamais.

– Vas-y, chuchote-t-il. Allez, vide-moi les couilles, sale petite chatte…

La seule chose qu'elle arrive encore à contrôler tout à fait vers la fin, ce sont ses yeux. Ils restent clos. Pas question de laisser la moindre lumière filtrer entre ses cils. Assise dans une obscurité trouble aux reflets verts, elle sent son corps gonfler autour de sa queue, à chaque mouvement de son bassin, elle grandit et mouille de plus en plus jusqu'à la déflagration finale qui arrache tout sur son passage, l'embrase au point qu'elle doit se cramponner aux épaules, au thorax, se coller à la bouche haletante de cet homme jusqu'à ce qu'il s'apaise, lui aussi, et se retire avec un soupir de satisfaction.

Elle baisse alors les yeux pour se regarder et sait à l'avance ce qu'elle verra : des traces de mains noires qu'il aura laissées sur ses hanches, des taches visibles à l'œil nu.

Il referme sa braguette et dit :

– Quand je pense que l'eau a gelé, bordel !

Toivo vient ce soir-là, il débarque dans la cour, derrière un nuage de gueules blanches. Il fait - 34 °C, un froid qui plombe l'air. Les chiots ne sont pas du voyage. Elle ne sort pas l'accueillir, de peur que les chiens ne remuent la queue en la reconnaissant et que cela n'éveille des soupçons.

Mais même de là où elle est, elle comprend que Toivo fera celui qui ne la connaît pas.

Ils restent dehors à parler un peu, attachent les chiens aux piquets, vont chercher de la paille. Et rentrent en claquant la porte d'entrée derrière eux.

Il se vante. Démolit les autres concurrents. Elle ouvre la porte de la chambre à coucher pour faire entrer un peu d'air dans la pièce. Toivo ne lui a pas adressé un seul regard et il a la bouche remplie de tabac à chiquer. La lèvre supérieure gonflée et les traînées brunes aux commissures la rassurent. Ce n'est pas le jour des vergers en fleurs. Elle fait du café, prépare des tartines avec de la confiture de framboises, l'odeur lui fait penser au miel.

– Quelqu'un prendra une petite goutte avec son café ? propose-t-elle.

Tous deux se tournent alors vers elle.

– D'où tu sors ça ? demande-t-il stupéfait.

– Ça vient de quelqu'un que j'ai rencontré au magasin. Un type avec un pick-up bleu.

Il rit et Toivo dit :

– Ça, c'est une dame qui sait où trouver les bonnes choses.

Elle et lui sont les seuls à entendre le léger tremblement de sa voix. Elle verse l'alcool dans des verres et du café brûlant dans les tasses, avant d'ajouter de la crème liquide et du sucre. Ils trinquent et boivent. Il se roule une cigarette. Quant à Toivo, il est sorti sur le perron pour cracher sa chique.

Il continue de dénigrer les autres, comme quoi leurs chiens donnaient l'impression d'être apathiques, épuisés, avaient des pattes en mauvais état, avec derrière eux des conducteurs d'attelage hystériques. C'est lui qui tient le crachoir, lui qui a vu du pays, qui a vécu des aventures passionnantes.

L'alcool l'aide à se détendre et elle ose enfin les regarder vraiment. Comme ils se ressemblent, là, tous les deux. Leurs mains, leurs visages, leurs expressions, leurs mots. Et malgré cela c'est le jour et la nuit. L'un est à elle tandis que l'autre s'imagine qu'elle est à lui. Ce dernier dit soudain :

– Au fait, t'as rien dit sur les peaux au mur, Toivo ?

Un silence.

– Non, tu tires sur tant d'animaux que j'arrive pas à suivre.

– Ah vraiment ?

– Ce sont des gloutons, à ce que je vois. Ils ne se sont quand même pas introduits chez les chiens ?

– Non, mais c'est pas moi qui les ai abattus. C'est elle.

– C'est toi ?

Il est alors obligé de la regarder, avec un air étonné et admiratif. Elle se fait toute petite, fixe son verre d'alcool et fait oui de la tête.

– Ça alors ! lâche Toivo.

– Ça t'en bouche un coin, hein ? ricane-t-il, pas peu fier.

Elle rit avec eux pour éviter d'avoir à parler et voit Toivo assister à l'étalage de la fierté de l'autre, sans rien laisser paraître.

Quand il s'en va, à peine ont-ils franchi le seuil de la porte qu'elle se ressert un verre. Elle boit cul sec, à en avoir les larmes aux yeux, et laisse enfin ses mains trembler comme bon leur semble.

Il rentre et se met à parler des chiens dont il faudrait s'occuper. Qu'ils se retrouvent tous, se bagarrent un bon coup et qu'on en finisse.

– Mais tu ne les as pas emmenés en balade aujourd'hui… Ça va être un cirque pas possible…

– C'est le but.

– Mais s'ils se blessent… Aller chez le vétérinaire à cette heure-là…

– Oh, ce sera seulement des blessures superficielles et je pourrai m'en charger moi-même.

– Toi-même ?

– Mais oui. Ce ne sera pas la première fois que je recoudrai un chien.

Elle doit tenir la porte entre les différents enclos et laisser passer les chiens seulement par petits groupes. Varg fait son entrée, renifle un peu, attend. Et ils arrivent. D'abord les femelles. Lady est dans sa cage – elle a besoin de repos – mais les autres viennent d'abord vers Varg puis vers les autres mâles en dansant, se pavanant, jusqu'à obtenir ce qu'elles veulent. Varg fait comprendre qu'il est le chef et qu'il ne tolère pas que les petits blancs-becs se montrent trop entreprenants. Il leur attrape l'arrière-train et leur aboie tellement dessus qu'ils se soumettent en courbant le dos et en gémissant devant lui.

– Ça, c'est un bon garçon ! s'exclame-t-il tout content.

Elle tient la porte d'une main et de l'autre se protège le visage contre la morsure du froid qui pénètre dans ses narines. Une couche de givre s'est déjà déposée sur ses moufles, elle essaie de respirer dans sa propre chaleur et sent un vertige l'envahir. L'alcool sur un ventre vide.

– Bon, le reste de la meute ! Allez, à votre tour !

Elle ouvre la porte et ils veulent tous entrer en même temps : fourrures, museaux, queues ne sont plus qu'une seule masse excitée. Un vacarme assourdissant l'assaille de tous côtés, elle a du mal à respirer et a soudain très chaud. Deux mâles assez âgés essaient de ne faire qu'une bouchée de l'autre et aboient comme des fous. Elle le regarde, il sourit. Il n'a pas l'intention de les séparer. Elle voit pourtant que l'un d'eux a déjà une oreille en sang – et soudain le sol se dérobe sous elle. La neige, les crottes de chiens, un petit tas de paille, de l'herbe séchée qui vient d'une remorque… Le sol n'est pas dur, au contraire, il fait même bon s'y étendre.

Elle se réveille parce qu'il hurle. Son évanouissement n'aura duré que quelques secondes.

– *Mais qu'est-ce que tu fous, bordel ?!* Relève-toi ! J'arrive pas à… *Bordel de merde !*

Elle parvient à se mettre debout, se fait lécher le visage par un nombre inconnu de langues roses, la salive gèle aussitôt sur ses joues et elle claque des dents.

– Je…

– Mais ils sont comme fous… Fais quelque chose !

Elle s'agrippe au grillage pour rester debout, cherche avec sa moufle à trouver un appui, mais elle n'entend que des grondements et ne voit que des gueules qui cherchent à mordre. Du sang. Beaucoup de sang. Il donne des coups de pied. Il a même lâché Varg sur eux, mais en vain. C'est une explosion de haine.

Les bruits disparaissent, tout devient silencieux.

Elle se concentre sur l'homme. Il paraît si grand, planté sur ses deux jambes. Ses bras pourraient être des pattes. Au fond, il aurait fort bien pu être l'un d'entre eux, grognant et montrant des dents – agressif pour masquer sa peur.

Son malaise se dissipe, son cœur se remet à battre normalement, elle le sent dans les oreilles, la respiration, le diaphragme, elle retrouve l'ouïe.

– *Mais tu viens, bordel ?!*

Elle se précipite vers les chiens, saisit deux pattes arrière et les soulève le plus haut possible. Il fait de même avec l'autre chien. Une oreille pendouille. De la vapeur fumante après le festin. Du sang qui coule. Il pousse des jurons et recule en tirant vers lui le chien, ouvre d'un coup de pied la porte d'une cage. Elle reste là, du sang sur ses poings, elle tient bon, regarde hypnotisée cette oreille qui pend comme celle d'un lapin et qui colore le sol en rouge.

Les autres chiens ont assisté à la scène en silence, en remuant à peine la queue.

– Ça va, tu peux le lâcher maintenant… Ah, bordel !

– Mais tu savais bien qu'ils allaient…

– Oui, mais…

– Avoue que tu aimes ça.

– Hein ? Qu'est-ce que tu racontes ?

Le chien blessé se secoue, aspergeant de sang ceux qui l'entourent. C'est comme un déclic et ils peuvent enfin bouger et se lécher la poitrine. Certains même se couchent pour le faire tout à loisir.

– Bilan : une oreille. Ça aurait pu être pire après huit jours d'absence.

– Tu vas la recoudre ?

– On l'emmène d'abord dans le garde-manger pour que je puisse l'examiner avec une meilleure lumière.

Il coupe la partie arrachée du lobe. De toute façon, ça ne tenait qu'à un simple bout de peau. Ensuite il regarde longuement le trou de l'oreille, marmonnant quelque chose à propos de l'ouïe, du sens de l'orientation, de l'équilibre, du canal de l'oreille qui doit rester ouvert. Il fourre des cachets dans la gueule du chien et bloque les mâchoires jusqu'à ce que l'animal, impuissant, les ait avalés.

– Dans une petite demi-heure, ça sera bon…

– Tu n'as pas d'anesthésiant ? Le genre de produit qu'on injecte avec une seringue…

– Difficile de s'en procurer.

– Alors que du fil et des aiguilles, ça, tu en as…

– Évidemment. Mais qu'est-ce qui te prend ? demande-t-il, agacé. T'as l'air complètement à côté de la plaque. T'es malade ou quoi ?

– Plus maintenant.

Il va chercher son matériel de couture. Elle reste pour tenir compagnie au chien. Chaque fois que le flot de sang diminue, l'animal se secoue et ça repart de plus belle. Elle frissonne. Il finit par revenir au bout d'un long moment – il sent le café et l'alcool – avec une aiguille courbe et un gros fil noir. Fait un nœud au bout. Prend une paire de ciseaux. Se lave soigneusement les mains dans une bassine de neige fondue. Le chien est à présent immobile sur le sol, le regard vitreux, à deux doigts de perdre connaissance.

– Tiens-le ici… autour de la tête… Assieds-toi comme ça… Maintiens-la entre tes jambes…

Quant à lui, il se met à genoux à califourchon sur le chien et commence à recoudre. Cinq points de suture. Chaque point à part, bien serré. D'abord un nœud pour rapprocher la peau, puis un autre nœud. L'oreille prend la forme d'un quartier de lune rouge, avec de petites fentes entre les points. La tête du chien tressaille chaque fois qu'il pique l'aiguille, l'animal émet une faible protestation, mais elle le maintient dans la bonne position, elle participe, se rend utile, pas question de perdre une miette de cette opération.

Elle aura du mal à s'expliquer par la suite pourquoi elle ne l'a pas laissé tranquillement lécher et finir son repas, comme le font les animaux sauvages.

L'homme s'est couché sans lui demander de venir le rejoindre. Elle a trouvé une bière dans le frigo et s'est versé un verre d'alcool, en veillant à ne pas faire tinter la bouteille contre le verre, a éteint le plafonnier mais laissé la lumière dans le salon. Est-ce à cause de cela que certains chiens se sont rendu compte de sa présence ? Est-ce pour cette raison qu'elle est allée lui en faire part ? Car soudain, il est de retour, se faufilant la nuque basse dans la cour, deux pas à la fois, le regard vif, les pattes larges et feutrées, en direction de la peau de renne. Elle ne peut s'empêcher de sourire.

Deux des chiens dressent l'oreille, ils ont senti l'intrus. Le loup s'arrête aussitôt, surveille le grillage du coin de l'œil, repère que lui est à l'extérieur et eux à l'intérieur, donc qu'ils ne pourront pas le voir. Malgré cela, il reste parfaitement immobile un moment, ne faisant qu'un avec le mur. Ils le repéreraient à l'odeur, il le sait, mais ces animaux sont prisonniers d'un grillage alors que lui peut courir où bon lui semble, et à tout moment.

En évitant de faire grincer le tabouret contre le plancher, elle se lève et, au lieu de chercher le pistolet pour tirer sur le ciel et le briser en mille morceaux, court toute gaie dans la chambre à coucher.

– Réveille-toi… Le loup est revenu… Dépêche-toi… Viens voir comme il est beau !

Il la renverse presque en bondissant du lit. Elle remarque qu'il ne porte pas de tee-shirt, rien qu'un slip blanc avec la poche devant qui bâille. Il la pousse sur le côté et se précipite dans le salon, prend le pistolet.

– Tu ne vas quand même pas le…

Dans la pénombre, elle voit son corps. La peau de son dos renvoie un éclat mat qui met en valeur sa musculature. Lui aussi est un animal, tapi devant la fenêtre de la cuisine dont il fait basculer la clenche avec une infinie précaution. Elle sent aussitôt le froid mordant sur son visage. Elle n'aura pas le temps d'empêcher que…

Tout s'arrête dans un vacarme terrible, avec trente et un chiens qui hurlent à la mort à l'unisson, et ses jambes la portent d'elles-mêmes vers le dos de cet homme. Elle voit la cour jeter comme une couverture de lumière sur le contour d'une tête et d'une épaule, et elle l'entend chantonner, tout content de lui :

– Je l'ai eu ! En plein dans les poumons !

Le loup blessé traverse la cour en sautillant sur ses pattes arrière comme un lapin, toute dignité envolée. Chaque pas fait gicler le sang de sa poitrine, on dirait un jouet qu'on aurait remonté et lancé sur deux pattes à toute vitesse et dont le mécanisme ralentirait de lui-même. Enfin il décrit une courbe serrée et retombe sur le dos.

Son corps tressaille encore, ce sont ses pattes. La gueule s'ouvre béante vers la neige, la langue pendante, tordue sur le côté. Un spasme est perceptible. La queue est longue, oui beaucoup plus longue que chez un chien, elle ne s'en était pas rendu compte avant. La peau de renne est toujours au mur, sèche, intacte.

Il soupire :

– Mais la fourrure n'est pas belle... Dommage...

– Hein ?

– La fourrure... Jaune et moche... Vieille...

– Mais pourquoi... ?

Il referme la fenêtre, met le cran de sûreté au pistolet, puis ouvre à nouveau la fenêtre et hurle :

– *Vos gueules, vous autres !*

Il referme la fenêtre pour de bon cette fois, avant de lui demander :

– Mais qu'est-ce que tu foutais là dans le noir ? Tu buvais ?

– Oui... Je...

– Je vais me recoucher... Je n'ai pas le courage de m'en occuper maintenant...

– Mais les chiens... Ils vont rester là...

– À le regarder ? Eh bien oui... Ça leur servira peut-être de leçon... Comme ça, ils se tiendront mieux la prochaine fois...

Il ricane et retourne dans la chambre à coucher. Elle vide d'un trait son verre d'alcool, regarde fixement le pistolet, se rassoit, pose les mains sur l'arme, sent la force du métal.

Le loup ne bouge plus, il gît au bout d'une longue traînée de sang. Il forme un monticule jaune sur une surface blanche d'où ne ressortent que les griffes et le bout du museau.

Elle prend plusieurs respirations profondes, tend l'oreille pour vérifier que les poumons se lèvent normalement, et c'est le cas. Elle attend encore un peu jusqu'à ce qu'elle l'entende ronfler. Alors elle se faufile dans la chambre à coucher et va chercher son sac, le pose près de la porte d'entrée, ferme la porte de la chambre, enfile la combinaison de ski, prend son sac de voyage et sort. Elle intime à voix basse aux chiens de rester tranquilles et aspire l'air par la bouche. Le froid lui brûle le palais. Elle ne jette pas un regard au loup.

Elle ressent une forme d'apaisement en posant les mains sur les poignées du scooter pour le sortir du hangar. Elle jette son sac dans un des top cases, va vers le mur et arrache les peaux accrochées. Ne restent plus que les clous qui forment une couronne sale, de la couleur du sang séché. Elle replie les peaux et les fourre dans l'autre top case, puis met la clé de contact sans la tourner. Elle va ensuite dans le garde-manger chercher une longue corde et des harnais, pose le tout sur le siège et rentre dans la maison.

Il émane de lui comme un feu intérieur, il sent la sueur, l'essence et la poudre. Elle glisse le pistolet sous son oreiller à elle. Nue, elle examine son propre corps, ses seins gonflés, le duvet pâle sur le ventre qu'éclaire la lumière qui pénètre par la porte ouverte. Très doucement, elle retire la couette. Il grogne et se met sur le dos. Elle parvient à lui retirer son slip, voit qu'il a jeté son tee-shirt en boule par terre.

Sa queue est endormie. Petite, d'un rouge brun, lovée au milieu d'un nid de fourrure. Le gland sort à peine et brille d'humidité. Prenant appui sur les mains, elle l'enjambe, enfonce un genou dans le matelas, se dresse au-dessus de lui.

Ça y est. Elle est bien à califourchon. Se penchant en avant, elle souffle sur une paupière endormie qui frémit légèrement avant de se soulever et s'ouvrir sur un regard ébahi. Elle lui sourit et chuchote :

– C'est que j'ai tellement envie de toi…

Il se met à haleter, la saisit par les hanches et l'attire vers lui. Elle le sent bander comme un malade et donner des coups contre son anus avec son gland.

– Je suis toute mouillée… Allez, prends ma chatte… Baise-moi…

– Attends, tu vas voir…

Il la soulève un tout petit peu et la pénètre en glissant en elle avec un petit bruit. Elle ferme les yeux et commence à le chevaucher doucement, tandis qu'il lui pétrit les seins et vrille ses tétons, le souffle rauque. Elle lui met un sein dans la bouche sans briser la cadence, elle se retire presque entièrement avant de s'empaler à nouveau. Il faudrait que ça aille plus vite, il ne peut pas éjaculer quand elle prend son temps comme elle le fait. Elle remarque qu'il veut accélérer le mouvement en relevant ses propres hanches, mais, avec ses mains, elle contrecarre son initiative.

– Attends, murmure-t-elle.

– Ah bon ? fait-il, la salive plein la bouche. C'est comme ça que t'aimes bien ?

– Oui… Comme ça… Exactement comme ça…

Alors il la laisse prendre en main les opérations et attend, le bassin prêt à exploser, en lui dévorant les seins jusqu'à ce qu'ils deviennent deux pointes de feu et qu'elle l'aspire en elle, jusqu'au cou, les doigts cramponnés aux oreillers, oui, jusqu'à ce qu'elle atteigne enfin l'orgasme dans un déferlement de vagues indomptées, dans un voile rouge tremblé qui recouvre tout, le visage, la cage thoracique, les dents, les lèvres de l'homme sous elle.

D'un bond, elle saute du lit et, le pistolet à la main, le met en joue, alors que les dernières contractions font encore palpiter les lèvres de sa vulve.

Il grogne, agacé, et secoue la tête :

– Mais, j'ai pas encore éjaculé, moi… Allez, ramène-toi…

C'est alors qu'il ouvre les yeux et la devine dans la pénombre, voit sa position, le pistolet.

– Reste où tu es !

Elle inspire, expire. À l'écoute de son souffle. Oui, tout va bien. Elle le vise en plein visage et lui annonce :

– Je m'en vais.

– Tu t'en vas ?

Sa bite tressaille avant de se ratatiner, toute mouillée et ridée.

– Mais pourquoi…

Elle ne répond pas.

Il émet un sanglot étouffé :

– Je ne comprends rien… T'as l'intention de me tuer ?

– Non, je m'en vais, c'est tout.

– Mais pourquoi…

– Parce que maintenant je suis assez forte pour le faire.

– Assez forte ? Mais bordel… Je…

– Avec toi, on n'a pas le choix : soit on est le plus fort, soit on crève…

– C'est quoi encore ces histoires… Je comprends rien… *T'as l'intention de me tirer dessus, oui ou non ?*

Elle ne voit pas les larmes dans les yeux de l'homme. Elle n'entend pas ses larmes, perçoit seulement un drôle de gémissement. Il a saisi la couette comme pour se protéger, il l'a remontée sur sa bite.

– Non. Je ne vais pas te tirer dessus. Je veux seulement te dire que… que…

– Que quoi… ? *Mais dis-le bordel !* crie-t-il en frappant la couette du plat de la main, oppressé.

– Que… tu n'es qu'une merde. Une putain de grosse merde, c'est clair ?

Il doit se racler la gorge, il essaie de dire quelque chose, mais son souffle ne laisse pas passer les mots. Sa main continue de frapper la couette de manière incontrôlée, tandis que ses yeux sont rivés au pistolet.

– *T'entends ce que je te dis ? Répète après moi : « Je suis une putain de grosse merde ! » Dis-le !*

– Oh, je t'en supplie… ne tire pas !

Les mots ont du mal à sortir, elle n'a encore jamais entendu ce ton de voix chez lui.

– Dis-le !

– Je suis une… putain… de… grosse… merde… *Mais ne tire pas !*

La crosse du pistolet qui luit dans la main imprime sa forme à la peau et aux doigts. Il la voit caresser la détente avec l'index et se met à geindre en enfouissant son visage dans la couette. Elle regarde ce dos traversé de spasmes, écoute ces sanglots à moitié étouffés dont émergent quelques mots :

– Je… Je croyais que… que tu…

– *Que je quoi ?*

– Que tu… que tu… aimais comme on le faisait avant…

Elle commence lentement à reculer et lui dit :

– Toi, tu restes allongé ici et pendant ce temps, moi je vais m'habiller. Je laisserai la motoneige sur la route… Demain… Tu pourras aller la chercher demain… En haut sur la route… Et je prends Lady avec moi… En cadeau d'adieu, ou en dot, si tu préfères…

Il lève le visage et la fixe, complètement décontenancé. Son visage est tout rouge, il a un regard de chien battu.

– Mais… tu vas où ?

– Je vais chez… un homme qui en a une plus grosse que toi.

Le canon du pistolet descend lentement le long de la couette, elle sourit. Il se recroqueville en poussant un cri.

– T'en fais pas, dit-elle sur un ton amical. De toute façon, elle est si petite, ta bite, que j'arriverai pas à l'atteindre, même en tirant à bout portant. Allez, reste couché, j'ai dit !

Elle pose le pistolet sur la table de la cuisine et enfile ses vêtements, à savoir collant, pulls, chaussettes, combinaison, bonnet, puis moufles dans la main gauche et écharpe autour du cou et devant la bouche. Elle n'ose pas regarder le thermomètre extérieur avant de tenir à nouveau le pistolet dans la main : - 36 °C. Elle continue d'entendre comme des hoquets en provenance de la chambre à coucher. Ce sont des bruits qui ne la concernent pas, d'ailleurs ils n'ont rien à voir avec des sanglots…

Mais une fois près de la motoneige, avec Lady folle d'excitation à ses côtés, la queue dressée et lançant des regards sauvages en direction du loup, elle aperçoit son visage contre la vitre de la cuisine. Il n'a pas allumé la lumière. Elle a toujours le pistolet dans la main, le cran de sûreté déverrouillé. Alors elle le pointe lentement vers lui. Le visage se baisse instantanément.

Elle attend.

Et soudain il réapparaît, une face livide sous des cheveux noirs en bataille. Elle aperçoit à peine le guidon et le cran de mire, mais appuie sur la détente. Des éclats de bois viennent percuter la vitre qui tinte.

Elle met le cran de sûreté, glisse le pistolet dans sa combinaison et démarre.

Puis elle rompt le silence dans un hurlement de moteur.

En mettant en marche la motoneige, elle n'a pas le temps de tourner suffisamment vite pour éviter le loup. La chenille roule sur la queue de l'animal et s'empêtre dans la fourrure. Lady gronde et bondit, les autres chiens hurlent, leurs têtes se découpant dans les carrés du grillage. Au lieu de s'arrêter et d'arracher les poils pris dans le mécanisme, elle donne un coup d'accélérateur et se retourne. Le loup est resté loin derrière. Elle l'a seulement traîné sur quelques mètres. Il était pourtant fier de sa fourrure, pense-t-elle, il n'en avait pas d'autre.

Au début, Lady trotte à ses côtés. Mais elle a beau conduire lentement, c'est encore trop vite, car l'abdomen de la chienne ne bénéficie plus du soutien des hanches, il a commencé à s'arrondir autour des chiots, les enfants de Togo. Arrivée à la nationale, elle essaie de la faire grimper devant elle, entre son corps et le guidon. Elle laisse le moteur tourner à vide avec le phare avant qui troue l'obscurité, tandis qu'elle la fait monter et tente de trouver la place pour quatre pattes sur le siège. Elle finit par la tenir coincée entre ses cuisses, passe les bras autour du corps de la chienne pour la protéger, et se remet à conduire avec précaution.

Ça va. Lady a bien essayé au début de descendre, mais elle la tient bien serrée et la rassure en lui parlant.

Dans la nuit noire, elle suit sa propre trace qui la mène en haut dans la montagne où seuls peuvent habiter des ours polaires, et aussi quelques rares hommes – ceux qui possèdent des vergers empilés sur de larges lattes de plancher. Lady et elle, les peaux, le pistolet, un sac de voyage avec des vêtements noirs et un baladeur. Au bout de la route l'attendent des couvertures épaisses et des fenêtres à petits carreaux. Et des mains. Des mains puissantes, capables de la retenir, de l'empêcher de basculer dans le gouffre.

C'est un soir sans lune. Elle contemple les étoiles qui percent le ciel de leurs points lumineux. Qui sait si, avec ses coups de feu, elle n'a pas provoqué certains de ces trous ? Les montagnes renvoient un éclat bleuté dans la nuit, elles s'inclinent vers l'horizon, on dirait des corps couchés sur le dos, les genoux et la poitrine tournés vers un nouveau matin, une nouvelle journée qui ne ressemblera en rien à celle d'hier. Elle doit sans cesse réajuster l'écharpe couverte de givre qui devient aussi rugueuse que du papier de verre sur sa peau. Ça brûle, elle sent la peau de ses joues et de son menton tout irritée. Le moteur dégage un peu de chaleur qui se dépose derrière le pare-brise et contre les genoux, mais cela n'aide pas beaucoup. Le froid se dresse de tous côtés comme des murs étouffants, tandis que le phare danse à l'avant, perce l'obscurité en donnant une illusion de lumière et de direction et les entraîne dans sa suite, vers le haut, toujours plus haut, jusqu'à ce qu'on puisse regarder *en bas* les montagnes et voir que ce ne sont aucunement des corps ou des hauteurs, mais des vallées renfoncées, des ravins, des crevasses sombres qui permettent au jour de se cacher de la nuit…

Les oreilles de Lady pendent de chaque côté. Mais elle se penche dans la bonne direction à chaque virage et reste tranquille. Le pistolet fourré dans sa combinaison heurte un peu le corps de la chienne. D'ailleurs, pourquoi l'a-t-elle emporté ?

Les bâtiments sont plongés dans le silence. Il fait trop sombre pour voir la fumée s'élever de la cheminée, seule la lumière d'une lampe extérieure qui forme un chaud halo jaune permet de distinguer les murs. Les fenêtres brillent à l'extérieur de pièces endormies au cœur de la nuit noire. Elle est presque arrivée tout près de la porte quand elle distingue une silhouette dans la cuisine. Une tête, des bras, une lampe qu'on allume.

Elle coupe le moteur, enlève son écharpe qui crisse, et fait descendre doucement Lady. Elle entend des aboiements en provenance d'une des remises, et parmi eux des petits cris excités de chiots. Ses chiens à lui dorment à l'abri, eux. Sur de la paille sèche. Attachés tous séparément pour qu'ils deviennent plus forts.

Il surgit soudain dans l'embrasure de la porte, en train d'enfiler un pull.

– Qu'est-ce que je fais de Lady ? Je peux la mettre où ?

Maintenant seulement, elle s'autorise à ressentir la fatigue qui la submerge.

– Lady ? Ah, c'est toi ?

– Oui.

– Tu peux la mettre… Mais pourquoi…

Il apparaît à la lumière. Son visage est blanc.

– Dépêche-toi de me dire où je dois la mettre… Je suis frigorifiée… il fait - 36 °C, on discutera à l'intérieur…

– À l'intérieur ? Mais enfin…

Elle descend de la motoneige pour aller vers lui, sans lâcher la laisse de la chienne.

– Je l'ai quitté… Je viens chez *toi.*

Soudain elle lit dans ses yeux la peur. La peur panique qu'elle s'installe chez lui. Elle sent qu'elle se décompose, qu'elle meurt sur place. L'espace de plusieurs secondes, elle ne peut que prendre acte de ces sensations-là, sans un mot. Juste être à l'écoute de son corps qui plonge en lui-même et lui décoche des coups sourds en laissant dans son sillage un chagrin irrépressible, un chagrin qui la submerge de la tête aux pieds. Elle est à deux doigts de vomir.

C'est lui qui parle le premier, il énonce une série de petits mots stupides, sans oser la regarder en face :

– Mais tu ne peux pas… comme ça… Il va… Il va…

– Il va faire quoi ?

– Il va… Je ne peux pas…

La buée qui s'échappe de leurs bouches forme un voile gris entre eux.

– Parce que t'as vraiment cru que j'allais rester ici ?

– Je… Je ne sais pas… Je… Mais la chienne ? Elle est bien à lui ?

– Laisse tomber.

Il s'est déhanché, a fourré les mains dans ses poches. Ses mains… Elle ne peut plus les voir. C'est désormais impossible.

– Mais qu'est-ce qu'il t'a dit quand t'es partie ? J'arrive pas à croire qu'il t'a laissée partir avec… avec la motoneige et…

Elle inspire, peut dessiner le contour de ses poumons derrière les côtes, à l'instant où ils se remplissent d'un air glacial au-delà de tout ce qu'on peut imaginer.

– Ah, qu'est-ce que tu peux être minable !

– Minable ? Mais enfin, essaie de comprendre, je ne peux quand même pas…

Ça y est, il se ratatine, se couche jusqu'à n'être plus qu'une petite crotte de chien fumante devant elle, tandis qu'elle quitte la lumière, regagne l'obscurité de cette nuit sans lune et se fond dans le froid polaire. Il continue à sortir un flot d'explications vaseuses. Lentement, elle retire sa moufle droite sans lâcher du regard ce visage livide et se passe la pointe de la langue sur les dents en esquissant un sourire qui se fige à cause du froid. Le pistolet est resté là où elle l'a glissé, elle le saisit, le tend devant elle et suit avec fascination les changements d'expression du visage de cet homme où la peur fait place à l'angoisse quand elle enlève le cran de sûreté, se met en position de tir :

– C'est pas la peine de faire sous toi, je ne vais pas te tirer… lui dit-elle avec ce sourire.

D'un mouvement rapide, elle se retourne, presse le canon entre les yeux de Lady et appuie sur la détente. Elle n'entend pas la déflagration, uniquement le cri de l'homme. C'est un cri désespéré qui n'en finit pas, ses pupilles sont des billes noires qui roulent vers elle sans la trouver.

Le corps de la chienne gît, explosé, dans la neige. De son crâne grand ouvert s'exhale comme une brume de chaleur, des morceaux de gencives se sont détachés et ont volé au loin. La queue tressaille encore.

Elle laisse tomber le pistolet et se dirige vers la motoneige, reprend un bout de l'étoffe toute dure qui avait été son écharpe, et parvient à l'attacher autour de son visage en trouvant un minuscule endroit encore sec et doux. Puis elle démarre, fait demi-tour et s'en va sans se retourner.

Ça alors… si c'est pas de la veine ! Trouver de la compagnie ici dans ce coin paumé, en pleine nuit ! Et une meuf aussi canon par-dessus le marché !

Il rit. Elle lui sourit. Jette un bref regard dans l'énorme rétroviseur, mais ne voit plus le corps de la chienne. On dirait un insecte, un insecte noir échoué sur le bord de la route, avec des poignées comme des antennes, un pare-brise tel un grand œil à facettes, le ventre rempli de fourrure brune.

Elle inspire l'odeur de pomme du sapin désodorisant qui se balance à l'avant et regarde autour d'elle ; elle se sent gagner par la chaleur. Les instruments du tableau de bord brillent de couleurs gaies. Une bouteille de soda à moitié pleine vacille un peu dans le porte-canette, un cendrier plein à ras bord laisse tomber de la cendre par terre, des papiers, des journaux, des emballages de chocolats jonchent le sol ou sont coincés contre le pare-brise. Sous elle, un nombre incalculable de chevaux vrombissent à chaque changement de vitesse avant de retrouver leur rythme de croisière.

– Qu'est-ce que tu transportes ?

– Du saumon.

– T'aurais pu débrancher le congélateur. Il fait - 36 °C dehors.

– Ah, tant que ça ? La vache ! Elle est chouette, dis donc, ta combinaison de ski.

– Je vais l'enlever. J'ai d'autres vêtements dans mon sac. Interdit de regarder quand je me change.

Il rit de nouveau et, de manière ostensible, porte sa main droite à la tempe :

– T'as pas froid aux yeux, toi, pour faire du stop comme ça… Monter avec de parfaits inconnus en pleine nuit…

Elle ne répond pas, farfouille dans son sac, sort un pantalon, un pull, des bottines, une trousse de toilette. Il y a tellement de place dans l'habitacle qu'elle n'a aucun mal à enlever combinaison, pulls et collant, et enfiler les nouveaux vêtements.

Un rideau derrière les sièges flotte légèrement. Elle aperçoit une couette défaite, un lit. Elle se peigne et balance le sac derrière le rideau, rassemble sa combinaison de ski pour en faire une boule en prenant garde que ses doigts ne touchent pas les restes de sang et de cervelle collés au bas du pantalon, descend vite la vitre et la jette par la fenêtre. Le froid leur fouette le visage. Le corps un peu en avant, les bras qui pèsent lourdement sur le volant, il jette un regard sur la main qui remonte la fenêtre.

– Eh ben, t'y vas pas par quatre chemins, toi !

– Oui… on peut dire ça comme ça.

Elle reste assise à regarder par la fenêtre, en évitant de se focaliser sur la buée trouble créée par la différence de température entre la chaleur à l'intérieur et le froid glacial à l'extérieur. Quelque chose lui remonte à la hauteur du diaphragme, elle ravale de son mieux, inspire profondément.

– Tu habites dans le coin ?

– Quoi ? Non... j'habite pas dans le coin.

– Tu voyages alors ? Avec seulement un sac ?

Elle tourne la tête et le regarde droit dans les yeux :

– Ce que tu peux être chiant avec tes questions !

Il a un rire mal assuré.

– Faut bien se renseigner un peu...

– Ici c'est moi qui pose les questions.

Elle se concentre sur le profil de cet homme, l'espace entre la lèvre supérieure et le nez, le menton en dessous. Pointu, mais rond à la fois. Le col de la chemise est ouvert, les poils de la poitrine s'arrêtent juste au niveau du creux sous le larynx, où brille une petite chaîne en or.

Une rose rouge en plastique est accrochée au pare-soleil, à côté, il y a une rangée de cassettes de musique posées sur une sorte d'étagère. Elle sent la chaleur du camion dessécher la peau de ses joues, ça provoque comme des picotements. Lui la dévore des yeux.

– T'es une vraie femme mystérieuse, toi...

– En plein dans le mille ! répond-elle en se calant dans le siège, sans quitter des yeux le faisceau des phares.

– J'ai un pack de bières par terre, là... T'as qu'à en prendre une... Si ça te dit...

– T'as de la musique aussi. Et du chauffage. Un lit. Et du saumon !

– Ouais, qu'est-ce qu'on peut vouloir de plus, hein ? Et maintenant, j'ai même de la compagnie !

Elle prend une bouteille de bière, trouve un décapsuleur sur le tableau de bord, cherche de la musique, fait tomber une cassette, va en mettre une des Rolling Stones quand elle en découvre une de Gary Moore et change d'avis.

Il ricane de nouveau en entendant les premiers accords saturés et marmonne quelque chose.

– *J'entends rien !*

Elle baisse un peu le son.

– J'ai dit : Ah bon, toi aussi t'aimes ça ?

Elle sourit.

Les doigts sur l'énorme volant se mettent à battre la mesure. Un goût de bière dans la bouche et une odeur artificielle de pomme dans le nez, elle laisse son regard flotter sur la route, écoute les paroles de la chanson en pensant : On est sur une nationale. Ici, il y a des gens qui passent sans arrêt, ici la vie défile, ici les traces ne disparaîtront pas effacées par la neige.

Elle renverse la tête, ferme les yeux, sent le bien-être l'envahir jusqu'au bout de ses membres. Elle entend l'homme lui dire :

– Tu me diras, hein, quand t'es fatiguée ? Et je m'arrête. Y a de la place pour deux !

– Je sais, répond-elle en levant sa bière.

Elle vide presque la bouteille et cherche à se persuader que c'est le gaz carbonique qui lui fait monter les larmes aux yeux, rien d'autre…

– Au fait, tu vas où ? demande-t-il.

– Et toi ?

– Loin.

Dernière gorgée.

– Moi aussi.

Composition et mise en pages : FACOMPO, LISIEUX

Achevé d'imprimer sur rotative
par l'Imprimerie Darantiere à Dijon-Quetigny
en octobre 2010

N° d'impression : 10-1459
Dépôt légal : novembre 2010

Imprimé en France